当代外国
语言文学研究
前沿文库

FOREIGN
LANGUAGES
STUDIES

唐·德里罗小说中的后现代超真实

A Study of the Postmodern Hyperreality
in Don DeLillo's Novels

本书受到北京市支持『双一流』高校建设项目资助，经费代码为ZF20281806

沈 非 ◎ 著

上海交通大学出版社
SHANGHAI JIAO TONG UNIVERSITY PRESS

内容提要

本书主要借助法国哲学家让·鲍德里亚的超真实和拟象理论来解读美国当代小说家唐·德里罗笔下的超真实，即美国或者西方社会的后现代"真实"。第一章简单介绍德里罗主要长篇小说的主题内容，概述鲍德里亚的拟象和超真实理论。第二章分析德里罗小说中"超级物"对超真实的建构以及对人的心理、心灵诸方面的影响。第三章分析德里罗小说中电子超级物以波与辐射的形式完成全景敞视主义的运作。第四章解读德里罗小说中拟象先在模型对人的存在以及存在环境的投射与控制。第五章解读德里罗笔下超真实中辩证和对立面的内爆，这使得拟象秩序的资本系统成为一个单极黑洞系统，从而招致象征交换法则对其的报复和惩罚。第六章探讨德里罗如何通过揭示超真实中知识人物存在的悖论发展出自己批判超真实的悬浮美学。本书适用于对英美文学感兴趣的读者群体。

图书在版编目(CIP)数据

唐·德里罗小说中的后现代超真实／沈非著. —上海：上海交通大学出版社，2021.9
ISBN 978-7-313-22454-5

Ⅰ.①唐…　Ⅱ.①沈…　Ⅲ.①唐·德里罗—小说研究
Ⅳ.①I712.074

中国版本图书馆 CIP 数据核字 (2019) 第 263807 号

唐·德里罗小说中的后现代超真实
TANG DELILUO XIAOSHUO ZHONG DE HOUXIANDAI CHAOZHENSHI

著　　者：沈 非
出版发行：上海交通大学出版社　　　　　　地　　址：上海市番禺路 951 号
邮政编码：200030　　　　　　　　　　　　电　　话：021-64071208
印　　制：江苏凤凰数码印务有限公司　　　经　　销：全国新华书店
开　　本：710 mm×1000 mm　1/16　　　　印　　张：13.25
字　　数：225 千字
版　　次：2021 年 9 月第 1 版　　　　　　印　　次：2021 年 9 月第 1 次印刷
书　　号：ISBN 978-7-313-22454-5
定　　价：78.00 元

序 言

　　沈非的著述《唐·德里罗小说中的后现代超真实》即将付梓，这是很令我欣慰和高兴的事情，因而非常乐意为这本书写点文字。

　　唐·德里罗是美国当代最重要的小说家之一。他立志师法现代主义巨擘乔伊斯，其天赋和勤奋也保证了他实现这个雄心壮志。德里罗有着旺盛的创作精力和似乎永驻的创作青春，在 2016 年还以 80 岁高龄推出其第 16 部长篇小说《绝对零度》。他极具创新实验精神，各种文艺传统和风格体裁都被他融入自己的创作，有时一部小说兼具哲思录、侦探小说、科幻小说、荒诞剧等多种特点。

　　德里罗小说所涉及的题材林林总总，包罗万象，从冷战、越战、肯尼迪遇刺、"9·11"恐怖袭击等重大历史事件到虚构中的第三次世界大战，从工业污染事故到日常饮食娱乐消费，从希特勒黄色录像传闻到大学校园中的希特勒研究系，从纽约大都会的金融大鳄到哈莱姆贫民窟的懒汉，从对艺术家的创作和心灵探索到恐怖分子被洗脑的经历，从对核战争的忧惧反思到对日常垃圾的凝望，从布朗克斯区小流氓的厮打到发生在希腊、印度等地的邪教血腥仪式，从摇滚乐到橄榄球运动，从考古到外太空传来的神秘信号，从媒介景观到美国社会的贫困现象……德里罗用犀利而凝重的笔触，剖析描绘了美国社会的各个层面和领域，使他成为一个百科全书式的作家。

　　德里罗博学多识，对当今科学、技术发展和人文学科知识理论有着广泛涉猎和相当深刻的把握。他的小说时常涉及艰深的系统论、电子虚拟技术、媒体技术、太空学、数学等理论。而他对各种后现代哲学、艺术和文学理论的精通及有意运用，更增加了他创作的深度和丰富内涵，也为读者阅读和理解其小说造成很大困难，以致有人称其小说为"理念小说"。这都为解读和研究德里罗作品带来巨大的挑战。

文学的解读和研究，是在原作者作品基础之上的第二次艺术创作。对于德里罗 16 部长篇小说构成的多元多维、多彩多姿的文学世界而言，沈非从后现代超级物和超级物生成及投射的拟象主题入手，对于德里罗作品的重要思想和主题的把控梳理很具分量。沈非的研究基于对德里罗小说中超级物性质的分析，说明超级物"敞开辐射"等作用形式，再从拟象和内爆角度揭示超真实中人的存在本质，并最后选择一个能代表和反映时世忧思（angst）的特殊知识人物群，提炼出德里罗剖析和应对后现代超真实的创作理念，其中严密的逻辑和丝丝入扣的分析，展示了一定的学术功力。其实这也正是《唐·德里罗小说中的后现代超真实》的创新之处，尤其是对超级物全景敞开辐射、德里罗的悬浮美学等理念的提出，对于德里罗研究和整个当代美国小说研究，应该会有重要的启迪。

悬浮美学在文学批评范畴内有独创性的见解。但本人认为，这种美学或许偏于悲观。当然，这仅仅是我个人的观点。我指导硕士、博士研究生做研究，向来既点明我自己的观点，也尊重她/他们的独立思想和创意。这恰恰会在师生之间摩擦出更多的灵感火花。

沈非在北京外国语大学读硕和读博期间，其以刻苦认真的态度和对于文学的独到见解而给大家留下了深刻印象。由于其主要工作是负责管理一家学术刊物，不得不倾其心力，在电子媒体时代顽强守护一份传统纸质杂志，还不能放下教学工作。多年来他在管理、教学及多个岗位上，在与积劳和顽疾的对抗中默默坚持。或许正是这存在主义式的固执，才使得他没有放弃对文学研究的守望。我很高兴他今天终于能够完成这部著述。尽管由于丛书整体要求，《唐·德里罗小说中的后现代超真实》显然有着一些压缩和删减的地方，但我相信，这些地方可以成为他以后继续拓展研究的基点。

沈非曾参加编写我策划的几个项目，其扎实的作风、执着和认真的态度，一直为我所看重。希望他能在未来的文学研究道路上稳步前行。

是为序。

金莉

于海淀厂洼

前　言

本书主要借助法国哲学家让·鲍德里亚的超真实和拟象理论来解读分析美国当代小说家唐·德里罗笔下的超真实。这里的超真实,是德里罗小说中所呈现的美国或者西方社会的后现代"真实",是晚期资本主义物质技术条件和文化逻辑下的产物。超真实是由消费物增生、物的符号化以及后现代媒介产业技术共生共振所导致的,"超越"或"超脱"传统真实认知和建构范式的拟象真实。

套用一句俗语,德里罗所描述的世界或者"真实",既来自现实,又高于现实。这个"高",体现在它进入了文学创作和解读的游戏,需要按照其中特殊的游戏规则来写,也需要用相应的规则来解析。德里罗试图描述西方社会进入后现代阶段后的真实状况,包括其中的人或者主体的存在状况。但是在呈现这种"真实状况"时,作者面临一个所谓的表征危机。从现实主义以来,表征现实世界的理念、手法和创作宗旨已经受到后现代思潮的强烈质疑和冲击。就连表述"真实"的语言本身都被质疑或者解构。在这种情况下,德里罗必须要寻求新的手法或者范式来呈现后现代真实。

无论这个手法如何变化,文学的基本游戏规则恐怕是无法改变的。简单地说,文学是象征的游戏,一个编码游戏,把普通的语言或者题材编码为一个象征,到了读者那里,再由其把这个象征解码成自己的理解。这个编码—解码的过程,完成了文学写作和赏析的双重双向创造和审美过程,实现了文学的基本功能。在后现代文学中,这个基本编码—解码过程也无法马上被解构或者淘汰。编码的材料,大多提取自现实中的那些人们所熟知的事物或现象。如打开《诗经》,就会发现在很多诗歌中用来编码的一些"提取物"就是当时人们常见的植物或者动物。这些提取物通过赋比兴等编码手段,成为各种象征或者意象,再交由读者解码。

自远古(远远先于书面文字已经成熟的阶段)到现实主义阶段,这个游戏规则就基本一直被大致遵循。但是自工业革命起,资本主义工商业和技术开始加速改变这个真实的世界和其中的编码提取物。如马克思在两个世纪前看到的,那些物品随时可能变成商品。这对于文学家而言无疑是一种原料被糟蹋甚至毁掉的挑战。而到了后现代,这种挑战到了一种极端的程度。对于很多消费者而言,他们熟悉的"提取物"大多都是工业技术加工的产物,而且这些产物甚至脱离了消费者本身的真正需要。消费社会中,往往首先生产欲望,然后根据这种欲望去生产产品。此类消费本身就是鲍德里亚所谓的拟象行为。比如有些消费行为根本就是网络炒作驱使,受到影响的消费者买到这个消费物,更主要的动机和需要可能是再去网上发个照片或者帖子。这样,消费者本人就陷入了拟象或者超真实的消费中。

前工业时代的人,可能遥遥相望,似无意间举手抚一下身边野生的"荇菜"或者"蒹葭",个中情意无需言语,这小小动作已然表尽。工业时代的人,可能就要跑到商店花钱去买鲜花,借助财力来表达相同的信息。后现代消费社会中的人,在手机上就可以完成相关操作,把转基因鲜花送到对象门前。由于自然已被开发或者污染,荇菜、蒹葭等可能早就绝迹。即使尚存一两片原生地,或许大多数消费者也无法前去或者无从辨识。他们转而做的,可能是触摸屏幕下单——又回到鲍德里亚所谓的拟象消费。

德里罗面对的,就是这样一个文学编码提取物和从中提取原料的真实环境发生巨大变化的挑战。德里罗大多数作品都完成于 20 世纪七八十年代,那时网络技术尚在发展时期,但他已经非常具有前瞻性地开始把这个挑战作为创作的重要题材和主题。德里罗在小说创作的编码过程中,开始提取后现代社会中发生的那些重要变化作为材料:物的变化、媒体的拟象功能、消费社会的运作规律以及在背后推动这一切的晚期资本和技术。

所有这些,都在助力建构他所看到的美国人所被悄然移入的拟象真实或超真实:消费社会依靠它所能掌控的一切技术和手段刺激人的欲望,生产出超越人存在需要之外的超级物。在这个过程中,媒介的拟象功能既成为手段和动力,其本身也越来越成为拟象消费品,结果是在此复杂过程中消费者或者主体日益被淹没在超真实中。这一切的背后推手和获益者就是后现代或者晚期资本系统(资本本身也在虚拟化和拟象化,这也是导致 2008 年金融危机的部分原因)。超真实是后现代西方社会的异化新形势和形式。超真实的一个本质特征就是借助超级物和媒介拟象使得异化感"短路"(鲍德里亚语)。强大的资本和它掌控的科学技术手段完全可以做到这一点。故主体就很难再走出超真实,去触摸或者感知另外的所谓"真实"。

本书对于德里罗笔下超真实的解读过程,也就是依据他创作中的材料提取和编码逻辑,解释其小说中超级物以及它们发生作用的拟象方式——后现代资本主义的超真实建构和操控策略。

本书共六章,第一章绪论,简述了德里罗从 1971 年发表长篇小说《美国志》至今 17 部长篇小说的创作历程,并概述了其创作中超真实的含义和背景。绪论最后简单介绍了鲍德里亚的拟象和超真实理论。

第二章分析了德里罗小说中超真实的物质基础或维度,即超级物对超真实的建构。所谓超级物,是在质、量、功能等方面超越传统理解的物的后现代消费物品。这些超级物超越了满足人真实生理需要的使用功能,进入自律的地上地下资本系统,并把消费者同质化为超级物单一均质生态的一部分。超级物包围人,渗透于其无意识中,并全面侵入和占据审美领域,从各个方面把人的存在环境变成超级物滋生的超真实领地。

第三章分析了德里罗小说中电子超级物的特殊功能,重点以广播、电视为例揭示电子超级物首先构成人的近身生活环境,进而形成其生存活动的波与辐射背景或语境。这种背景以波与辐射的形式完成福柯所谓的全景敞视主义功能,是一种更为隐秘和强大的拟象辐射机制。

第四章解读了德里罗小说中的拟象模式。符号体系成为先在的模型投射超真实景观,甚至是人的感知和存在方式。而电影、电视、电子数据网络等拟象模式的普及,则更为全面和深刻地把人带入超真实世界,甚至把一切都整合为拟象系统的数字化复制过程。

第五章说明了德里罗作品对于内爆现象的揭示。拟象把旧有的辩证和对立双方连接在同一条莫比乌斯带上,一切都可能相互替代交换,甚至融合。这种内爆,使得拟象秩序的资本系统成为一个单极的、不可逆的黑洞系统,从而陷入自身的危机。这在德里罗小说中表现为象征交换法则对资本拟象体系的报复和惩罚。

最后一章探讨了德里罗如何通过对超真实中一个特殊的人群,即知识人物的塑造，来说明超真实和人之间的协同关系以及在这种关系中对超真实进行抵制的悖论。德里罗利用这个生存悖论，在后现代崇高美学基础上发展出自己批判超真实的悬浮美学。

本书能由上海交通大学出版社出版，是笔者的荣幸。这都要感谢卫乃兴院长的关心和帮助。卫教授本已功成荣退，但在学院大局需要时，弃颐养天年之享乐，复上阵担纲，披星戴月，披荆斩棘。能在卫教授麾下尽一步卒绵薄之力，是责任，更是荣幸。同时，在这里也感谢董敏副院长等人在百忙之中，为出版相关事宜方面所做的辛苦付出。

非常感激恩师金莉教授在自己紧张的科研和繁忙的学术工作中拨冗为本书作序。作为金门弟子，十分惭愧不能更多报答恩师栽培，为师门增辉。倒是多年来我自己不争气的身体状况，让恩师牵挂费心。没有恩师的关怀和鼓励，我可能已在杂志管理和教学任务压力下完全放弃了在文学专业方面的坚持。恩师在序言中对拙著多有肯定之处。如果本书中真的存在一些有价值的地方，都要归功于恩师一贯的关怀和栽培，这些许结晶也算是对她的回报。但我更明白恩师的肯定更多的是鼓励和期许。我自己不敢说拙著是什么学术研究，只把它当作一个刻苦学习和思考的过程，这是一个金门弟子对师训的遵守和践行。

因本人学疏才浅，加之时间紧促，拙著粗陋甚至谬误之处在所难免。凡此种种均因我个人能力不逮所致，完全由我文责自负。望各路方家一笑之余，不吝指正！

作者

目　录

第1章
绪　论

1.1　唐·德里罗长篇小说创作概述

1.1.1　德里罗主要长篇小说简介

　　唐·德里罗(Don DeLillo,1936 -　)是当今美国最有影响力的小说家之一。美国文学评论家、理论家哈罗德·布鲁姆(Harold Bloom)曾列出四位仍在笔耕的重要美国小说家,德里罗排在第二,其他三位分别是托马斯·品钦(Thomas Pynchon),菲利普·罗斯(Philip Roth),和科马克·麦卡锡(Cormac McCarthy)(2003：1)。美国评论家约翰·杜瓦尔(John Duvall)认为,德里罗是与品钦、罗斯、托尼·莫里森(Toni Morrison)、约翰·厄普代克(John Updike)等人并驾齐驱的最有影响的美国小说家(2008：1)。一向对文学作品评判苛刻的英国当代著名作家马丁·艾米斯(Martin Amis)称德里罗为智力超群、富于创新精神的作家,有着天生的观察感悟能力和创作才分(Gillespie,2001：60)。中国国内较早对德里罗进行研究的专家杨仁敬认为,"德里罗不但完全有资格跻身于品钦和加迪斯(William Caddis)之列,而且比后者更有才气,更有想象力,更多才多艺"(2004：170)。2012 年德里罗被授予芝加哥公共图书馆卡尔·桑德堡文学奖①,获奖原因是其作品被许多同行视为小说创作的典范(Nance,2012)。

　　迄今为止,德里罗已著有 17 部长篇小说、4 部剧本及大量短篇小说和论文等。德里罗的艺术成就在世界范围内得到认可,并被授予一系列美国国内和

---

①　芝加哥公共图书馆卡尔·桑德堡文学奖(Chicago Public Library's Carl Sandburg Literary Award)的得主还有托尼·莫里森、约翰·厄普代克、汤姆·沃尔夫(Tom Wolfe)和库尔特·冯尼格特(Kurt Vonnegut)等美国文坛巨擘。

国际文学奖项,其中最为重要的有美国国家图书奖(American National Book Award,1985)、爱尔兰阿尔·灵格斯国际小说奖(Aer Lingus International Fiction Prize,1989)、美国笔会/福克纳小说奖(PEN/Faulkner Award,1992)、威廉·迪安·豪威尔斯奖(William Dean Howells Medal,2000)、以色列耶路撒冷奖(Jerusalem Prize,1999,这是该奖首次授予美国作家)、意大利里卡多·巴克凯利国际奖(Riccardo Bacchelli International Award,2000)、全民杰出服务奖文学成就奖(Common Wealth Award of Distinguished Service for Achievements in Literature,2009)、美国笔会/美国小说成就索尔·贝娄奖(PEN/Saul Bellow Award for Achievement in American Fiction,2010)、美国国会图书馆奖小说奖(Library of Congress Prize for American Fiction,2013)、诺曼·梅勒终身文学成就奖(Norman Mailer Prize for Lifetime Achievement,2014),等等。

唐·德里罗是美籍意大利人,1936 年出生于纽约市布朗克斯(Bronx)的一个意大利族裔群体聚居区。后来在代表着其创作成就一个高峰的《地下世界》(*Underworld*,1997)里,德里罗把该聚居区描绘成一个肮脏贫穷、充满垃圾、疫病横行、犯罪肆虐的人间地狱。德里罗借书中主人公尼克·谢(Nick Shay)的儿子杰夫(Jeff)之口如此评价布朗克斯区:"那个地方是美国版的劳改集中营"(2013c:857)。刺杀肯尼迪总统的李·奥斯瓦尔德(Lee Harvey Oswald)幼时也曾和其单亲母亲寄居于此,其住所距德里罗家仅数个街区之遥(Bing,1997:262)。这也成为促使德里罗以后去研究奥斯瓦尔德生平并创作小说《天秤星座》(*Libra*,1988)的原因之一。在布朗克斯出生、成长的经历,使德里罗在创作时始终持一种批判眼光,在所谓民主富足的美国中产阶级社会表象下看到一个残酷的"地下世界"。对于后现代超真实和粉饰太平的拟象(simulacra)策略的剖析和批判成为其小说的重要内容和主题,或许也可归因于此。

1958 年,德里罗在布朗克斯区福特汉姆大学(Fordham University)取得传播艺术(communication arts)学士学位。毕业后他本欲进入出版界开创事业,尝试失败后转而供职于一家广告代理公司,做了五年的广告文字撰稿人。其大学教育和工作经历在他以后整个创作生涯中留下了一条连贯而深刻的烙印:大众媒体、广告、景观、消费文化几乎成为他所有小说都在探究的题材(范小玫,2013:97)。而这些作为后现代社会的重要元素和特征,同样是大洋彼岸的法国哲学家,比德里罗早出生七年的让·鲍德里亚(Jean Baudrillard,1929—2007)毕生研究的重点。

在广告公司工作期间,德里罗就开始了文学创作,并于 1960 年发表短篇小说《约旦河》(*The River Jordan*),1962 年发表另一短篇小说《搭乘 A 线地铁》(*Take the "A" Train*)。1964 年，他辞职开始专业文学创作。1971 年长篇小说处女作《美国志》(*Americana*)的发表，成为德里罗至今近五十年硕果累累的文学创作生涯中的重要里程碑。《美国志》以主人公——曾任电视台高级主管的戴维·贝尔(David Bell)的第一人称叙述视角，揭示了电影、电视等媒体对美国社会以及其中个体的掌控与调制(mediation)——即鲍德里亚所剖析的超真实。此主题及其变奏将在德里罗以后的作品中一再复现。

从 1972 年到 1978 年是德里罗创作的第一个高峰期，七年内共出版 5 部小说。德里罗也因此被称为当时最为多产和富于创新精神的作家之一(LeClair,1982:19)。这 5 部小说分别是《球门区》(*End Zone*,1972)、《大琼斯街》(*Great Jones Street*,1973)、《拉特纳之星》(*Ratner's Star*,1976)、《玩家》(*Players*,1977)和《走狗》(*Running Dog*,1978)。其中《玩家》描述了纽约市一对白领夫妇莱尔(Lyle)和帕米(Pammy)在所谓富足社会令人心醉神迷的丰富物质生活中，那啃噬灵魂的无聊空虚。为了摆脱这种生命无法承受之空虚，妻子与一对同性恋男子外出旅游，并与其中一位暗中苟合；丈夫则加入一个恐怖组织，参与密谋炸毁纽约证券交易所的恐怖计划。小说主体分为两部分，外加楔子《电影》和尾声《汽车旅馆》。这头尾部分的两个小标题点明了美国当今大众消费文化的两个重要标志。前者揭露了媒体拟象与人生现实的混淆，后者暗示了当今美国消费者主体性的无所归依、恍惚缥缈的心理状态。与资本无限膨胀如影随形的恐怖主义更加深了种种社会问题和个人身份危机。这就是后现代超真实中人所身负的诅咒。

1978 年后，德里罗的写作好像进入一个较为沉寂的停滞期。他于 1980 年出版了《亚马孙》(*Amazons*)①。这部与别人合著的小说被广泛认为是德里罗在自感江郎才尽时的一部消遣之作。可能苦恼于灵感的耗损，他效法美国现代主义作家斯泰因、菲茨杰拉德、海明威等前辈，于 1979 年到希腊旅居，这可以说是一次朝圣缪斯之旅。此行不菲的回报是 1982 年出版的《名字》(*The Names*)。

---

① 陆谷孙《英汉大词典》(第 2 版)对于 Amazon 的释义是"[希神]亚马孙(相传曾居住在黑海边的一族女战士中的一员)"。据曾做过德里罗小说编辑的杰拉德·豪沃德(Gerald Howard)说，德里罗本人一直不承认《亚马孙》是其"嫡出"，并拒绝授权其再版。所以，评论界往往不把这部小说算在德里罗长篇创作名单之内。如果这样算的话，说德里罗到目前为止共写了 16 部长篇小说，也被学界认可。《亚马孙》这部小说实际上是德里罗和他的好友，当年广告公司的同事苏·巴克(Sue Buck，《白噪音》一书中两名被题献者的第一位)共同创作的。小说所署笔名克里奥·伯德维尔(Cleo Birdwell)就是小说女主人公和叙述者的名字。克里奥是美国国家冰球联队中的唯一女球员，其作用是在比赛中分散对手注意力以帮队友进球，并在比赛之余和队友们上床。小说充满了滑稽笑料和幽默讽刺，也不乏色情描写。这部小说尽管是德里罗在严肃创作之余的一个消遣甚至恶作剧，但是仍能反映他一贯的主题和风格。小说题目把冰球队中的"尤物"称为"亚马孙"是一种颠覆性讽刺模仿。

小说背景随着作者转移到了国外，主要是希腊和印度（当然也有对美国本土的描述）。主人公詹姆斯·埃克斯顿（James Exton）是一位风险分析员，就职于美国东北集团驻希腊的分公司。这个挂羊头卖狗肉的公司的真正职能是为美国中央情报局搜集情报。埃克斯顿听闻一些令人发指的残杀案，被害者姓名的首字母正好与其被害地点的地名暗合。这驱使他对这些案子进行调查，发现作案的邪教组织对语言和名字的迷信崇拜。李公昭认为《名字》揭示了语言如何作为一种意识形态工具被用来掩饰美国的霸权主义行径（2003：103）。从鲍德里亚的超真实理论来看，这个充满了意识形态元素的语言，是资本系统的拟象手段，其作用是篡改从外部世界到人内心世界的两重天地。同时，在这部小说里，德里罗对于其他重大题材如恐怖主义、暴力等的剖析也进入了一个更深入的阶段。

希腊的缪斯女神仍在垂青德里罗。1985 年，使他真正获得国内外承认的《白噪音》（White Noise）问世。小说描写了山上学院教授，希特勒研究系主任杰克一家在后现代超真实中的存在困境：他们被裹挟在飞速变化翻新的事物体系中，困扰于狂轰滥炸的广告、电视广播等媒介发出的白噪音声波里，暴露在工业生产带来的生态灾难面前，深陷死亡恐惧中苦苦挣扎，以维系自己的人性和家庭社会人伦和人际关系。小说为德里罗赢得了当年的美国国家图书奖，巩固了他作为美国乃至世界文坛巨匠的地位。

三年后，德里罗推出的全新力作《天秤星座》，以小说形式重现震惊世界的约翰·肯尼迪（John F. Kennedy）总统遇刺案。德里罗在小说结尾附上了一段类似于免责声明的文字，表明自己无意对这宗谜案给出最终确凿的答案。德里罗对所谓揭示历史真相并不抱什么希望。小说中的一个人物，中央情报局退休高级分析员尼古拉斯·布兰奇（Nicholas Branch）像作者本人一样，也艰难穿行在这个诡异的历史谜团中。布兰奇深陷浩瀚的资料海洋，哀叹当今所谓的历史研究都是模棱两可、自说自话、漏洞百出、充满偏见和臆想的。这篇小说与其说旨在钩沉历史事实，不如说是借历史事件反映美国后现代超真实之殇：恐怖、暴力、阴谋、技术理性以及在一个所谓民主富强的国家中像奥斯瓦尔德这样的小人物刍狗般的命运。这部小说于 1989 年获得爱尔兰阿尔·灵格斯国际小说奖。

1991 年《毛 2 号》（Mao II）①发表。主人公比尔·格雷（Bill Gray）是一个试图避开尘世喧嚣进行严肃文学创作的小说家。最终他还是选择入世，前往贝鲁特去解救一位被恐怖分子绑架的诗人，但途中遭遇车祸，壮志未酬身先

---

① 这个题目来自美国画家安迪·沃霍尔（Andy Warhol）的一幅画作，其中罗马数字"II"指的是作品标号，所以姑且译为《毛 2 号》似更准确。中国学界常把这部小说译为《毛二世》。

死。文本从比尔的视角思考拟象秩序中严肃艺术的终结以及人主体性的消亡问题。这部小说，也与德里罗其他多数重要作品一样，严肃审视和拷问着遍及全世界的暴力和恐怖主义问题。该小说于次年获得美国笔会/福克纳小说奖。

此后，德里罗花了六年多时间创作他迄今为止最有分量的小说《地下世界》。这部近 900 页的鸿篇巨制，其历史广度和深度堪比《尤利西斯》或《战争与和平》。它为德里罗赢得了 1998 年的美国国家图书奖，2000 年又使他捧得国内和国际文学奖各一项：威廉·迪安·豪威尔斯奖以及意大利里卡多·巴克凯利国际奖。这部小说以其浩瀚篇幅和细腻笔触呈现了后现代超真实的方方面面：消费主义、媒体控制、全球化资本霸权以及这个霸权深藏的诸如垃圾生态灾难、暴力犯罪等种种危机。

《地下世界》呈现了从 20 世纪 50 年代冷战初期到 20 世纪 90 年代后期冷战结束网络技术兴起近半个世纪的世界局势。该书仅重要人物就多达三十几个，有的来自真实生活，有的则是虚构，他们几乎是各界各个阶层的代表：有炙手可热的政要人物如约翰·埃德加·胡佛（John Edgar Hoover），也有卑微如蝼蚁般的生命，如贫民区流浪少女埃斯梅拉达（Esmeralda）；有靠寻租发家暴富的资本家维克多·马尔采夫（Victor Maltsev），也有偷拿自己孩子拼命从赛场上抢到的棒球卖钱的黑人混混曼克斯·马丁（Manx Martin）；有享誉世界的艺术家克拉拉·萨克斯（Clara Sarx），也有刻意隐瞒自己真实身份的地下涂鸦画家伊斯梅尔·穆尼奥斯（Ismail Munios）；有像特蕾莎修女那样的艾尔玛·埃德加修女（Alma Edgar），也有杀人不眨眼的公路连环杀手理查德·吉尔基（Richard Gilkey）……书中两个主要人物是两兄弟，哥哥尼克·谢（Nick Shay）从少年杀人犯变成废物处理超级跨国公司的高级管理人员，弟弟马特·谢（Matt Shay）则从一个少年国际象棋天才变成核武器研究专家。两条叙事线从相反方向迎头发展然后相互穿插行进。一条是曼克斯·马丁为了糊口，偷了儿子拼命抢到的棒球穿梭于纽约的寒夜寻求买主。偷球、卖球的整个过程不过一个夜晚几个小时，按照传统时间顺序铺开，但这条叙事线却迂回交叉在另一条贯穿了几乎整个冷战时期近半个世纪的叙事线里——主人公尼克追忆似水年华，这条线是倒叙，从尼克 57 岁一直回溯到他少年时父亲的离奇暴死。这一正一反、一短一长、一辅一主两条叙事线，串起来的是冷战、核军备竞赛、联邦调查局阴谋、越南战争、军工联合体（military-industrial complex）公司国家（corporate state）的霸权、民间反文化的抗争、消费主义盛行、垃圾包围反攻人类文明等重大事件，在德里罗那里举重若轻，但读者读来却惊心动魄，震撼灵魂。

2001 出版的《人体艺术家》（*The Body Artist*）风格忽转，展示了德里罗涉猎广泛、老练娴熟的创作技法。这次他写出的是一部后现代版哥特小说，一个令人毛骨悚然却缠绵悱恻的灵异故事。在远离人际的海边孑然兀立的百年老屋里，女主人公人体艺术家劳伦（Lauren）沉浸在丈夫电影导演雷（Rey）自杀的悲痛之中，却突然在自家屋内发现一个神秘客人（或者主人?）塔特尔（Mr. Tuttle）先生——一个连自己是谁也不知道的诡谲角色。塔特尔先生模仿劳伦的亡夫雷说话，好像不停穿梭于混杂重叠的无数现实时空里。译者文敏注意到小说文本内容和鲍德里亚超真实理论的联系，认为小说中的世界里，现实被拟象所取代，人物如同来自虚拟的网络世界（2012：131 - 133）。

读《大都会》（Cosmopolis，2003），给人的感觉似毕加索作品《格尔尼卡》（Guernica）的文字版。小说采用夸张变形、撕裂扭曲、剪贴叠加的手法（这被广泛称为后现代主义文学技巧），把一幅美国超真实启示录景象多层次地描绘出来。小说描绘了一个身价亿万的纽约年轻巨富埃里克·帕克（Eric Parker）生命的最后一天。他住在皇宫般的豪宅中，却无法安枕，失眠使他发疯，新婚22天的妻子不和他一起住，他也没有任何可以打上一通电话的知心朋友。埃里克心血来潮要去理发，于是坐进被最新电子技术和安保设施武装得如同航空母舰似的豪车里，带上保镖和公司助理，在繁华的纽约城开始了他但丁式的地狱之旅。其间他从车载电视上看到两个和他一样名声煊赫、富可敌国的大亨被刺杀，闯入一个死于非命的音乐巨星的葬礼，还经历了一场暴乱。后来他射杀了自己的保镖，最终自己也死在别人枪下。

2007年发表的《坠落的人》（Falling Man）把读者重新带回"9·11"袭击的恐怖时刻。这部小说被称为是对那场悲剧进行定义性描述的文本（Katter John，2007：79）。在那场悲剧发生六年后，德里罗终于为美国乃至世界献上一部堪比古希腊悲剧的净化（catharsis）之作。德里罗并没有刻意着重呈现恐怖袭击本身，而是剑走偏锋，着墨于一个幸存者律师基思（Keith）劫后余生却生不如死的心路历程以及恐怖袭击对其家人造成的重创。小说通过对于一个个体及其家庭的具体微观切面的剖析，展现那场灾难对整个美国国家社会的冲击。"坠落的人"从个人层面上说，指的是被灾难击倒，一蹶不振、自甘沉沦的基思，也是那些从双子塔楼坠下的遇难者；从社会层面上则暗示了整个美国从"山巅之城"的堕落，这样就从微观和宏观两个层面上揭示了美国超真实社会的危机。

《欧米伽点》（Point Omega，2010）中，"欧米伽"（Ω）是希腊语字母表最后一个字母，它所代表的点即是终点。小说借看破红尘权势、隐居沙漠的老人埃尔斯特（Elster）之口解释了这个点的象征意义：这是一个"技术糊点"，人类体内自毁基因将被触发启动的点，是做圆周运动的人类思维的环路闭合的重叠点。在小说中，这个点也指的是电影。《欧米伽点》的情节线是看电影—拍电影—看电影，始于电影，复又终结于电影，电影成了一个欧米伽点。这环路闭合的重叠象征了超真实世界的运作规律：来自拟象，复又回归拟象。

迄今为止，在德里罗创作的 17 个长篇中，列在最后的是其 2016 年创作的《绝对零度》(Zero K)。小说情节非常简单。主人公杰夫(Jeff)被其父亲——金融大鳄罗斯·洛克哈特(Ross Lockhart)接到地处中亚地区沙漠中的汇聚(Convergence)公司。杰夫 13 岁时父母离异，他跟母亲生活直到她病逝。杰夫和父亲关系一向疏远，所以对后者的突然安排一无所知。他到达汇聚后，才知道这是一个从事人体冷冻的国际公司，而父亲是公司的资助人和董事会成员。罗斯计划和患硬化症晚期的现任妻子阿提斯(Artis)一起被冷冻，所以希望儿子陪同他们进行这一过程。尽管杰夫极力反对，罗斯和阿提斯仍不为所动。但意外的是，罗斯在最后一刻反悔，让阿提斯被冷冻，自己和儿子一起返回纽约。从此罗斯生活在丧妻的痛苦和背信的羞愧中，两年后他让杰夫陪同他再次回到汇聚公司，进入冷冻状态。

汇聚公司是一个建造在地下的巨大高科技洞窟，一个地地道道的超真实世界。这个公司公然宣称要建造一个脱离人类历史和语言的高科技"复生"文明。"绝对零度"[①]这个概念和小说中描述的拟象科学技术对人生死的任意篡改和对人生命和身体的商业化，都把如《弗兰肯斯坦》(Frankenstein)的科幻小说的阴森可怖推向了极端。从某种意义上说，这部小说是对《欧米伽点》一个主题的推进：在后者中，拟象完成对自己的拟象回到一个"技术糊点"；这个点在《绝对零度》中，被描述为人类所能想象的最低温度"绝对零度"。超真实社会向人类提出一个冷冰冰的挑战：如何应对这个"欧米伽点"？这就是德里罗小说创作所一贯关注的问题。

1.1.2 德里罗作品批评概述

布鲁姆(Bloom, 2003)说德里罗如同品钦等三人一样，写出的是美国的时代风格。德里罗在其创作生涯的中期，就已经获得"二十世纪狄更斯"的美誉，被认为是如当年揭露抨击工业革命所带来的灾难的狄更斯那样，展示超真实中人所遭受的毒害的作家(Ryan, 1991：797)。被授予国会图书馆美国小说奖时，德里罗因其对超真实的美国社会政治和道德生活方方面面的深刻剖析，被

---

① 小说中汇聚公司的科学家解释，"绝对零度"是他们进行人体低温冷冻的项目名称，但实际操作中，并不能也无须达到"绝对零度"，即零下 273 摄氏度。

称作"美国的陀思妥耶夫斯基"。的确,德里罗作品所刻画和展现的,一直都是美国社会最普遍、最深刻、最牵动人们神经的重大热点问题:消费品(和垃圾)对人的淹没和销蚀,广告和电子媒介对人的控制,资本的横行,暴力的肆虐,冷战的威胁等。正是因为德里罗所选的重大深刻题材以及相应的富于表现力和张力的风格,评论家杜瓦尔才称其为美国千禧年时期笔锋最为犀利的文化剖析家之一。值得注意的是,德里罗作品捕捉和呈现的,是千年交替更迭时期种种新旧社会政治、经济、文化力量相接的"锋面":如日中天的消费潮横扫苟延残喘的生产式社会残余、电子技术冲击旧式媒介、高端科技挑战惯常伦理、资本全球化席卷传统的社会秩序……德里罗作品所聚焦的是个巨大的角斗场,上演着政治、经济、文化、科学势力错综复杂的矛盾与斗争。如同大洋中寒、暖流汇合处,这个角斗场带来的是丰富多彩的批评生态。

根据美国德里罗学会网站搜集公布的数据资料显示,研究德里罗 16 部长篇小说的学术刊物文章共有 400 多篇(大部分为英语国家学者所写,另有法国、德国、意大利学者用其母语创作的文献大约三十几篇)。其中,批评德里罗多部小说的综合性文章近 100 篇,着力于某一部作品的学术文章 300 多篇。从这些文章的内容和分析理论、方法运用方面看,可谓百花齐放,百家争鸣。粗略统计(有些是跨学科运用多种理论的,所以很难具体归类),这些研究可以分为八大类。

第一大类,数量最多、影响最大的,是以后现代主义文学理论为框架研究德里罗作品的文章,约 60 篇(德里罗学会网站概述德里罗文献时,也把分析其"后现代性"的著述排在首位)。其中,最为主要的又是研究德里罗小说后现代主义文本特征、创作技巧的文章,共 13 篇(Hayles, 1990; Ruthrof, 1990; King, 1991; Benton, 1994; Levesque, 1998; Whalan, 1998; Parrish, 1999; Barrett, 2001; Huehls, 2005; McCann, 2007; Smith, 2010; Landgraf, 2011; Wiese, 2012)。余下的文献则从各种其他不同角度出发探讨德里罗作品,如分析德里罗作品中的后现代政治问题(Kucich, 1998; Nel, 1999)、宗教问题(McClure, 1995)、社会问题(Reeve, 1994; Isaacson, 2012)、性别问题(Caesar, 1995)、种族问题(Pirnajmuddin and Borhan, 2011)等。①

第二大类,研究德里罗小说中暴力和恐怖主义的文章有 29 篇。有的分析德里罗小说中意识形态如何影响对于恐怖主义分子形象的塑造(Velcic, 2004),有的从政治学角度探讨德里罗小说中揭示的恐怖主义问题

①　因为第一大类文献较多,而且后现代主义这个概念非常宽泛,所以还能够粗略地进一步分类,其他几个大类中,因为其外延较窄,文章数目较少,就难以做到这一点。

(Hardack,2004),还有的试图分析德里罗小说文本中所呈现的恐怖分子与作家、创作和艺术的关系(Scanlan,1994;Baker,1999;Wilcox,2006),等等。

第三大类,从历史分析切入展开研究的有 20 篇,第四大类以文化研究为题旨的有 19 篇,第五大类从语言、话语理论角度解读德里罗作品的有 14 篇,第六大类研究小说中身份与主体性问题的有 13 篇,第七大类从宗教神学方面分析作品的有 9 篇,第八大类运用性别研究理论批评小说作品的文章也是 9 篇。

新的文学理论和批评方法的创建发展也体现在对德里罗作品的批评中,如从《白噪音》(1985)问世开始,空间(space)理论(目前已有 8 篇)、"9·11"叙事(8篇)、全球化理论(8 篇)、创伤理论(trauma,主要用于对《坠落的人》的解读,共6 篇)等新批评角度的建立,为德里罗作品的研究注入了更强的生机和活力。

在德里罗学会网站所列出的这些文章中,直接运用鲍德里亚理论的有十几篇(包括用法语、意大利语写的文章)。其中一篇运用鲍德里亚拟象概念来解读德里罗小说的后现代特征(Rettberg,1999)。而间接提及鲍德里亚的不下 50 篇,表明这是一个仍有发展空间和前景的研究领域。

关于美国学界对于德里罗小说的研究专著,笔者在美国访学一年时间里共查得相关书目 30 部,借助后现代主义理论进行研究的有 5 部(Green,2005;Ebbeson,2006;Duvall,2008;Donovan,2009;Laist,2009)。这也与上述学术期刊发表的研究文献所呈现出的大致情况相一致。克里斯托弗·多诺凡(Christopher Donovan)分析了德里罗后现代小说的特点,认为德里罗创作技巧和手法虽富于实验和创新精神,但并未彻底抛弃传统现实主义的文学传统,在叙事方式和文学创作理念上,充分照顾了主流读者的阅读认知定式。这个思路也体现于约翰·杜瓦尔(Duvall,2008)编著的《剑桥文学指南德里罗卷》(*The Cambridge Companion to Don DeLillo*)中。这部论文集对比研究了德里罗小说中的现代主义特征和后现代主义特征,并从其他不同角度补充印证了德里罗创作手法的多元性。但从总体思路上,这些批评的大背景和指导思想还是美国后现代社会和文学理论。

杰弗里·埃博森(Jeffery Ebbeson,2006)分析了德里罗和其他几位美国当代作家作品的叙事方式和内容与现代主义截然相反的特征:规避对现实的呈现,认知范式的转变,政治意识形态的相对性,等等。埃博森也承认,德里罗等人的创作还是牢牢建立于道德政治批判基础之上的,这和某些人所理解的后现代性并不完全吻合。埃博森提醒读者,对于后现代这个范畴本身以及后现代批评这种方法,还是要持一种谨慎的态度。

杰里米·格林(Jeremy Green,2005)的专著聚焦于新旧千年交替时期所出现的文化工业发展新趋势带给文学创作、出版、阅读习惯等方面的影响。随着新媒体的崛起,文学这种古老的形式在文化产业中遭受到前所未有的边缘化,在此背景下,被格林称为美国第二代后现代主义作家的德里罗等人的创作,体现了对这个大气候的反映和反思。

兰迪·莱斯特(Randy Laist)从后现代社会科学技术这一具体角度入手,分析德里罗小说中科技发展以及各种高科技产品对当今人类所造成的影响:这一切以迅雷不及掩耳之势改变了人们所居住的世界和他们认知世界的方式;信息、媒介、消费品(包括交通运输等服务产品)改变的不仅仅是外部世界,还有人的肉体、思维和心灵;它们参与到人的主体性建构过程并体现在这个建构的最终结果上。

除了后现代主义批评角度外,从文化、全球化角度批评德里罗小说的论著有4部(Osteen,2000;Joseph,2006;Apitzsch,2011;Boxall,2012),以恐怖主义和暴力为分析重点的有2部(Schneck and Schweighauser,2012;Gourley,2013),数量等同于研究德里罗小说中身份同主体性的著作(Laist,2011;Pass,2013)。从其他形形色色角度分析小说的各1部:宗教(Adelman,2012)、正义(Polley,2011)、"9·11"文学(Sozalan,2011)、环境(Martucci,2007)、当代美国小说中的小说和史诗之分(Morley,2008)、当代美国小说中英雄/主角(hero,Halldorson,2007)、语言(Cowart,2002)、系统理论(systems theory,LeClair,1987)。另有综合性论文集4部(Ruppersberg,2000;Bloom,2003;Olster,2011;Lento,2012),其中文章主题和所用理论方法也涵盖了上述简单归纳的各个门类。

本书拟从资本主义晚期文化逻辑的一个具体方面,也就是鲍德里亚所提出的超真实(hyperreality)[1](杰姆逊,1997:217-227),来解读和阐释德里罗

---

[1] 专门研究鲍德里亚的美国专家迈克·甘恩(Mike Gane)指出,鲍德里亚用超真实概念来说明自20世纪中期以来社会科技发展引发的对传统真实认知范式的改变。决定现今真实认知模式的,是大众媒介和资本主义工业技术所制造的符号。这种符号自行设定与真实世界毫无关联的自我生成模型,消除了传统认知方式中表征和实在之间的界限。超真实概念把鲍德里亚三大重要研究主题整合在了一起。一是拟象(超真实是第三序列拟象的表现)。二是消除一切界限的"内爆"。内爆导致真假边界消失,真实融入拟象,拟象再转而投射"真实",产生了"比真实还真实"的超级真实。三是鲍德里亚的大众文化批判。如同内爆一样,大众文化也有着抹杀真实和虚幻区分范畴的特征。典型大众文化的例子是迪士尼乐园。鲍德里亚指出迪士尼乐园的存在是为了掩饰一个事实:整个美国都是一个"乐园"。鲍德里亚利用超真实概念发展了异化理论。在他看来,异化不再是主体在充满敌意的世界中的迷失。超真实中的异化意味着主体已经是拟象系统的产物,超真实意味着超级顺服(hyper-conformity)和拟象的恐怖统治(Smith,2010:95-98)。英语前缀hyper-的意思是"超出,高于,在……之上"(陆谷孙主编《英汉大词典》第2版)。hyperreality在国内一般译为"超真实"(马海良,2000;毛崇杰,2002;肖伟胜,2002;戴阿宝,2004;王岳川,2005;支宇,2005;陈嘉明,2006;柏定国,苏晓芳,2006;等),也间或有人译为"超(级)现实"(张一兵,2008;胡全生,2012;等)。2011年10月,笔者曾参加"城市与文化、文学研究"全国学术研讨会。分组发言讨论时马海良教授建议把hyperreality译为"超真实",因为这毕竟是鲍德里亚推出的对"真实"的认知新范式。另一个原因就是这个译法可以和"超现实主义"(surrealism)区分开来。

小说呈现的后现代现实。目前已有不少批评研究探讨德里罗小说中的"现实"问题,但这些尝试往往还是从后结构主义理论出发,从话语理论角度结合主体性问题来分析德里罗的小说文本(Yehnert,2001：357)。那些依赖鲍德里亚拟真、拟象和超真实理论进行德里罗小说批评的研究,通常着眼于技术、消费、媒体技术控制等方面。这几个方面的研究显然属于一个更大的"语境",在这个大语境下解读德里罗作品,可以使得以往零散的研究有机化、系统化,从而能够更为全面和深入地揭示德里罗小说所呈现的后现代超真实。这个宏观的大文化气候和环境就是鲍德里亚所提出的"超真实"。

评论家们早就发现德里罗作品中的明显而一贯的互文性,这说明德里罗的创作关注的是一种普遍、深层、影响重大而长远的社会本质性元素,其中紧密的脉络性,使得我们无法使用任何一种支离破碎、静态孤立的方法去研究其作品。在这种情况下,超真实这样一个宏观坐标系就显得非常实用。有了它,就可以把德里罗整体创作中所不断奏响的几个主旋律及其变奏真正整合入一个有机统一的系统中去考察,从而有助于从整体上认识和理解德里罗作品中所呈现的后现代现实——超真实。

1.2 超真实概论

1.2.1 德里罗小说中的超真实

简单地说,德里罗笔下的超真实包含以下两个相辅相成的意思。一是超越,是指美国后现代社会物质、技术、资本等方面的突变式超越。第二,作为结果,这种超越引发一系列的社会文化断裂。在第一层意义上,"超"有点像"超级市场"的"超"。后现代消费品在数量、品种、功能方面实现相对于前消费社会阶段的超越,消费品成为"超级物"。这引发了与传统认知体验模式的决裂或断裂——超级物超越了满足人基本生理需要的使用功能,进入符号和物体系统。一方面超级物超越其客体地位,替人构建另外一套超级存在的环境和世界;另一方面,很多超级物是进入符号体系的"符号-物",它借助各种手段,尤其是电子媒体技术产生拟象,对所谓世界、客观、认识、实践、经验等进行投射。这两个相辅相成过程的结果,就是超级物所形成的超真实——它是拟象让主体体验到的另外一种"真实"(Lane,2000：100)。超真实之"超"的意义,是它与传统中的真实断裂开来,超越、凌驾并取代了后者。

关于德里罗小说中的超真实,也可以借用另外两个理论家的观点更为直观地说明。一是加拿大哲学马歇尔·麦克卢汉(Marshall McLuhan)①"媒介即信息"的著名论断,二是美国西方马克思主义理论家弗雷德里克·杰姆逊(Fredric Jameson)对后现代所做的"断裂"定义(1991:1)。麦克卢汉的"媒介即信息"观点所要传达的基本含义是,媒介往往超越人对它的把控和理解,从而最终麻痹人而使其陷入危险。任何媒介(发明或技术)都是人体某个器官或者官能的延伸,但延伸的代价是它会对中枢神经造成额外负担或者刺激,而中枢神经为应对由此产生的压力甚至伤害,会马上启动"麻痹"机制,或者干脆截除(amputate)这个延伸部分。这个延伸部分就不再为中枢神经感知或控制而变成一个独立的"封闭系统"(McLuhan,1964:50)。每一种技术和发明作为一种新的延伸都会导致新一轮"麻痹"或"截除",并产生新的封闭系统,这就是技术对人体的"碎片化"。所以,掌握了技术的人也就陷入了被技术碎片化的状态,人对此却浑然不知,而且"会马上沉迷于其自身在任何材料中的延伸"(McLuhan,1964:45)。②

这使得人和延伸部分之间的关系彻底逆转:"观看、使用或者感知任何技术形式上的人体延伸都必然导致对这种延伸的接受。……正是对日常生活中所使用的技术的不断接受,使我们在自身形象面前陷入了纳喀索斯的阈下意识③或麻木状态。由于不断接受技术,我们变成了它们的伺服机制。这就表明,要想使用技术,我们就必须如信奉神祇或者小型宗教一般服务于这些作为我们自身延伸的客体。"(McLuhan,1964:50-51)麦克卢汉引用警示偶像崇拜危险的《圣经·诗篇》第113篇进一步生动阐释此主客体关系的逆转:"造它的要和它一样,凡靠它的也要如此。"④偶像是人造的、没有生命的东西,但它却反使创造者拜服在脚下。这同样是发明技术或媒介者的命运:"观看这些偶像或使用技术的结果是人顺从于偶像或者技术。……此即感官'封闭'的实际情况。"(McLuhan,1964:50)

---

① 1967年到1968年,麦克卢汉受聘于德里罗的母校福特汉姆大学,任人文学科阿尔贝特·施韦泽教席(the Albert Schweitzer Chair in Humanities)教授。尽管这时德里罗已从该校毕业近十年,但他大学所学的传播艺术专业正属于麦克卢汉重点研究的领域。麦克卢汉及其著作在20世纪60年代的影响也不可能不引起德里罗的注意。详情请参阅 http://www.newworldencyclopedia.org/entry/Marshall_McLuhan#cite_note-15。

② 请参见杰姆逊(1997:196)的类似表述,他把后现代人的心灵状态描述为"零散化"或者"吸毒带来的体验"。

③ 在突遭强烈刺激时,中枢神经系统出于自我保护会进入"全身麻痹"状态或"提高感知能力阈值"(McLuhan,1964:48)。比如受伤害时人或许会短时间内没有痛感,因为神经系统对疼痛的感受阈值被提高了,这就是此处所谓"阈下意识"状态。

④ 原书有误,实为《诗篇》第115篇。此处译文出自中文和合本新国际版《圣经·诗篇》。

这里我们看到了超真实的一个维度。麦克卢汉主要从技术发展的角度，警示媒介对人和社会的断裂性的影响作用。但是麦克卢汉的媒介外延非常之广①，所以当鲍德里亚②利用麦克卢汉的理论分析消费社会中的物时，实际上谈论的可以说是引发人神经系统麻痹和封闭的各种广义上的超级物。而这个超级物建构的超真实的一个重要特征，也是引发人与其神经系统、感知器官和感知、生活方式的"断裂"，进入到一种由超级物或媒介制造并控制的超级真实。

对于后现代是一种"断裂"的说法，较为有影响力且得到认可的论述来自杰姆逊对于后现代主义的描述。他指出，后现代主义牵涉到一种彻底的断裂，这种断裂既是对主宰性文化的叛离，又是与一种截然不同的社会经济组织方式的分道扬镳。后现代是一个崭新的社会和经济分期（甚至可以说是体系），它一直被冠以各种称号：媒体社会、景观社会、消费社会、消费被控制的官僚社会，或者后工业社会，等等（Jameson，1984：vii）。但无论如何，杰姆逊强调，后现代下的资本主义发展到了最纯粹的阶段，甚至到了人根本无法直接理解和悟透的后现代崇高的程度。

上段中所提到的用以定义后现代社会的媒体、景观以及消费或者消费品，都可以理解为麦克卢汉所说的广义的媒介。这些媒介或者超级物，是引发社会文化断裂的重要因素。断裂的一个表现就是它们建构了一个超级真实，并令人陷入"纳喀索斯的阈下意识或麻木状态"。麦克卢汉的"麻痹"、杰姆逊的"断裂"和后现代崇高概念，都可以用来描述超真实的特点。随着 20 世纪中后期美国社会技术和消费水平的发展，人已经与原来的真实认知体系断裂开来，从原来的真实中被麻痹和截除进入一种超真实。这个超真实，已经更加难以被麻痹在其中的人所识破。德里罗的超真实就是媒介等超级物以及超级物环境对人进行麻痹的真实。

超真实作为后现代的真实，是后现代物质技术条件、文化逻辑和表征范式下的产物。超真实是由超级消费物增生、物的符号化、符号自主化通过电子复制技术支持共生共振所导致的超越或超脱传统真实构成的认知范式的拟象真实。这是资本主义发展到后现代，物化和异化所进入的最新阶段和模式。后现代超真实本质上还是那部巧取豪夺的真实历史，但是，这个真实却没有了那

---

① 麦克卢汉笔下的"媒介"可以指印刷、相片、电影、收音机、电视等一切技术发明，也可以指广告、衣物、道路、货币、游戏、比赛等。

② 鲍德里亚很多理论源于麦克卢汉，他甚至被称为"法国的麦克卢汉"（Genosko，1999：2）。鲍德里亚著名的拟象理论灵感显然来自麦克卢汉"技术对人意识的模拟"等论述（McLuhan，1964：3）。

些血腥肮脏的场面,变成了一个明洁卫生、健康舒适、高效人道的拟象场景。

变化的原因是后现代超真实的构成因素"物"发生了变化,它成为了一种超级物。但是,这种变化却如麦克卢汉所警告的那样,并没有得到人们的注意,人反倒被超级物所麻痹。这就是德里罗重点探究的后现代超真实问题。在德里罗笔下,西方发达资本主义社会后现代超真实是一个借助超级物和超级技术建构的超级物役的反乌托邦。这是西方现代文明人在现代和文明的"百尺竿头"上向后现代迈进的一步,这个进步,应该给予讽刺性地理解。按照鲍德里亚的超真实理论,从百尺高的竹竿头上杯口大小的基础上,再进一步,就到了一个空中楼阁,一个和真实脱离了联系的海市蜃楼的超真实。鲍德里亚对于后现代超真实的批判,延续了西方马克思主义对物化和异化批判的精神,只不过他非常激进地把马克思意识形态的物质性(孟登迎,2004:63-64)又推进了一步①。德里罗在其文学创作中批判美国社会超真实时,其基本关注点也是试图揭示其中的超真实和超级物如何使人与他自己、他的真实需要、真实社会关系等断裂开来的。

对于"真实"和"真实人生探讨"的主题,早在作为西方文化和文学的重要源头《圣经》中就已出现。亚当和夏娃不遵从上帝旨意,偷吃禁果,知道了自己是谁,分清了所谓善恶。但在上帝那里,这是不可饶恕的原罪。于是他们被逐出伊甸园,注定要在园外的流放地受尽苦难。从该隐开始,人又不断用自己的恶和罪再三毒害污染他所处的地球,以致遭到洪水的涤荡、天火的焚净。耶稣道:"我知道我从哪里来,往哪里去;你们却不知道我从哪里来,往哪里去。"(《新约·约翰福音》,8:14)耶稣又说:"你们是从下头来的,我是从上头来的;你们是属这世界的,我不是属这世界的。"(《新约·约翰福音》,8:23)这里的寓意是:人类生活于其中的这个尘世其实不过是个罪恶的牢笼,凡想得救的,就必须放弃这个世界,走向耶稣宣扬的天国。如果人不去追求上帝的国和义,那么人世间的荣华富贵都是假象。这是作为西方文明主要源泉的基督教对于现世和真实人生意义的阐释。

撇开宗教含义不说,圣经中关于失乐园、耶稣被钉死于十字架后第三天复活的内容,其象征意义是:人在尘世中所认识、接受的自己、世界和现实,可能

---

① 鲍德里亚这种观点深受马尔库塞的影响。请参见《单向度的人》(刘继译,上海译文出版社出版)第一章第11页。在《消费社会》一书中,鲍德里亚用专门一章(第二章《消费理论》)讨论消费的"意识形态"问题。他认为,消费成为一种新的神话和宗教,而且消费社会竭力把消费能力和所谓"民主"地位相提并论。消费成为一种"文化系统"和整个社会用以沟通交流建立人际联系的"语言"和"编码"。消费更起着社会规训的作用,"是实现社会控制的一种有利因素"(鲍德里亚,2000:33-78)。

都是幻象;有些时候,人必须要摆脱它的影响,去认知更为真实、更为深刻、更为高层次的真相。这也是西方文明的另一源头古希腊哲学所专注的问题。如在古希腊哲学家柏拉图看来,我们的世界无非是一个仿品,而正宗的真品和原本是"理念"。在《理想国》中,柏拉图从另外一个角度阐释人对自己及所处现实世界的认知方式,那就是著名的洞穴寓言。人能够勇敢地走出洞穴,直面并接受外面的灿烂阳光、新鲜空气和广袤世界吗? 洞穴寓言告诉人们,这有时是非常难以做到的事情。作为智能动物,人总可以利用其智力制造假象把人(或自己)关在黑洞中,并使人(或己)相信这片洞天才是真实世界。制造假象代替真相,总是伴随着人类演化的历史。这既来自人的动物性需求,又来自人的社会需要。

大自然中的生物在长期演化过程中,为了生存(捕食或者反捕食),进化出千般万种的伪装手段,狮皮、虎纹、豹斑、北极熊的白毛都是肉食动物为了埋伏偷袭的迷彩。为了不被肉食动物发现,鹿、羚、兔、雉等,也各自进化出自己的障眼法,并能根据季节变换毛皮颜色。一些鱼、蛙、蜥蜴等动物更是有了随时随地变换身体色彩的本领。一些看起来好像无助的幼虫,也有自己的伪装特技,拟形、拟态、拟势等不一而足。即使是植物、菌类等简单的生命形式,也都有各自的伪装保护机制。人类作为最高级的灵长类动物,在模仿、模拟、拟象等方面当然做到了极致。

如果其他动物伪装仅仅是为了猎食、求生、交配等最基本的生存需要,人类因为其复杂而特殊的智力、心理和精神机制,在伪装方面就有着更多的理由,需要相应的高级复杂的手段、技术和设备。人类进化到食物链的最顶端,大自然的一切资源终于都处在了其控制之下,但是人与人之间的资源争夺却愈演愈烈。而且,智力使得人类有了其他动物所没有的欲望,再残酷贪婪的掠食动物,也有饱食餍足的时候,这时候草食动物就可以得到片刻的安宁。但是人类的欲望却难以满足,尤其是发明了种种储存手段(如加热、腌渍、冷藏等)之后,人的欲望也可以不朽、不息了。而且智力使得他能够产生新的贪欲。占有和掌握了资源的人为了使得自己的财富地位更安稳长久,会用手段去欺骗那些被剥夺了资源的人。而那些被剥夺了的人也会自欺,用比上不足比下有余的智慧,用天命、轮回、前生来世等理论来使自己难以忍受的生活好过一些。人们往往是在这样的欺骗(或自欺)中,理解和定义自己所处的真实。

从这个角度看,人类在使用智力使自己更为聪明、更深入了解世界改变世界的文明史之下,也存在着一部人使用智力使同类(很多时候也是使自己)变得愚昧和无知的隐史。"古之善为道者,非以明民,将以愚之。民之难治,以其智多。"马基雅维利(Machiavelli)广遭非议的评论也大概表露出同样的道理："那些曾经建立丰功伟绩的君主们非但不重视守信,反倒懂得怎样运用诡计,使人们晕头转向,并且终于把那些一向虔诚的人们征服了"。人也就可能会陷入一个自导自演的智力与智昏、聪明和愚昧的悖论大戏中。假作真时真亦假,无为有处有还无,曹雪芹一部《石头记》概括的是世间多少荒唐梦。这一"梦境"在进入工业社会,尤其是电气时代后,借助着人所驾驭的超过了千万年历史总量的技术、设备、资源等,更是登峰造极。超真实终于在后现代有条件大行其道,西方社会中,人再一次经历失乐园式的断裂和脱节。只不过,第一次失乐园是人在"眼睛明亮"和"知道"善恶之后,进入乐园外那蛮荒广袤的地域。而这一次,他们是被超级物和拟象带入了超真实。

这仍然可以说是由于麦克卢汉所注意到的各种新技术、发明和媒体的出现而造成的与自身感官的隔断和麻痹。这种阻断或者断裂,会造成对传统社会人们所习惯并接受的真实感知方式的断裂、颠倒和颠覆。人对于他自己,对于他所处的世界和真实,就更加难以把握和认识。比如在消费社会中,消费代替生产成为推动社会发展的力量。消费欲望(而不是产品)的生产,变成生产的主要宗旨。人们由生产者变为消费者。在传统生产或工业社会中,人们作为生产者,会直接面对生产资料,这能使得他们多多少少了解客观物质世界,他们自己也构成某种名副其实的生产力。而在消费社会,消费者们无须和任何生产资料接触,他们被无数消费品所淹没。消费品往往是一次性的①,消费者只需要使用和享受,对其基本运作原理根本无须知道,也不可能知道。传统社会中的日常用品和生产器具,通常使用者本人就可以制造,更不要说去维修。后现代消费者面对技术含量极高的消费品根本做不到这一点。况且,消费者是被鼓励消耗浪费的,他们认为出现问题的消费品应该马上扔掉。《白噪音》中的希特勒研究系主任杰克,连水龙头都不会修,被其岳父讥讽为基因退化的典型表现。鲍德里亚也称后现代消费者为城市丛林中的原始人。过去人们通过生产、通过接触生产资料与传统真实建立了纽带,但是这个纽带如今被后现代消费者抛弃了。人们可以被轻易诱入并禁闭在超真实中。

由物质生产到欲望生产的转变反过来又引起另外一种断裂。从前是物质复制,而现在是欲望复制、概念复制、假象复制、幻象复制——也就是图像复制、符号复制、能指复制。一言以蔽之,就是让·鲍德里亚所言之拟象的自我

---

① 这不仅仅是指如一次性筷子、餐盒等那样作为主要环境污染源的消费品。现今所用的很多产品,如电视、洗衣机、电脑、手机等,大多都不需要维修,如果出现问题往往是直接换掉或者淘汰。而且,很多产品等不到出问题,就更新换代了。

复制。从某种意义上说,超真实是基于后现代消费社会的超级物。超级物作为后现代消费社会中的消费品,不是现代社会或前现代社会中用于满足人体基本生理、生存需要的物品,而是在一个富足社会中大家必须要消费、消耗,乃至浪费掉的富余物品。超级物的另一特点是,后现代消费社会中的消费物品,既包括看得见摸得着的有形物质消费品,也包括种种文化或精神消费品,在后一范畴中,很多消费物都是虚拟的。另外,它的功能也不再那么实在和具体。人的消费目的不仅仅局限于消费品的使用价值,更为重要的是它的符号价值。资本主义竭尽全力在赚取商品额外的符号交换价值,促使符号的意指循环周期不断加速——资本流通与符号流通共振,甚至包括文化在内都沦为符号。对于符号的消费,导致人们在拟象中实现欲望,所以更多拟真符号形象会被生产、消费,这个恶性循环的拟真游戏永无尽头。作为结果,超真实不再是一种在有限范围内发生或存在的经验,它已经成为当今人们生活的一种普遍状态和生存条件(Usher,2008:35)。

符号的无限自我指涉、自我复制、自我衍生,把人层层包围其中,隔断了他和原来的外界的联系,将其封闭在符号和图像自身繁衍、扩张、增生和构成的拟象世界中。当人们被无用、无法理解的大量信息包围时,也就无法再把握所谓现实,恶果之一是传统意义上现实社会的塌陷(皮海兵,2012:156-157)。后现代超真实就建立在这坍塌的废墟上。

电视、电子技术和网络又恰恰在这个时代成熟,于是后现代媒体加入生产、技术、欲望和拟象复制的互动。复制超真实的模型可以大范围大规模产生并日益发展壮大。拟象的克隆、传播、扩散、滋生愈加急剧。结果是假象的复制使得三人成虎现象更加泛滥。原来被凭借分析判断的信息本身,在拟象中往往失去实质意义,因为信息可能是无穷无尽的重复甚至是循环往复的以讹传讹。而且,复制的速度和数量远远超过人所能接受和理解的限度,遑论要求人去甄别真伪、判断正误了。所以人所接受的所有信息不能再使得他们更为有效地认识这个世界,反而使其陷入混乱、困惑和被动。信息可能不再对人有用,而是反过来控制人。后现代超真实,是一个个人难以辨识真伪的现实。

上述种种断裂造成人的认知模式甚至心智系统的断裂——直立的、立体的、能够站高望远、具有三维辨识能力的人,随之颓瘫成了单向接受消费信息和指令、丧失了辨识和批判能力的单向度人。单向度人的生存环境由于技术水平的提高和消费品的富足得到急剧改变。对于很多人来说,工作不再是直接面对自然和原材料,不再是一种直接的体力考验,而是办公室里电脑电话前的所谓舒适工作。工资的提高、福利的增加、整体生活水平的改善,都使得人生看似更为美好。但是这种美好很大程度上是一种骗局,如时间、体力、精力的总付出、精神的折磨、健康和心灵的代价,都被掩盖住了。很多情况下,产品成本的隐性部分,如环境成本、社会成本等被转嫁到了第三世界国家。另外,工作时间、劳动形式、报酬津贴方式也变得所谓以人为本和人性化,更加灵活多变,花样翻新,加上社会整体技术进步使得多数人都能满足生存基本需要,这就使得人们对体力、精神、心灵成本的付出不觉得过于严酷。

马尔库塞(Marcuse)指出,发生在单向度人身上的另外一个断裂,即弗洛伊德提出的压抑和升华过程出现了错乱性颠倒。后现代社会一反人类文明过程中一直进行的对欲望、性欲的压抑形式,推出一种更有效的社会控制方式——反升华(desublimation)。技术的发展、物质的富余、成本的降低,形形色色物美价廉的产品高度满足人的欲望。后现代超真实里,压抑、升华非但没有必要,还会使得人们误入辨别、批判、求变、超越的有害维度。正如《美丽新世界》①描述的,丰裕社会干脆把性变成一种消遣休闲形式以舒缓个体和社会压力及矛盾。反升华消解了传统升华模式所需的高度和空间,超我和本我直接溶解到了一起,成为一个平面上的一摊黏液。超我的废除和本我的释放,刺激了社会的无序化②。后现代单向度人脚下的地面裂开了,涌上来的是他自己的造物,消费品、消费品的尸体垃圾③、媒体、媒体复制物、人造和无限克隆复制的欲望和拟象……于是后现代人再次经历他祖先挪亚的那次漂荡。只不过这一次淹没他所生活的现实的,不是上帝降下的洪水,而是自己造就的消费品(及其符号和消费品尸体——垃圾)的泥石流。后现代人所处的现实,是一个消费和拟象符号糊成的方舟,它漂在鲍德里亚所说的比真实还真实的超真实之上,无法触及任何传统现实的土壤和地面。

德里罗一直警惕和关注杰姆逊所指出的种种断裂及其影响,其小说严肃而执着地剖析着后现代的现实。德里罗作品非常贴切地呈现了让·鲍德里亚、弗雷德里克·杰姆逊和让-弗朗索瓦·利奥塔(Jean-Francois Lyotard,1924–1998)等人所试图阐发的当今发达资本主义国家的社会文化状况,因而常被称为后现代主义小说家(Wiese,2012:2)。当然,德里罗并非第一个考察后现代超真实的作家。在后现代主义这个术语被广泛应用之前,德里

①　*Brave New World*,赫胥黎(Aldous Leonard Huxley,1894–1963)发表于1931年的著名反乌托邦小说。

②　对于马尔库塞 desublimation 的此种解读,是笔者在美国威斯康星大学拉科罗斯分校(University of Wisconsin-La Crosse)访学时的访学导师布莱德利·巴特菲尔德(Bradley Butterfield)教授提出的。

③　垃圾和后现代文明的矛盾问题是德里罗《地下世界》《白噪音》等小说中探讨的重要主题。

罗以及一些早于他的作家的作品通常被称为实验小说。实验小说家们的一个主要关注点,就是拷问二战后西方社会进入消费社会后的巨变及其对人感知世界方式的影响。他们对时代的反思,与同期社会学家、心理学家等采用各自学科新方法研究他们所看到的新社会阶段的努力相一致(Hendin,1979:242)。

如美国社会学家戴维·里斯曼(David Riesman)指出,当代美国社会进入"他人导向"新阶段,人沦为被动接受控制信号的雷达屏;C. W. 米尔斯(C. W. Mills)也进行了类似表述——美国进入技术官僚社会,人变成了其中的螺丝钉;哲学家马尔库塞对当代西方社会与人之时疫做出了诊断——单向度(1979:11-18;31)。美国实验小说中主要人物身上都体现了那个科技日益高精的时代的特点(Hendin,1979:240-242),很多实验小说探究在技术理性控制和异化下,已无力应对现实、无法探知真实的当代人命运。从实验小说家到德里罗,一脉相通的是他们对于世界全球资本、控制论电子技术、媒体等共同创造的后现代新现实的警惕、剖析和批判。

几乎在美国社会学界、文学界对自己社会进行上述考察的同时,大西洋彼岸的鲍德里亚也开始寻求一种新范式观察和描述当今西方发达社会(凯尔纳,2005:229)。在鲍德里亚看来,历史经历了上帝、人和进步三部曲,现在一头跌进了基因代码控制①的时代,从资本主义生产社会,发展到了妄图实现绝对统治的新资本主义控制论秩序(Baudrillard,1993:60)。这种新秩序就是超真实——鲍德里亚用以图绘当代资本主义社会存在的范式(张一兵,2009:333),是他用来审视批判后现代现实即超真实的独特视角。

可以说,德里罗和鲍德里亚所处的时代大环境和社会思想氛围是一致的,而他们观察世界的方法以及所探讨的社会现象也都存在很多契合点。鲍德里亚常以美国和美国文化的典型代表如迪士尼、世贸中心双子塔楼等为例来阐发他的拟象、拟真和超真实理论。在其《美国》(*America*)一书中,鲍德里亚更把美国用作了阐释超真实理念的典型(戴阿宝,2006:242)。在鲍德里亚理论中,超真实是后现代主义现实的一个规定性组成因素,而美国就是后现代主义的典型场所(Lane,2000:103)。德里罗作品中一贯的中心主题是信息的过度浸淫、扼杀心智的媒体文化和对虚假偶像的崇拜(Rosen,2009:512)。他的小说所描述的世界被淹没在拟真、超真实、消费主义和信息与理论(其中大多数

---

① 请参见 *Symbolic Exchange and Death* 中"The Metaphysics of the Code"一节(Baudrillard,1993:57-61)。

都是垃圾信息)中(Wiese,2012：3)。正是因为他们在揭示后现代现实本质上的这种契合关系,才使得运用鲍德里亚理论研究德里罗小说成为一种贴切相关、容易洞中肯綮的解读尝试(Geyh,2003)。在很大程度上,德里罗笔下的人物所生活的世界,是鲍德里亚超真实的文学呈现形式,所以,下面有必要简单介绍鲍德里亚的超真实与拟象概念。

1.2.2　鲍德里亚超真实与拟象概念

在鲍德里亚看来,资本主义发展到现今,"全部的真实统统被编码以及拟真的超真实吞并了。拟真原则主宰一切"。后现代是拟象的第三序列,是超真实的世界(Baudrillard,1993：2 - 3)。超真实不需要人们理解的传统真实基础,它的基础是拟真(simulation)和拟象(simulacre)。所谓拟真就是自律的符号体系无休止自我克隆的过程,克隆出的结果就是拟象(simulacre)。符号的代码(code)和模型(model)投射出后现代的超真实。鲍德里亚把西方现代文明史重写为拟象的发展史。

> 拟象的三个序列平行于自文艺复兴以来价值规律的递嬗:
> ● 仿造是自文艺复兴至工业革命之"古典"时期的宰制性模式。
> ● 生产是工业时代的主导模式。
> ● 拟真是当今代码控制阶段的首要模式。
> 第一序列拟象运作遵循自然价值规律,第二序列拟象遵循市场价值规律,第三序列拟象遵循结构价值规律。(Baudrillard,1993：50)

作为后现代"现实"的超真实是第三序列的产物,是当今发达资本主义社会的实质。在第三级拟象中,0 和 1 二进数制的神秘图式成为所有真实的来源。这也是符号在意指终结时代的状态——DNA 或运作拟真(Baudrillard,1993：58)。后现代超真实出自"DNA 或运作拟真"。为了弄清鲍德里亚这一晦涩的论述,我们不妨先纵览一下他笔下的拟象三个序列的发展过程。该进程可以简单地用两条相互联系的曲线来表示,一条是"复制"(reproduction)的发展演变上升轨迹,另一条是人主体性的下降曲线。

虽然鲍德里亚貌似激进地完全否定马克思历史唯物主义和政治经济学,但最起码在拟象发展的描述中,其思路几乎是在一定距离外沿着西方马克思主义异化理论平行前进的。拟象发展进程也就是人复制的对象的变化过程——开始于自然,终结于没有本源的模型。人在模仿、复制自然时,对于自然和现实是有把握的,对复制及其对象之间的关系当然也了解。但是复制演进到拟真,这种把握和了解也就丧失了,人就陷入不辨真假、来自符号并由符号构成的超真实,张一兵(2009)称之为"异化的三次方"的境况。

拟象第一序列与文艺复兴同时出现,新生资产阶级仿造封建地位符号,用资本主义复制品公然与封建正宗符号分庭抗礼。鲍德里亚对于第一序列,当然也是这整个谱系的具体论述的第一句话则是:"仿造与文艺复兴一起诞生,在其呱呱声中,封建秩序轰然解体——推手是资产阶级秩序以及出现于身份差异符号(signs of distinction)层面上的公然竞争"(Baudrillard,1993:50)。由此可以看出,对符号的探讨是鲍德里亚修撰拟象历史的切入点和中心轴线。拟象谱系就是符号的发展史。鲍德里亚对符号的探讨,一下笔就选中了新型资产阶级的仿造符号——假冒封建身份等级符号的产物,以此来说明资产阶级诞生和资本主义生产方式萌芽开始摧毁封建符号的严肃性和稳定性。鲍德里亚认定,符号及其代表的实际指涉物之间的稳定关系在此发生断裂,并一步步朝相反方向滑移,符号和本源、现实、真实再也无法联系和沟通,渐行渐远,日益走向拟象和超真实。

资本主义的仿造和僭越行为非同小可,它体现了资产阶级开辟新天地的普罗米修斯式的雄心。它发轫于仿造,向生产挺进(Baudrillard,1993:52)。符号挣脱封建专制,进入按需增生的阶段——市场逻辑已然隐约可见了。资本主义生产理性,推动仿造,仿造更牵涉到社会关系和权力。资本主义技术、技术官僚制度已经开始在资产阶级仿造世界的理念中全面发挥作用。资本在整个拟象发展过程中起着非常关键的作用,它是拟象产生的第一推动力,也是始终推动拟象三个序列间演进的一贯动力。

在第一序列中,人仍然去拷问自然,探究存在和表象的两难推理,但并不涉及表象与存在之间的差异。随着工业革命到来的第二序列拟象溶解吸收了表象,或者说清除了对真实问题探究的基础。新一代作为大规模生产产物的符号和物体出现。没人再去深究它们的独特性和本源问题,它们只在工业拟象维度中才有意义。这就是系列——两个或 n 个相同物体同时被生产。物体间的关系不再是原型和仿造的关系,不再是类比或反映的关系,而是等价关系和无差异关系。刻意追求无限复制性是对自然秩序的挑战。在系列中,物体成为难以相互区分的拟象,更为甚者,它使得人也沦为物体的拟象(Baudrillard,1993:53-55)。

在这里,鲍德里亚又转向本雅明(Benjamin)寻求理论依据:"沃尔特·本雅明在其《机械复制时代的艺术作品》中,首次阐释了复制原则中的复杂内涵。

他阐明,复制吸收了创作过程,改变了创作的目的以及创作品和创作者的地位。"(Baudrillard,1993:55)①鲍德里亚把本雅明在艺术、电影和摄影领域中得出的结论推广运用到他所看到的对一切物质和符号的生产中,声言物体的系列复制也是作为劳动力的个体的系列复制。作为媒介的技术不仅凌驾于信息(使用价值)之上,而且也宰制了劳动力。鲍德里亚进而指出系列生产很快让位于模型的生成,本源和目的倒置了过来。模型依据其可复制性的本身逻辑设计出一切,所有的形式都根据调制出来的差异由模型生成。只有依靠模型才能获得意义,再没有什么东西仍能遵循自身的目的发生。一切都"是从一个被称为'模型'的生成性内核中衍射出来的",这就是现代意义上的拟真(Baudrillard,1993:56)。至此,西方社会就进入了拟象第三个序列——也就是我们所探讨的超真实。

人造拟象从自然法则的世界进入到力量和张力的世界,今天则又进入到二元对立②和结构的世界。继存在和表象、能量和确定性的形而上之后,现今是不确定性和代码的形而上,是控制论的天下。模型的生成、区分性调制、反馈、问答等,是一种新型的运作性构造(工业拟象仅仅是操作而已)。数字性是它的形而上原则,DNA 是其先知。正是在基因代码中,今日的"拟象创世"才找到其完整形式。(Baudrillard,1993:57)

---

① 鲍德里亚在引用本雅明的话时,并没有严格按照后者的理论去发展自己的论点,而是把本雅明的逻辑进行发挥以便推出自己关于复制和拟真的新型范式。所以鲍德里亚对《机械复制时代的艺术作品》的引述含糊其词,语焉不详,而且没有标明原文具体出处。在《机械复制时代的艺术作品》里,本雅明提出,机械复制作为新型艺术生产手段,势必在形式、内容以及宗旨诸方面改变艺术品。当然艺术品创作者身份、地位和创作方式也必然不同于传统艺术家。本雅明所举的例子就是电影演员,在机械复制时代,演员的作用和地位几乎和道具差不多,和传统戏剧演员相比,前者身上的"光韵"(auro)消失了。现在的电影演员对着机械表演,而且其表演要接受剪辑机械等的加工处理,电影演员和他的表演(劳动力)一起被商品化了。"电影演员不仅用他的劳动力,而且还用他的肌肤和毛发,用他的心灵和肾脏进入到这个市场中。"(本雅明,2002:107)显然鲍德里亚对复制的态度在根本上不同于本雅明。本雅明固然也叹息复制会毁掉传统艺术的光韵、即时即地性和原真性,但是对于机械复制还是大体认可的。而鲍德里亚拥护的是光韵、原真性,并以此为出发点否定复制拟真。更重要的是,鲍德里亚尤其看重本雅明所看到的传统艺术特点:"艺术作品在传统联系中的存在方式最初体现在膜拜中。我们知道,最早的艺术品源于某种礼仪——起初是巫术礼仪,后来是宗教礼仪。在此,具有决定意义的是艺术作品那种具有光韵的存在方式,从未完全与它的礼仪功能分开,换言之,'原真'的艺术作品所具有的独一无二的价值植根于神学,艺术作品在礼仪中获得了其原始的、最初的使用价值。"(本雅明,2002:92)这正和鲍德里亚一生所钟情的"象征交换"本质相通。而象征交换又恰恰是超真实、拟象的对立面。

② 这个"二元对立"不是传统哲学中理解的"二元对立",而是鲍德里亚理论中独有的 0 和 1 二进制中 0 与 1 二元对立。

上面的文字充满时髦的科技术语，读起来高深莫测。美国社会学家道格拉斯·凯尔纳(Douglas Kellner)提醒大家，这些术语与其说有什么科学含义或价值，不如说是一种"科学比喻"，意在反映一种后现代的断裂状况，并说明在后现代世界中客体和环境的巨变(凯尔纳，2005：18)。鲍德里亚堆砌如此繁杂的科技术语无非想证明他的一个主张：后现代这种社会"地层"的断裂是如此剧烈，以往的任何言辞和表述都不能再有效说明后现代超真实的本质，只能用崭新的语言来形容它。鲍德里亚用这些他认为导致了后现代断裂的科学发展的术语，来建构他观察和说明后现代状况的"范式"①。正如凯尔纳说的，鲍德里亚"大量的科学比喻，体现了对于当前世界的一种高科技的控制论的观点"(凯尔纳，2005：18)。

根据凯尔纳的"比喻"说，再回过头来分析上面鲍德里亚引文，就发现很多问题其实还是能够理解清楚的。"二进制"是鲍德里亚从麦克卢汉那里借来的另一概念。鲍德里亚讨论拟象的"代码的形而上"一节，以麦克卢汉对二进制的评价做引子："长着数学大脑的莱布尼兹在唯0和1独尊的二元系统之神秘精确宇宙中，看到了创世的意象。0和1至尊之神的统一性，通过来自空无的二元函数来运作。莱布尼兹认为，这至尊之神足以创造一切。"(Baudrillard，1993：57)这就是鲍德里亚的灵感来源。作为当代电子计算机技术基本原理的二进制，取代了基督教中的上帝、启蒙宏大叙述、生产解放神话等，成为后现代的新创世之神。但二进制这个比喻在鲍德里亚看来还不足以说明问题，于是他又加上一个DNA来阐明他模型的本质。而且，对DNA的比喻鲍德里亚也嫌不够有力，为此他又引用美国语言学家和符号学家托马斯·西比奥克(Thomas Sebeok)的论述寻求理论依据。西比奥克认为，DNA所含信息通过自我复制、繁衍和扩张世代相传，操控整个有机界及其中之巨大能量和信息。基因代码是最基本的符号网络系统，是包括人在内所有动物表意系统的原型。这套系统又可以纳入到作为物理信息载体的分子量子系统内，这样就"有可能把语言和生命系统置于统一的控制论范畴中加以描述"(Baudrillard，1993：59)。

在控制论构想框架内，电子技术、自动控制、生物学、计算机技术、电子媒介技术等都是相通的。这对于一些科学家是福音，意味着他们可以去探寻将

① 利用自然科学术语进行范式建构的做法在很多当代法国学者的著述中还是相当普遍。典型的例子即利奥塔的《后现代状况》(The Postmodern Condition)，尤其是其中"后现代科学寻找不稳定性"(Postmodern Science as the Search for Instabilities)一章(Lyotard，1984：53-60)。这也成为被这些后现代学人广受诟病的一个原因(夏光，2003：459-460)。

生物界和无机界、人类与其他动植物、智慧和机械、思想和自然界能量相互联通的共同语法。但是,对于极端警惕和敌视技术理性或工具理性的鲍德里亚,这意味着噩梦。他认为控制论会真正变成控制人和社会的理论——受控制和奴役的将是发明这些理论的人类本身。所以他对后现代超真实状况得出一个极端悲观的结论:当今世界已经受制于"二进制加基因模型"——这是鲍德里亚式反乌托邦中的宰世法则。

鲍德里亚构想的模型同时也是一种象征:它是后现代的新神,废除以前一切社会结构和秩序,重新进行电子基因创世。莱布尼兹(Leibniz)那来自虚无、横空出世的"二元函数",将如圣经中的上帝一样,用自己的电子语言创造一切。西比奥克笔下的 DNA 不仅是一切生物发展的最基本指令信息,还从最初就决定了一切生物体的生老病死、成长发展。而且,它也有足够的"能量"来保证这种绝对的专断,使得一切都无法逃脱其掌控,这就是鲍德里亚模型和拟真的本质。因为二进制和 DNA 都是以代码形式起作用,所以产生拟真、拟象的模型又被鲍德里亚叫作代码:"代码如同深植入生物体内数千年的程序母体,是孕育所有命令和反应的未知框(black box)"(Baudrillard, 1993:57 - 58)。鲍德里亚构想中的代码有以下特征:

(1)这是一种人无法理解和把握、从根本上完全控制世界的最基本的宿命性基因指令。此指令依靠二元神电子技术及其强大硬件设备来保证自身得到彻底执行。代码符号的霸权无人可以抗衡。

(2)符号从拟象第一序列中的假冒符号,发展到第二序列中的机器复制符号,现在发展到了看不见、摸不着、自足自律、自行运转的代码符号。其运行是在分子、基因这样最微小、最基本的层面上进行的,超越了人肉眼辨识和思维理解的极限。通常人们理解的所指、能指以及符号和所指物的指涉关系被终结了,代之以在基因和分子间自主进行的"最小能指间的偶然性置换"(Baudrillard,1993:59)。置换会产出巨大能量,穿透和辐射整个社会机体及其中的个体,形成一个巨大的控制场。

(3)代码符号的运作取消了以往历史中的一切发展模式,取缔了辩证法和目的论,消除了原来所构想的一切价值、意义和目标,代之以符号本身的"不确定论":"上帝、人、进步甚至大写的历史都相继退出,为代码的登基让道。"(Baudrillard,1993:60)人类一思考,符号就发笑。从此,再无进步,再无未来,因为一切早在符号的设计编程之中。"生物目的性先于一切,早就写入了代码"(Baudrillard,1993:59)——这也就是鲍德里亚著名的"拟象先行"概念(Baudrillard,1994:1)。

在"拟象和科幻小说"(Simulation and Science Fiction)一文中,鲍德里亚对最后的拟象序列,即超真实的实质进行了更为直接明了的阐述:"拟真拟象,建立在信息、模型和控制论游戏之上。其目的是最大功能化、超真实和彻底的控制。"(Baudrillard,1991:309)通俗地说,制造超真实这种后现代现实的最典型、普遍、有效的手段是 20 世纪的信息技术。霍洛克斯(Horrocks)指出,通信系统、自动化、晚期资本①的出现是后现代特殊真实即超真实出现的前提,第三序列拟真"描述的是现代后期在通信、自动化和系统理论方面发生的一场革命,这场革命直接产生出来的符号系统,并不是简单地隐藏现实,而是从大众传媒的特殊模式和方法、政治过程、遗传学、数字技术(cybernetics)②中制造出现实来"(霍洛克斯,2005:32-33)。

在鲍德里亚看来,超真实是后现代的一个主要组成部分和定义性特征。在具体分析这些特征时,鲍德里亚频繁地把目光投向美国寻找例证,因为在他心目中美国就是一片典型的超真实场地(Lane,2000:103)。而在美国,文学家德里罗也在以小说的形式深刻剖析和详尽描述美国的超真实。尽管他在呈现此主题时,不时会运用一些所谓后现代主义的社会理论和创作手法,但是也采取了一种类似历史唯物主义的道路。他的创作非常注意对后现代中超级物的描述,展示这些物从实际物质层面对人的影响到它们构成拟象社会空间所进行的"辐射"控制。由此,德里罗一步步揭示超级物构成的超真实中,拟象模型的布设、形成以及发挥作用的原理,并把这一探究过程最终引入到超真实内在危机的核心。

本书试图发现并遵循德里罗呈现和批判超真实的逻辑来解读此核心。下一章将重点分析超真实的"物质基础",即消费物变为超级物,建构人所生存的超级真实空间。然后进一步探索包括电子超级物在内的各种媒介所进行的拟象模型"创世"。在此基础上,解读德里罗小说如何呈现超真实的"内爆"性质和它自己的内在矛盾:对象征交换的违背以及由此遭到的报复。面对超真实,德里罗通过塑造一个特殊的人物群——知识分子,来实验和探究拟象秩序内小说的创作美学策略,即"悬浮美学"。

---

① 霍洛克斯强调,当前晚期资本(late capital)是"通过形象和意义流通而非通过简单的产品流通"。
② cybernetics 一般译为"控制论"。

第2章
超级物与超真实

德里罗作品中的"超级物"是其所呈现的超真实的"物质基础"。所谓超级物,是相对于传统理解方式而言,在量、质、功能、形式等方面都完成了"超越"的消费物品。这种超级物把人包围、淹没、隔离在其中,最终构成人所存在的超真实环境或者超真实世界。人自身与其传统理念中真实世界、真实自我、真实需要和本真欲望等之间的关系也就相应被超越或超离。人的生存空间与社会和文化体系一并被超级物体系占据、凌驾和建构,这就是德里罗小说中超真实的一个重要特征。

2.1 后现代物与物体系

后现代消费社会中的物从形式到功能都发生了很大的变化,演变成一种超级物并左右和构筑后现代社会真实,从而在一个很重要的维度上建构超真实。这个超级物也就需要从一个不同的角度去审视。法国哲学家让·鲍德里亚在对物进行分析时,就本着这种逻辑寻求一种新的进路。鲍德里亚这类研究的代表性著作是《物体系》(*La Société de Consommation：Ses Mythes，ses Structures*，1968)。在这部专著中鲍德里亚已经开始利用自己后来所发展成熟的"拟象的三个序列"的历史坐标系对物进行历时性纵向对比分析。后现代的物是拟真序列(即"当今代码控制阶段的首要模式")的产物,"遵循结构价值规律"。它不同于"遵循市场价值规律"的工业时代的物,更不同于"遵循自然价值规律"的自文艺复兴至工业革命时代的物(Baudrillard,1993：50)。

后现代拟象序列下的物首先在数量、功能上发生变化。一代代产品"层层袭来,前赴后继,相互取代的节奏不断加快;相形之下,人反而变成一个特别稳定的种属"(鲍德里亚,2001：1)。现今西方社会后现代超真实的状况是物质淹没了人,人面临的问题是如何消费掉富余的物品,其紧迫性毫不亚于先前很长的历史阶段中生活贫瘠、物品匮乏的挑战。基于此情况,鲍德里亚认定物的发展已进入一个新的历史阶段,越过一个临界点,引起人的存在方式和社会结构等方面的质变,因而,研究者必须用不同的范式来考察和定义新社会阶段中的物以及物的社会构建作用。在这里,鲍德里亚转向结构主义和符号学寻求方法论来研究物的体系(或者系统),从林林总总、令人眼花缭乱的物中,梳理出一个物的"结构语义系统",并揭示它如何构成后现代社会中文化、亚文化、跨文化的基础,决定人的思想行为、人际关系系统以及整个社会结构(鲍德里亚,2001：2)。他所探究的,也就是物如何形成自主自律的结构性体系,从而取代旧有的社会体系,使后者进入超真实秩序。

　　除了结构主义和符号学,鲍德里亚物体系理论另有两个重要渊源,一是马克思异化和卢卡奇物化理论,即机器系统把劳动者卷入自己的运作机制中①。二是话语理论,典型表述即海德格尔的"语言说我们"。为有助于理解鲍德里亚对物体系的论述,我们不妨先看一下鲍德里亚的法国同胞让-弗朗索瓦·利奥塔基于话语理论对叙事的阐发。在其代表作《后现代状况》(*The Postmodern Condition: A Report on Knowledge*)中,利奥塔强调了在前工业社会尤其是原始部落中叙述的重要性。原始文化中人们对于神话、史诗、传奇等的讲述,不是现代意义上的娱乐行为,而是相当于现今社会的历史传承、知识传授和社会教育,是族群社会构建的重要形式。叙述内容承载着部落的历史传统经验,叙述行为即是传承发扬这些内容并教导和影响讲述者和听众。利奥塔认为,从某种意义上说,人无非是叙事得以实现的条件和动因。在叙事过程中人也在叙述自己,将自己置入其社会制度和习俗的游戏中(Lyotard,1984：23)。

　　这里叙述的意义就像修撰家谱,叙述行为把讲述者、听者以及被讲述的内容都纳入一个有机的社会结构网络中,把三者糅合为一体(叙述的功能在稍微发达一些的社会阶段里,表现在国家、朝代修撰历史的宗旨里)。人(无论是听者还是述说者)的地位和作用并不优先于叙述内容,相反,他们在一定程度上受制或依赖于它。只有知道(叙述内容)、会讲(如何叙述)、会听(即内化到叙述内容),才能作为其中一分子被纳入社会体系,得到自己在其中的位置和身

---

① 　一个可以对此进行阐释的意象,就是卓别林自导自演的电影《摩登时代》(*Modern Times*)中工人被用喂食机固定在生产线上以及被吸进巨大机器系统中的场景。

份。知、讲、听形成社会纽带和关系。利奥塔对于叙事的阐述,表达了海德格尔"话说人"的寓意。叙述绝非静态和被动的,相反,它有自己的生命力、活力和动力,能赋予人存在的合法性,定义和实现个人与群体的身份,完成人的社会化。人讲述,聆听,也在被讲述。

在传统社会中,此类叙述很容易找到例证,尤其是对于那些社会形态非常重要的宗教、家谱、历史等,例如《旧约》叙述对于古今犹太教徒的意义。在包括鲍德里亚在内的众多后现代哲学家和思想家那里,语言构成后现代现实,我们能做的只是承纳语言,去做语言的游戏,加入、模仿我们文化中种种叙述系统和程式(Moraru,2003:276)。鲍德里亚依赖话语理论,但并不去探讨语言本身,而是把它应用于对物的分析,推出"物的叙述"理论。鲍德里亚把"语言说人"的逻辑推演为"物说人",在后现代物的体系中,"物在叙述,人成了对象"(谢龙新,2010:650)。物在这个述说过程中建构了后现代社会的组织方式。

按照鲍德里亚的理论,后现代人面对的不是人和语言的关系,不是人际关系,更非人和神的关系(消费才是现今"普世宗教"和唯一神),而是人和物的关系,物在这个关系中起主导作用(Baudrillard,1998:25)。后果就是,鲍德里亚眼中的后现代超真实不是人所能把握的,它是物建构和控制的真实。物独立了,人曾居住的地球就变成了物体的星球,物升格为地球和地球人的主人(仰海峰,2003a:56)。人不再通过诸如诵读圣经或编写家谱等方式来组建人际关系和社会联系,不再以上帝神谕或祖先的族谱和传奇定义自身。人置身于物的体系中,听从物的叙述,并被它整合为物体系的语素。物代替传统叙述成为社会组织力量,人由此进入物体系编织的另一种真实——后现代超真实。

为了阐明这一点,鲍德里亚对比了传统社会的物和当今社会的物体系。鲍德里亚把前者称为"象征-物",他给出的具体例子是前工业时代传统布尔乔亚家庭中的家具、器物及其布设。这也可以说是一种物体系。鲍德里亚对这个一去不返的旧体系态度矛盾,一方面他承认旧的体系也束缚个人、禁锢自由,但另一方面又把它用作批判后现代物体系的一个对立点:"传统的象征-物(工具、家具、房屋本身),是一个真实的关系或一个实际体验情境的中介者,在它的实质和形式中,明白地带有这个关系中意识或者潜意识的动态印记,因此它没有任意性……不是消费的对象。"(鲍德里亚,2001:223)

为了具体说明这一点,鲍德里亚分析了前现代时期资产阶级家庭的家具及其布局方式在家庭关系结构中发挥的功能。那时,所有用途各异的家具,构成一个等级分明、秩序井然的有机家庭结构。这个结构反映的是建立在传统和权威之上的父权制关系,其核心是把各个家庭成员联系在一起的复杂情感关系,所有家庭构成的是一个有着"精神"的家(鲍德里亚,2001:13)。这些家庭用具并不重视装饰性效果,家具和物品首要功能是"人与人关系的化身"。它们在家庭中的位置、作用是固定的,因为它们要受到道德向度的制约。它们不像当今的消费品那样具有符号性,所以它们在所处的传统家庭空间中几乎没有什么自律性。人和物的联系是紧密的,"物因此得到一种密度,一种感情价值,也就是我们惯称的物的'临在感'。……物品成为家神,在空间中体现了家庭团体的情感关系及永续存在,它们安宁地生活于不朽之中。"(鲍德里亚,2001:13-14)

鲍德里亚描述的法国传统家具布置和家居物品结构,竟然在某些方面与我国传统社会中家宅院落结构原则一致,尤其和作为家宅中心堂屋里的器物摆设原理与功能如出一辙。中国传统庭院的堂屋是整个家庭的物理结构和精神情感的中心,其中家具的摆放,主要是靠北墙一条高长案,其下一张方桌,桌旁两把椅子。长案上方墙上是族谱神位。牌位、长案、桌椅的功能主要是象征性的,作用异于现代意义上的装潢性家具。这些器物本身以及它们之间的组合固定永恒,所代表和传递的信息清晰明确,不容改变。堂屋的布局不仅体现了家庭成员的关系结构,而且也通过家谱、神位等把在世的成员和祖先、家庭传统构织在一起。比较常见的"天地君亲师"牌位更是把个人、家庭与天地神鬼、宇宙自然、宗教信仰、国家社会纳入一个有机整体。鲍德里亚所敬重的是器物的这种单一、严肃、恒定,维系家庭社会关系的象征作用。

参考鲍德里亚在《象征交换与死亡》(*Symbolic Exchange and Death*)中对文艺复兴时期符号的评价(Baudrillard,1993:50)就可以看出,他对象征-物的分析旨在揭示当时那些物的所指意义与家庭人伦和社会关系息息相关,这才是物应有的灵魂——家神一样神圣的性质。这个所指意义稳如泰山,它所指涉的物品不是消费品,它们不会被随意淘汰、更新、升级,几乎是恒定不朽的。传统的象征-物仍然是拟象第一序列的产物,前面说过,这时人仍然承认存在和表象之间的差异。能指和所指间的关系没有得到破坏,物没有变成拟象的符号或者任意流动和游戏的能指。象征-物不是消费品,它实实在在服务于人生存、生活的真正需要。更为关键的是,它参与家庭社会关系的建构维持,这些物以及代表它们的能指、所指之间的关系是相对稳定、真实和真诚的。这是传统社会中的真实人际和社会关系的基础。

象征-物服务于人、人伦、家庭社会关系,它们有如构成神殿的砖石,稳固而永恒。人易老,命易逝,但人非物是,象征-物构成一个铁打营盘,是人灵魂精神、习俗传统、伦理纲常的安全坚固大本营。而当今之物,即后现代超真实里的消费品则恰恰相反。后现代的物体构成自己的语义和结构价值体系,它拆散、剔除和消灭了旧有家具体系及其代表维持的家庭、社会关系。新的物体系"在物品身上自我建构,就好像是在一个意义构成的锁链的物质端点之上来组构自身——只是这些物品的意义组合形式在大部分的时间之中是贫乏的、封闭的,它只是重复地说着一个关系的理念,而此一关系却不是给人生活的"(鲍德里亚,2001:226)。

物转化为"关系的理念",即符号、符码(鲍德里亚,2001:216)。"要成为消费的对象,物品必须成为符号,也就是外在于一个它只做能指的关系——因此它和这个具体关系之间,存在的是一种偶然的和不一致的关系,而它的合理一致性,也就是它的意义,来自它和所有其他符号-物之间,抽象而系统性的关系"(鲍德里亚,2001:223)。在这种情况下,物成为符号-物构成"独立于主体需要的符号体系"(蓝江,2013:30)。它遵循拟象的结构价值规律并服务于超真实,进而"建立一个普遍的意义构造体制……它是一种系统性活动的模式,也是一种全面性的回应,在它之上,建立了我们文化体系的整体"(鲍德里亚,2001:216-222),也就是超级物建构的拟象或者超真实体系。

这个超级物构成的超真实体系还有一个很重要的"流沙带"特征。物体系是一个"朝生暮死、越来越快速的轮回和强迫性的重复"过程(鲍德里亚,2001:151-152)。欲望和物品不断被翻番复制,物品的生命周期被极速缩短(鲍德里亚,2001:1)。物的消亡拉动物的生产,社会经济在很大程度上依赖于消费品是否被快速和顺利地消耗。时刻在更新换代的物构成了社会的"物质基础"。可惜这个基础是个飞速的流沙带。物在加速死亡(以便后来的物应运而生),陪葬的是原来"象征-物"所承载之稳固真实关系或实际体验,也就是物和人之间非任意性的情感、心理、意识和精神联系。消费品必须要变成符号才能被消费,符号则构成差异性的能指游戏。后现代超真实中被消费的不是消费品的物质性而是其差异性(鲍德里亚,2001:223)。物体的流沙化最终变成符号和差异的无尽头延异过程:人一旦进入这种消费过程,就好像滑入一个镜子隧道①,被符号的无尽延异带入一个无底洞——符号-物的无尽头体系(鲍德里亚,2001:227)。"生命计划本身,被切成无数片断,不被满足,只被指涉,便在接连而来的物品中,一再重新开始又再被消解"(鲍德里亚,2001:

---

① 把两面镜子隔一定距离对置,在两镜之中就会出现一条因为相互映射而形成的看似无尽头的虚像隧道。

223－227)。这里的生命计划,就是萨特哲学中的"人存在的特性"(谢龙新,2010:650)。人的存在意义和活动,现在被物体系裹挟着一路飘零下去,这就是超级物构成的超真实中人所面对的一个存在境况。

马克思说,在资本主义社会中,任何东西,包括人性、情感和爱情都必须在资本主义生产中转化为商品才能出售。同理,鲍德里亚说在后现代社会中,更多的物变成可消费的符号物,包括人的欲望、人际关系、社会关系都要转化为符号才能被消费(鲍德里亚,2001:224)。这个趋势体现在德里罗多数小说中。他大量描述了物的超级增生、物"超越"符号领域界限而变成"符号-物",进而完成对其他种类范畴的超越。物变成了超级物——从数量、质量、种类、范畴、功能上大大超离了传统物的特征。超级物充斥人的生存空间,在地上地下滋生蔓延、堆积,并使人在无意识之中被侵入。人处在这些物中有如陷入流沙,被动地随之滑动,处于近乎被窒息和麻痹的状态。人生的"生命计划""存在的特性"、人际关系甚至家庭关系都随着超级物的超级流沙带消失殆尽。

德里罗对这些的呈现,一方面运用了鲍德里亚物体系理论和一些后结构主义理念,试图布设一种物的文本或叙述,说明物的符号体系对人的"言说"。但另一方面,德里罗强调这个文本的重要材质和构架是"物"。德里罗结合一种近乎实证的方法,来描述人在超级物中的感觉、思维和行为,并揭示超级物对于人和社会结构的建构控制作用。而且这种分析是从外到内、从感性层面到心理心灵深处的全面探索。与鲍德里亚的哲学论述相比,德里罗的文学世界更加客观、丰满、形象和深刻。

2.2 超级物的地上世界

2.2.1 "山巅之城"中的超级物

人类进入后现代消费社会,生产方式和生产力都发生着巨大变化。所以杰姆逊强调要把后现代放在一种"断裂"状态下来观察和考量。在对后现代物的观察和批判上,鲍德里亚采取的就是这样一种与传统物的研究不同的进路。他对物的剖析,首先指明了物在数量和种类上前所未有的滋生扩展的速度与规模。"一代一代的产品、机器或者新奇无用的玩意儿,层层袭来,前赴后继。"(鲍德里亚,2001:1)在《消费社会》中鲍德里亚进一步说明:"物既非动物也非植物,但是它给人一种大量繁衍、像热带丛林的感觉。现代新野人很难从

中找到文明的影子。这种由人而产生的物,像恐怖科幻小说中的场景一样反过来包围人,围困人。"(鲍德里亚,2000:4)①

鲍德里亚这些文字的寓意是,在超级物和超级物生态(超真实)中人退化为现代新野人,与他千万年前迷信蒙昧的野蛮人祖先一样,对其生存环境中的力量知之甚少,在各种不测和危险情况下被动无助,在恐惧迷惑中诉诸迷信和巫术崇拜。另一方面,在超级物和超真实中人被引以为豪的"文明"所淹没,也就是说,传统中人维持人类社会文明的人际关系、社会关系以及相关社会组织和结构方式,都被超级物层层覆盖和扼杀。物"超越"了人类的控制甚至理解的范围,变成超级物;超级物所过之处,原有的世界成为超级物的单一物种生态——超级真实。人类原有的社会结构被埋没和消解于这个生态中。这就是鲍德里亚所谓物的发展超越了临界点,引起人的生活和存在方式以及整个社会构成的质变。

这个主题正体现在德里罗出版当年即获美国国家图书奖的《白噪音》中。布鲁姆称该作品为当今美国小说创作时代风格的一个典范(Bloom:1)。时代风格对应的是对时代现象和精神入木三分的刻画。2005年美国《时代》周刊评选出创刊(1923年)以来全世界出版的100部最佳英文小说,《白噪音》上榜,理由是它深刻而精准地呈现了美国超级资本主义后现代日常存在的实质②。这种日常存在实质的一个重要方面,就是物在数量和种类上的繁多以及在无数繁杂的物中人的存在状态,这是《白噪音》开篇就揭示的内容。小说第一个场景是主人公杰克所在的山上学院校园,一个很多人仍习惯地称之为"精神家园"或"象牙塔"的地方。这个场景展现的,不是莘莘学子的学习研究和思考探索,而是车载肩扛的超级丰足的物的涌入。

> 旅行车排成一条闪亮的长龙,鱼贯穿过西校区,然后缓缓绕过橘黄色的工字钢雕塑,向宿舍区行进。旅行车的车顶上满载着各种各样的物品,小心绑着的手提箱里塞满了厚薄衣服,盒子里装着毛毯、鞋子、皮靴、文具书籍、床单、枕头和被子,有卷起的小地毯和睡袋,有自行车、雪橇板、帆布背包、英式和西部牛仔式的马鞍、充了气的筏子。当车子减速缓行并终于停下时,大学生们立即跳下车,冲到后面的车门,开始卸车内的东西:立体音响、收音机、个人电脑,小冰箱和小拼桌,唱片盒和录音带盒,吹风机

---

① 引文根据英译本有所改动。
② 参见 http://entertainment.time.com/2005/10/16/all-time-100-novels/slide/white-noise-1985-by-don-delillo/。

和烫发夹，网球拍、足球、冰球和曲棍球杆、弓和箭，管制器具、避孕药丸和器具，还有形形色色仍然装在购物袋里的小吃——葱蒜味土豆片、辣味干酪玉米片、焦糖奶油小馅饼、名叫华夫洛和卡布姆的早餐食品、水果软糖和奶油爆米花，达姆汽水和"神秘"薄荷糖。（德里罗，2013e：3）

见证这个超乎寻常的物的"超级流动"场景的，是小说叙述者、山上学院希特勒研究系主任杰克·格拉迪尼（Jack Gladney）。他饶有兴致地看过此种物的狂欢并感慨："这样的景致，21 年来，每年九月我都能见识一次。每次无一例外都是一个精彩的节目。"（德里罗，2013e：3）杰克在叙述中强调，一般每年他都要和妻子共同来观赏这精彩节目。所以回到家后，杰克意犹未尽，不无遗憾地告诉错过了今年校园盛景的妻子："车子多得排到音乐资料馆还过去，一直上了州际公路。蓝的、绿的、绛紫的、棕色的，在太阳光底下闪闪发光，就像是一支沙漠旅行车队。"（德里罗，2013e：5）

在对于超级物的呈现上，《白噪音》开头场景有着特殊含义。物占据的不是一般的空间场地，而是大学校园。这种占据，有着以下三方面的含义：

第一，这个场景的描述使用的是一种商品目录单式的形式，既翔实反映物的繁多，也象征一种物的文本形式，以及它对人的行为尤其是大学生活的"书写"。

第二，承载运入这些物品的，是美国消费社会中另外一种极为重要的物品——旅行车。这不仅表现了物和物之间交叉重叠、相互纠结的关系，更表明一种"物流"的动态性。物不再是静止被动的，物有着自己的内在动力和能动性。

最后，物的洪流"一直上了州际公路"，表明校园内外物的海洋之间已经没有什么堤岸和隔栏，校园成为校外消费社会总的物体系的一部分。

除了《白噪音》，德里罗还有一部以大学为背景的小说，即 1972 年出版的《球门区》，这部小说的故事背景设在"逻各斯学院"。在《球门区》中，同样出现类似的物目录长单子或者"文本"。这些物不是像《白噪音》中的那样被其他物承载着涌入校园的，而是通过逻各斯学院的大学生、小说主人公女友玛娜（Manna）的亲身消费经历来展示的。

　　这个牌子的鞋子、那个牌子的鞋子。这种手镯。镶嵌紫色星饰的毛衣，暗蓝色靴子。串在生牛皮上的黄铜雕刻和平标志。带自由领的长袖玳瑁色束腰外衣。紫星毛衣。古玩垂饰。珠子短项链。有机干果。黄袍十二宫图。科幻电影录像带。四美元一块的透明香皂。……粉色卷烟纸。巧克力蛋糕。猪排炖海带。黄豆面条。涤纶。人造丝。奥伦。丙烯酸纤维。聚酯纤维，莱卡氨纶。皮革。聚乙烯基。绒面革。丝绒。天鹅绒……(DeLillo,1972：228)

尽管这些物不像是《白噪音》描述的那样涌入并淹没校园，但是它们的功能和含义是同质的。可以想象逻各斯学院大学生们所处的，也同样是一个超级富足的物环境，一个物的"超级文本"。玛娜在校园里可以随心所欲地"见了什么就消费什么"，用她的话说，其大学生活几乎除了消费就是消费，除此以外，她在逻各斯学院"唯一能成就的就是一事无成"(DeLillo,1972：227)。与《白噪音》相比，《球门区》从更为具体的、个性化的、个人的、私密的、贴身的角度来展示物的文本对大学生的书写和控制。

《白噪音》从宏观方面描述了物在校园的泛滥，《球门区》则是聚焦在物对大学生个人肉体心灵上具体而微的效能。这里，主要作为服饰和食物的物，更为紧密地包围缠裹着人，甚至侵入人的生理系统。玛娜每天要花数小时来考虑怎样消费这些东西，它们就像是"犒赏宠物狗的美食"，刺激着她整天想着如何让自己"耍个好把戏，以便得到一口奖励狗粮"(DeLillo,1972：228)。显然，物已然把控了她的神经系统和心理。物成为巴甫洛夫实验式的刺激物，人生成为对这些刺激的反射活动。"整个过程把我从真正的自己越推越远，把我的人生变成了一个巨大的消费体，无休止的消费，消费就是日常。"(DeLillo,1972：228)在超级物的包围和对超级物的消费中，玛娜"从来就没有面对过自己的真实问题"，结果到头来她自己感觉"就像一个虚假的人物"(DeLillo,1972：227)。超级物在玛娜身边和身上成功建构了一个超级真实的世界——脱离了她真正生理需要和人生意义的超真实。

《白噪音》从外部大环境展示了物如何淹没主体，《球门区》则深入具体地揭示人成为超真实中的条件反射应激性存在（消费时代的新野蛮人）。这两部小说都以大学的名字表达强烈的反讽。《白噪音》中大学名为"山上学院"(College-on-the-Hill)源自圣经典故，即《新约·马太福音》第5章第14到16节记载的耶稣的教训："你们是世上的光。城造在山上，是不能隐藏的。人点灯，不放在斗底下，是放在灯台上，就照亮一家的人。你们的光也当这样照在人前，叫他们看见你们的好行为，便将荣耀归给你们在天上的父。"

这个典故在美国历史和文化中有着特殊的地位。1630年约翰·温斯罗普(John Winthrop)率一众英国清教徒乘"阿尔贝拉"号船驶往北美洲新大陆。面对大西洋的狂风骇浪和航行中的重重险阻,约翰·温斯罗普做了后来被称为"基督教仁爱的典范"的演说,鼓励这群清教徒遵循上帝的旨意和选派,赴新大陆创建山巅之城(Barrett,2002：99-100)。此后,"山巅之城"这个典故成为美国人自命世界精神信仰和文化领袖的原则,在美国社会历史政治建构中起着重要作用。但在《白噪音》中,"山巅之城"内涵显然已不复存在,山上学院被一条条载满消费物品的车龙缠绕盘踞,山巅之城变成了物的超级"名利场"(Vanity Fair)。

《球门区》中"逻各斯学院"中的"逻各斯",代表的是"道""最高目标""最终真理""上帝""形而上学"等传统西方教育核心理念和内容(Burik,2018：23-24)。但在小说中,这些不再是逻各斯学院大学生日常活动的目的和核心,其日常行为变为在物中间与物的协商和互动。结果他们在对超级物的消费过程中丧失自我,迷失人生。作为学校主体的大学生被淹没在消费物品中,"成为了现代教育的'原料'和'产品',以'商品'或'物'的形式呈现自己"(周敏,2015：204)。

大学这个所谓"象牙塔"已经不再是传统中大家认为的抵制或逃避物欲、物役的场所。大学所代表的对信仰和真理的追求精神,已经被物所包围,冲击和侵蚀。象牙塔的围墙已经倒下,巨大的物流把学校和外界联通起来。大学随之成为超级物建构的超级真实的一个部分。起着这个联通作用的,还有一种特殊的渠道或载体,那就是大学师生们。在《白噪音》中,山上学院的教师们,尤其是杰克及其同事默里(Morri)等人,作为物的超级消费者和携带者出现。他们穿梭于包括超市和购物中心的各种物的聚集地。通过他们的流动,读者得以看到校园外超级物构成的超真实更大范围的面貌。

2.2.2　家庭：物的储藏室

《白噪音》中杰克这个人物的作用是物流上的一个漂浮摄影机,通过在物流中随波逐流的他的视角,《白噪音》可以运用一种电影摄影技巧全方位动态地展现物的世界。小说开头,读者从杰克的视角看到大学校园中超级物的盘踞和行进,揭示了作为美国社会精神文明领域一个堡垒沦陷为超真实的情况。接着,德里罗又借助叙述者杰克这个漂浮摄像机把读者带入美国家庭场景中。揭示超级物在美国社会的基本组成细胞中的存在和活动方式。这一次,杰克的视线聚焦在全家人吃午饭的厨房中。

[芭比特]带着怀尔德进来,把他放在厨房的柜台上坐着。……很快就到了午饭时间。这是一个混乱和吵闹的时刻。我们到处乱转,争吵一阵子,把各种器皿弄得乒乓响。最后,待我们从碗橱和冰箱里抓到或者从相互的盘子里扒到什么时,个个心满意足,随即开始安静地在色彩鲜艳的食品上抹芥末面和蛋黄酱。……饭桌上放得满满的……怀尔德还坐在柜台上,周围全是打开的纸盒、揉皱了的锡纸、装土豆片的亮闪闪的纸袋、包着塑料薄膜的一碗碗糊状物、易拉罐的拉环、弯弯曲曲的包扎绳、小块包装的橘黄色奶酪。海因利希进来,仔细地看了一下这个场面,然后从后门走出去消失了。(德里罗,2013e:7)

繁多的物聚集在厨房,家人被淹没在物中。值得注意的是怀尔德(Wilder)和海因利希(Heinrich),一个被遗忘在物中,一个一如既往地和家人拉开距离。超级物稀释、冲散、隔绝了家人的交流和联系,甚至导致其分离和迷失。而这一场景仅仅是个缩影,反映的是整个家庭中物的充斥和人在其间的无力。像玛娜一样,大学教授杰克也会毫无理由地消费,为购物而购物。对于那些他根本就不需要的东西,甚至他不知名字的商品,他都会让售货员替他查看商品目录和图案目录,以便买下,以致家里除了厨房和卧室外的所有房间都成了"储藏室",用来堆放"各种各样的东西和盒子"(德里罗,2013e:6-7)。杰克每每看到这些物品,都会感到丧气和伤心。"它们带着一种晦气、一种噩兆。它们让我警惕的倒不是个人的失败和挫折,而是某种更笼统的事物,范围更大、内容更多的东西。"(德里罗,2013e:7)

这也正是玛娜在超级物中莫名的、无法摆脱的噩梦般感觉。人被超级物包围,陷于物的不断倍增的泡沫中,并随着泡沫的激增被隔离或者被抬离真实生活的地面,进入超真实中,游荡在鲍德里亚所谓现代野人的本能恐惧里。超级物的泡沫四处蔓延,鲜有哪个人或家庭能幸免。即使是杰克的德语家教、单身汉邓洛普(Dunlop)家里,也是超级物堆砌的空间:"墙和窗户被堆积起来的物品挡得都看不清了;堆积的物品现在好像还在向房间中央扩展。"(德里罗,2013e:260)邓洛普被困在超级物的泡沫中,"足不出户"(德里罗,2013e:35)。随着物的增加,人的能动性、主体性、人性、人际关系却被稀释和溶解。这就是超真实中那更笼统、范围更大、内容更多的晦气和噩兆。

所以在杰克家里,堆满物的厨房成为容易引发争执和矛盾的场所,午饭时间是"混乱和吵闹的时刻",杰克的女儿丹尼斯(Dennis)和斯泰菲(Stephie)一边吃一边数落妈妈,杰克不得不做出决定"捍卫芭比特"(德里罗,2013e:8)。但是父母的权威根本无法建立,发生了一个讽刺性事件才使得大家安静下来:"烟雾报警器在楼上的过道里响起,不是提醒我们电池刚刚用完,就是因为房子确实着火了。我们静悄悄地吃完了午餐。"(德里罗,2013e:8)

在充斥着物的家庭空间中,家庭关系被掺杂其间的物所隔绝和阻碍,杰克和芭比特对家庭中发生的事情几乎毫无把控能力。这里大家对报警器声的麻痹反应,要和后面两个事件对比才能解读出深层含义。一个是毒雾事件中杰克束手无策,一味自欺欺人地强调毒雾不会刮向自己家的方向,甚至反对孩子们采取预防措施,直到最后时刻才仓皇带着家人逃离。二是在小说第 33 章中,杰克的幼子怀尔德夜里发现自家后院有人,还不懂事的孩子本能地走到杰克床前好像要提醒他。杰克从梦中醒来,看到怀尔德,继而知道了所发生的情况。但杰克面对入侵者,除了惊慌失措地在屋子里乱转,毫无对策,"我不知道该做什么。我脸上发白,感到冷。我费力地走向窗户,抓住门把和扶手,好像为了提醒自己真实物品的特性和存在。"(德里罗,2013e:265)

这时,杰克面临的是生活中真正的问题,或许是真实的危险。但他首先需要做的,却是在满屋的物品中,去探知物品的真实性和真实存在。也就是说,在平常,这种真实性是根本无法引起他的注意的,只是在生死攸关之际,他才会本能地试图穿透超级物形成的超级帷幕,去触及生命的真实特性。但讽刺的是,他慌乱了半天,顺手拿起来的是一个塑料风景镇纸。这是德里罗妙笔刻画的众多重要细节之一:塑料风景镇纸代表的仍然不过是僭超和代替了真实的超级物。镇纸中"飘着一幅科罗拉多大峡谷的三维画"(德里罗,2013e:265)。真实的自然和世界被封闭在透明的塑料中,成为消费和装饰性的超级摆设物。这个意象,是超级物占据和淹没从大学校园到家庭的主题的回应和延伸,它进一步象征着整个自然和真实世界被超级物和超真实侵吞与封闭。

如《球门区》中发生在玛娜身上的情况,在超级物和超真实中人无法再触及真实、自然和世界,遑论"自己的真实问题"。杰克最后竟然拿了一本希特勒自传《我的奋斗》出去面对不速之客。后文会分析到,杰克的整个"希特勒研究"和他本人,都是学术炒作和拟象的产物,这里暴露的是他作为"名字后面的虚构人物"(德里罗,2013e:17)的超真实人生本质。生活在超级物之中的杰克面对问题甚至危险,已经毫无应对能力,他"能成就的是一事无成"。他无法承担一家之主的责任,也不能起到保护家人、维持家庭关系的作用。他在超级物中难以维持自己的身份和主体性。

这个主题出现在德里罗很多小说里。如《大都会》超级物的数量、类型更多,侵入的范围更广,甚至包括人头顶的天空。主人公、金融大亨埃里克要在他所居住的全球最大的公寓楼楼顶修建直升机机场,他可以购得"空中特权"以及天空中的"分区差额"(德里罗,2011:14-15)。他家中的超级物包括"几十间房子、无可比拟的景色、私人电梯……旋转式卧室、电脑控制的床。……游泳池和鲨鱼……传感调节器和软件……清晨可以告诉你感觉的镜子"(德里罗,2011:70)。当然,还有专门供养多条大狗的狗舍。埃里克却是在这些超级物包围中近乎患失心疯的失落者:失去睡眠,失去新婚燕尔的欢愉,失去和妻子的联系,失去和其他人的正常交往联系能力,失去人性,失去主体性,最后失去生命……这就是超级物中人的基本存在状况。另一篇小说《玩家》中,纽约市成功富足的中产阶层莱尔和帕米夫妇在无数物的包围中同床异梦,妻子得了绝症,却无法与丈夫交流,最后离开家庭并与一个男性同性恋朋友身体出轨,丈夫则走向恐怖主义。这就是超级物构成的超真实中那种"更笼统、范围更大、内容更多的"晦气和噩兆。

2.2.3 超级市场的超级物

前面分析了超级物和超真实侵入校园,塞满并堵塞了家庭,用塑料密封了自然,德里罗当然不会漏掉超级物盘踞和扩散的一个重要枢纽——超市和购物中心。这是德里罗笔下的"漂浮相机"杰克,无数次被冲刷进的物的超级海洋。《白噪音》几乎是一部"学院小说",但在主人公大学教授杰克的叙述中,很多篇幅展现了他在超市和商城购物、游乐、大快朵颐的景象,相比之下,他对自己本行工作学术教育则极其缺乏热忱和兴致。

全书共分三卷40章,都是用杰克第一人称叙述的,其中课堂场景只有两次(卷一中的两章中)。但是杰克去超市购物或者在商城消费的场景却贯穿全书,出现在十几个章节中。在这些章节中,不乏如小说开头的物的罗列式文本:"沿墙长达四十五码的区域,斜放着许多水果盒子……某人从苹果和柠檬堆里取下一个时,它们就三三两两地滚到地板上。有六个品种的苹果、几种色彩柔和的进口甜瓜。所有的水果好像都是当令的,喷过水、光洁、鲜亮……二十二英尺高的梯子、六个品种的砂纸、能够伐树的大马力锯子。过道又长又亮堂,摆满了特大号的扫帚、装泥炭和粪肥的大袋子、偌大的'橡胶女佣'牌垃圾桶。绳索像热带水果一样悬挂着,编结得很漂亮的棕色绳辫又粗又结实,多了不起的物品啊!"(德里罗,2013e:38,92)

但是如同他在家中的超级物之间感受到的晦气和噩兆，超市的物中也隐藏着"某种更笼统的事物，范围更大、内容更多的东西"，同样导致人在超级物中的迷失。

> 过道里弥漫着焦躁不安和惊慌失措，老年顾客的面孔上可见沮丧惊愕。他们行走时神志恍惚，时而止步，时而前进；衣冠楚楚的小堆人群在过道里发呆，试图弄明白货架摆放的格局，搞清楚其中的逻辑，试图回忆他们在哪儿见到过麦酪。……现在擦洗物用的海绵与洗手皂搁在一起了，调味品则分散摆放得到处都是。……他们走错过道，顺着货架张望，有时候突然停下，结果别的购物车就撞到他们身上。……只有普通食物仍旧在老地方……人们有一种游荡的感觉，漫无目的和精神恍惚……（德里罗，2013e：358）

所以，杰克夫妇和默里三个大人在超市一起购物，竟然会把坐在购物车中的孩子怀尔德给丢掉。更为严重的例子是，特雷德怀尔（Tredwyer）老姐弟俩不知为何竟然跑到中村商城，在商城里迷路被困，四天四夜后才被发现，不久后姐姐就因惊恐过度而身亡。这些描述，仍是对前文所述超量物品中人的存在状况的深入探讨。超市中的物，更如鲍德里亚所谓恐怖片中的超级植物魔幻地一般衍生，把人一层层一圈圈绕裹其中。这仍在强调超级物的重要特征和效应，它在数量、类型等方面的"超"远远超出人的理解和把控能力。

德里罗在超市的众多超级物中选取了一个特别的种类作为例证，说明超级物对传统上界定物品种类和范畴的超越、越界和最终的消除。从前一般无法被理解为消费物的东西，现在出现在超市中，与其他物品毫无差别。比如在超市中那些琳琅满目的、有时让人叫不上名来、猜不出用途的超级物中，点缀着无数杂志小报。《白噪音》对超级物的超级功能的描述成为小说的压轴一幕："队伍缓慢地移动，使我们满足，让我们抽空瞧瞧架子上的小报。只要不是食品或者爱，我们所需要的一切，这儿架子上的小报中应有尽有。超自然和外星球的故事、神奇的维生素、治疗癌症的特效药、减肥疗法。对于名人和死者的迷信和崇拜。"（德里罗，2013e：358）

这些印刷品超级物是"超自然"的，我们可以把这个词作为双关语理解。它们如同杰克家中的那个塑料镇纸一样，是对自然和真实世界的超越、吞并和扼制。它们和其他超级物一样，许诺提供超出人的正常和真正需要的功能，但真实情况却是，它们如同玛娜消费的超级物一样，令人越来越迷失在超真实中。所以,德里罗提供了一个非常引人深思的细节,这些印刷品超级物的主要消费者是盲人,失明的"特雷德怀尔老头及别的几个盲人"(德里罗,2013e:156)。德里罗这里继续使用小说开头那种物的名录式文本或叙述形式来详述这些超级物的超自然特性。

小说不厌其烦地罗列如下小报内容:"普林斯顿大学著名'高级研究院'的科学家们,提供了绝对和无可置疑的死后重生的证据,震惊了全世界。属于这所国际知名研究院的一位研究者,应用催眠术唤起了几百位人士的前世经验,有人前世是金字塔的建造者,有人是交流学者,有人是天外来客。"(德里罗,2013e:156)这个报道后还附有相关的"无风险奖券",消费者凭此可以通过"意识流计算机技术……看到几十宗案卷,其中有死后重生、长生不老、前世经历、死后在外太空的生活、灵魂的转世投胎以及个性复活。"(德里罗,2013e:158)

另外一个小报头版文章报道的是,美国顶级通灵术士们对下一年的事件的预测:"若干不明飞行物中队将入侵迪士尼乐园和卡纳维拉尔角。在令人惊异的转折之中,这次进攻变成战争愚蠢性的证明,促使了美苏两国之间签订了禁止核试验条约。……将有人看到埃尔维斯·普雷斯利(Elvis Presley)的鬼魂,将在黎明时分在他的音乐大厦格雷斯兰附近孤独地散步。……飞碟药品实验室在外太空失重状态下大量制造多种灵丹妙药,将能治愈焦虑、肥胖和情绪不稳。已故当今传奇人物约翰·韦恩与里根总统通灵,帮助制定美国外交政策。这位身材魁梧的演员死后变得老练成熟,将提倡充满和平与爱的希望之政策。……"(德里罗,2013e:159-160)在这些报道中,当然还夹杂各种广告:"斯坦福大学使用直线加速器生产的粒子粉碎减肥法食品,只需三天就见效。"(德里罗,2013e:159)更有"减肥太阳镜"(德里罗,2013e:161)供消费者选用。

这里,在较为直观和表层层面上①,我们读到的还是超级物超多的种类、数量,远远超过人(遑论盲人)的接收和消化能力。超量的食品、用品等超级物令人行动不便、迷失怅惘。作为小报的超级信息消费品同样在浸淫、稀释、软化和销蚀人的理解力、智力和判断力。人被淹没在呈指数级增加的信息中,反倒会如盲人一样无法看清真相。本来,超级物中的真正使用价值或者实用功能已经不再是消费者主要考量的标准,物"有用"和"无用"之间的区别也就不如以往时代那么重要。

---

① 这些内容涉及的具体拟象现象将在后文分析。

因此,消费者无须对物和物的消费过程进行深入思考和辨识。在对超级信息物的消费上,所谓谎言和真实、科学和谬诞、严肃和胡扯之间的区别,都不再有太大的意义。如芭比特(Babette)本人所服用的戴乐儿,就是在她为特雷德怀尔老头等人读的超市小报《国家调查员》上打出的广告(德里罗,2013e:329)。当芭比特当真去按这个信息去消费这个所谓药品时,小报和其他印刷物的区别也就消失了。在超级物中的围绕和干扰中,严肃较真地去对待和辨别真假、效用、虚实等这些范畴间的界限是相当不容易的。超级物构建的超真实"完全超越了理性主义所谓的可证实原则、真理原则和现实原则"(霍洛克斯,2005:34)。

这些小报中的超级消费性信息还折射出另外一个现象,即超级物对传统物的范畴界限的僭越超离。它们都打着各种科学和学术机构的旗号,这从一定程度上说明消费社会中科学知识的多元化、商品化、消费化和娱乐化。可以想见,随着知识量和质的增加,一些知识会漫溢到一些新的领域和用途上。而消费运作逻辑与媒介必然利用这种形式刺激、加剧和扩大知识的商品化,使之变成消费娱乐的工具。在消费社会中,生产和消费的界限不再如旧时那样分明,只有消费才能拉动生产和经济的增长。当娱乐成为消费的重要形式时,它也就随之变成生产和经济运作的一个环节。知识一旦陷入这个消费生产链条,不管其内容、性质、形态如何,其功能和"价值"就不免被娱乐和消费所控制。恶搞和伪造的知识,其娱乐性反而更强。在消费—娱乐—生产三角关系中,知识和它的"所指对象"更容易彻底分离。

从麦克卢汉那个著名的"媒介即信息"角度分析,作为信息超级物的这些小报是媒介,更是信息。它成为一种延伸或者尺度来决定人的思想和行为。这是超级物的一个"超"的表现,它不再是所谓真实信息的记录和传输载体,甚至不再是传统的语言表述功能的媒介。谎言、谬论和八卦不再由传统的评判标准衡量,它们不再等同于"虚构、谬误"的能指,而是超级消费的能指,在消费的价值体系中流通和游戏。没有人再去在乎甄别和辟谣,因为那根本不是消费能指游戏的规则。况且在知识爆炸的信息时代,信息拟象复制和知识超级物以难以想象的速度滋生,人要透过这个信息超级物的生产、复制、流通、拟象、再流通的无尽漩涡去查明真相,根本就是不可能的事情,如同盲人看清世界一样困难。在这种情况下,人干脆放弃对真相的探寻,只关注消费。这就是超级物超越人的感知和真实的一个原因或者策略,也是超真实形成的一个根本原因。

2.3 超级物的地下世界

2.3.1 地下金字塔体系

后现代物的一个主要演变形式,就是上述这样一个超越各类事物之间的差异和界限、把一切都吞噬进超级物的过程。超级物步步为营,更多、更远、更密集地占据和充斥人的社会空间,将它消融为自己的同质生态,并把人变为其生态中的一部分或者一种供其利用的资源。以前人们眼中不同质量、类别、范畴、领域中的事物都可以进入同一种超级消费物的系统或体系。这一节将分析德里罗小说中地上、地下两个世界界限的消除并最终融入同一超级物体系的过程。

前文已述,超级物的一个特点,是其生命周期被急剧缩短。在消费社会中,物的存在价值与意义,都在于它的死亡——被消费、消耗、浪费,社会经济运作发展的秘诀在于急剧缩短消费品从生到死的周期。超级物陷入一个"朝生暮死、越来越快速的轮回和强迫性的重复"过程(鲍德里亚,2001:151-152),它产生的目的是消亡,而且是不断加速的消亡。这就意味着超级物在另一维度上,是被消费、消耗的"死去"的物和垃圾的增生和堆积。这一点在《白噪音》中已现端倪:杰克看到其所处的"铁城是一个淹没在杂乱中的大城镇,与其说它是一个彻底衰败的地方,倒不如说它是弃物和玻璃碴的集中地。"(德里罗,2013e:95)

在《大都会》中,埃里克拥有的超级物随着摩天高楼堆入了高空。对于这个维度,德里罗在《大琼斯街》中以一种负面和逆向的角度展现:"一两千年之后,最能了解我们文明的一个明显悖论的,会是那些精通'反考古学'(counterarchaeology)的人。他们研究我们,但不是去发掘地下,而是攀爬在工业瓦砾和残钢碎铁的沙丘上试图到达我们建筑物的顶端。他们将研究我们的塔尖、复折式屋顶、角楼、屋顶挡墙、钟楼、水塔、花盆、鸽舍、烟囱,小心翼翼地从各处凿下令他们珍惜的碎片。"(DeLillo,1989b:209)这里暗示,未来世界将是一个超级物构成的超级沙丘,正如鲍德里亚笔下那"真实的沙漠"——超真实(Baudrillard,1983:2)。

《大琼斯街》整个场景的寓意是:吞噬了整个世界的超级物的尸体将不留空隙地盖满和压实未来的整个世界。这是德里罗创作前期对于超真实世界超级物堆积成的超级沙丘或金字塔的构想。到了创作中期，德里罗对于超级物的超级空间构建能力又有了新的认识。他感到，超级物是不仅仅满足于向上扩张的，它还会向下延伸。这种延伸仍是物超越界限的发展趋势：第一，超级物超越地面这个地理界限；第二，这个超越地理界限的物，进一步超越自身的功能性质——垃圾成为超级物，或者说，垃圾变成了超级垃圾商品。超越这两方面的界限，后果是地上、地下两个世界连为一个单一同质的超级物的超真实生态。这是《地下世界》的重要主题，而见证这个"越界连接"的是主人公尼克（Nick）的同事布赖恩（Brian）。

布赖恩和尼克一样，也是从事废物垃圾处理经营的跨国巨型企业"奇才"公司的高级管理人员。他驾车赶往纽约郊区垃圾填埋场考察的旅程，把他从地上超级物世界引向（或连接到）地下超级物世界。布赖恩沿高速公路驶往目的地的前半程，见证的是大都会纽约及其郊区的超级物生态。

> 曼哈顿时隐时现……他经过大型油库，一排排白色大圆筒矗立在沼泽地上……他路过长臂叉腰的电力塔架……码头上屹立着成排的旋转式起重机。他看到各种各样的广告牌，其中包括赫兹租车公司、阿维斯租车公司、雪佛兰拓荒者，还有万宝路香烟、马牌轮胎、固特异轮胎。他觉得，起降的飞机、排成长龙的汽车、汽车上的轮胎……周围广告牌上，所有这些东西都以系统的方式联系起来，形成某种自我指涉的关系。这样的关系具有一种神经紧张性，具有一种不可逃避性，仿佛那些广告牌能够生成现实。（德里罗，2013c：182）

走过这地上超级物生成的超真实世界——超级物、广告、消费生成的后现代超真实，接下来映入他眼帘的是巨大的垃圾填埋场，"在那三千英亩宽的场地上，垃圾堆积如山，车道绕行其中，推土机不停地工作，把垃圾推向新的作业面。……在每天二十四小时中，垃圾不断被运来，数百名工人昼夜不停地工作。……他想象，自己看到的是建设宏伟的吉萨金字塔的情景，不过眼前的这个比它大二十五倍。"（德里罗，2013c：183）前文所提及的各种地面超级物，在占领了地上空间后，开始向下进军，建构出一个地下世界和地下金字塔体系。

超级物向地下扩展的玄机，是借《地下世界》中废物理论家杰西·德特威勒（Jesse Daetwyler）之口解释的："不消费，就死亡。这就是我们的文化提出的要求。它最后以倾倒告终。我们制造大量垃圾，然后面对如何处理垃圾这个问题。这个问题不仅涉及技术层面，而且涉及情感和心理层面。我们让垃

圾影响我们,控制我们的思维。首先制造垃圾,然后又制造出处理垃圾的系统。"(德里罗,2013c:297)

在超级物"文化要求"下的"垃圾系统"是地面超级物系统的发展和延续,即超级物生产、流通和扩张体系的地下部分。它的出现意味着超级物现在又超越和消除了地上与地下的界限、"消费物"和"废物"的界限,建构了更加复杂庞大的超真实单一生态。在奇才等公司的经营下,垃圾不仅可以成为炙手可热的超级商品,而且可以成为德特威勒所设想的观光旅游消费资源:"废品的毒性越高,游客愿意承担的费用就越高,其目的就是要一睹为快。有毒垃圾、化学垃圾、核垃圾,全都送到这里来,把这里变为一个遥远的怀旧垃圾填埋场。可以用大客车拉人到这里来参观,还可以印刷明信片,我保证能够赚钱。"(德里罗,2013c:295)

地上的资本工业生产金字塔和地下金字塔流畅地连接起来,形成超级物的地上、地下系统。地上、地下部分的接缝处,就是布赖恩所处的垃圾填埋场:"远处,世界大厦依稀可见,他在大厦里面和这个理念之间,找到一种具有诗意的平衡。大桥、隧道、驳船、拖船、槽式船坞、集装箱船,构成了这些运输活动。贸易和联系最后都集中在这个庞大的结构中。"(德里罗,2013c:183)

这个超级物的超级庞大结构在完成了地面上下垂直连接后,马上横向发展,冲破、抹除了国界、意识形态的界限,构成全球性的地上、地下的跨国超级物网络。在后现代全球化势力下,垃圾产业成为国际产业,垃圾跨国交易规模不断扩大,蒸蒸日上。超级垃圾物成为一种国际贸易物品,流向世界各地,尤其是欠发达国家,这些国家的政府由此获得的利润"可能高达其国内生产总值的四倍。"(德里罗,2013c:287)远在中亚、曾是美国意识形态敌对方的某些小国,现在也成为奇才公司的合作伙伴:"他们希望我们提供最危险的废物,替我们销毁。根据废物的危险程度,他们按公斤向客户收费,价格在 300 美元至 1 200 美元不等。他们的客户包括企业、政府和城市。"(德里罗,2013c:836)

所以,超级垃圾物正在地下建构一个超级物的跨国大产业。布赖恩所看到的这个垃圾"金字塔"工程是"有机的,在不断生长、变化",无数像他自己这样的专家、工程师和工人服务于这个金字塔和文化沉淀工程,"这批人是行家里手,是创造未来的先知达人,是城市规划者,是废品管理者,是处理混合物的技师。他们利用各种已经被用过、被人丢弃、遭到腐蚀、充满欲望的物品"修筑超级地下金字塔(德里罗,2013c:183-184)。然后这个金字塔系统会进一步"形成社会结构,动员工人、管理人员、搬运工、拾荒者,将其一一付诸行动。建立文明,推动历史……[垃圾]堆积起来,四处蔓延,强迫人形成对现实进行系统探索的严密逻辑,形成科学、艺术、音乐、数学。"(德里罗,2013c：296‐297)这就是说,超级垃圾金字塔正产生自己的超真实地下世界。

这既是一个超级地下世界,也是一个超级资本世界。《地下世界》的最后一章的标题是"资本论"。主要通过尼克的视角见证这个全球地下资本世界在全球的扩张。为了奇才与其他跨国垃圾公司的交易,他和布赖恩代表公司从美国飞到莫斯科,再转机来到遥远的中亚某国一个偏远的角落。这是"地图上一片空白"的地方(德里罗,2013c：837),但奇才和其他跨国垃圾公司的地下世界系统已经将其覆盖。超级垃圾物形成了巨大资本,并进而形成巨大的垃圾资本网络和地下世界系统,以此改变着世界的地理和经济政治版图。德里罗在《地下世界》的"资本论"一节中如此评述:

> 资本销毁文化之中存在的细微差别。资本推动了外国投资、全球市场、企业收购,跨国传媒形成信息流,电子货币带来抑制性影响,性活动被网络空间化,非现金交易,由计算机保障性交易的安全性。……某些东西在消退,减弱。国家解体,装配线缩短。与其他国家的装配线互相影响。这看来就是欲望要求的东西。一种生产方式迎合文化需要和个人需求,而不是迎合带有巨大统一性的冷战意识形态。系统自称与之相伴,变得更有柔韧性,利用更多资源,对刚性范畴的依赖越来越小。可是,即使欲望倾向于专门化,变得顺滑、私密,汇合起来的市场力量却形成一种实时资本。这种资本以光速运行,划过地平线,形成某种更深层的同一性,刨除带有特殊性的个别事物,给一切事物带来影响,从建筑到休闲时间,一直到人们吃饭、睡觉和做梦的方式。(德里罗,2013c：833‐834)

这里需要注意超级垃圾形成的超级跨国资本的运行和超级垃圾地下世界系统的扩张特征。它正符合杰姆逊对晚期资本主义的分析,即后现代出现了"最为纯粹的资本形式,声势浩大的资本扩张形式,风卷残云般扫荡迄今为止尚未被商品化的领域"(Jameson,1991：36)。在此之前的资本主义还能容忍某些"前资本主义社会结构"(precapitalist organization)的残存,但后现代特有的更纯粹的资本主义一旦出现,它就会把前资本主义社会结构的"最后残余地带扫荡殆尽",这些最后的残余地带最为显著的代表形式就是大自然和无意识(Jameson,1991：36)。尼克的遥远中亚商务之旅正是显示出超级垃圾地下世界系统对地图上尚未标注的自然和无意识("做梦的方式")的入侵和殖民。

这是超级物构筑的超真实的一个重要维度。

题旨所限,这里我们不去分析资本对于大自然的殖民(尽管这也是德里罗小说中常涉及的),而是重点分析地下世界系统的另外一个喻义,即超级物在无意识和美学领域的入侵和殖民,把一切都融进一个超级物的地下世界。

2.3.2　更深层的同一性地下世界

德里罗笔下的超真实"地下世界",是超级物以更为险恶隐秘的形式超越界限、范畴,形成同质的总体性超真实的场所。在这里,物或事物无法再维持自己从前的特质,所有的区分性、定义性或者本质性特征与界限,最终都会被超越而进入超级物系统。如布赖恩在垃圾填埋场的超级物金字塔系统前的所见所思:"所有物欲,所有渴望,所有经过深思熟虑的念头,这一切全在这里集中起来。其中包括人们曾经热情追求后来又肆意放弃的东西。"(德里罗,2013c:184)结合上部分《地下世界》中"资本论"的引文,可以解读出超级垃圾地下世界系统那巨大的"超越"性的吸收融合力——包括人的欲望、无意识、人的思想、人的抱负,等等,连同它们的产物,最终都会融入这个地下世界。超级垃圾物的地下世界中"信息、欲望、犯罪和资本的暗流汹涌冲荡,在这个隐秘而险恶的地方,美国人的心灵成为财富和权力的赌注"(Bing,1997:263)。

德里罗对于美国人心灵和无意识命运的描述,与杰姆逊的分析出现平行和一致之处。杰姆逊在探讨资本侵入和殖民无意识时,其参照框架是德国古典美学家康德、席勒和黑格尔等人的观点:"心灵中美学这一部分以及审美经验是拒绝商品化的"(杰姆逊,1997:161),但是在后现代主义的纯粹资本下,"无意识以及美学领域完全渗透了资本和资本的逻辑"(杰姆逊,1997:162)。这就是《地下世界》中所谓"资本以光速运行,划过地平线,形成某种更深层的同一性,刨除带有特殊性的个别事物,给一切事物带来影响,从建筑到休闲时间,一直到人们吃饭、睡觉和做梦的方式"。无意识不再是弗洛伊德所谓不可知、不可控、独立、自足的混沌领域,不再是梦和艺术升华的最深层源头。超级物已经蜂拥而至,开始了对该领域的全盘殖民化。杰姆逊提到的传统上对资本最具抵抗力的无意识和艺术领域,还有心灵和美学,都成为超级垃圾物及其相伴资本的新领地。

这就是德里罗创作关注的一个重要主题。原本属于无意识、欲望、梦和美学的隐私、个人的东西,最终汇入超级地下世界。其长篇处女作《美国志》就已经开始对此的探讨。主人公戴维·贝尔(David Bell)出身广告业世家,自其祖父起,一家三代都从事或者参与广告和广告形象的制造和推销。贝尔家族的事业所成就的是广告形象对人欲望和无意识的控制甚至塑造（杰姆逊，1997：221-223）。《美国志》中最为贴切的意象，就是少年戴维在他父亲储藏广告片的地下室中，着魔般观看各种广告的影视形象。地下室象征的是弗洛伊德理论中的无意识，但在德里罗描述的超真实中，它是地下系统中的资本运行的暗室一角。在黑暗的、广告形象闪烁的地下室，戴维知道了如何"把所有的不同和界限都商业化"，如何"剥削榨取梦的极限"，令消费者"从货架上取走商品"（DeLillo，1989a：271）。在剥削榨取梦的极限时，梦就超越了它的本质范畴，进入超级物领域。梦想成为了消费的驱动力，驱使更多的物超越原本所属的范畴界限进入超级物体系。

如果说《美国志》地下室中的场景还主要集中在广告形象对于无意识的商品化和超级物化，那么在第二部长篇小说《球门区》中，人最为原始的欲望、力比多（libido）和冲动，就变成了商业化橄榄球比赛的直接燃料。在第三部长篇小说《大琼斯街》中，德里罗的笔触则继续扩展，揭露艺术、音乐、文学等美学领域在资本下的沦陷。《大琼斯街》也描述了一个"地下世界"——一个黑白两道、政府、科研机构、黑帮和犯罪集团沆瀣一气的地下资本体系。主人公是摇滚乐歌星巴基（Bucky），商业化演出和唱片公司的超级"多元化"的商业运营榨干了他最后的灵感。近乎崩溃的巴基中断巡回演出，逃避到他纽约市大琼斯街上的公寓中，但却因此陷入一个无底的黑暗的地下世界体系中。

这个地下体系的一股重要势力，是黑社会"欢乐谷农公社"。公社成员得知美国政府正秘密研发某种类似致幻药的产品，便将其偷窃试图作为毒品来营销（DeLillo，1989b：58）。巴基的女友欧普尔（Opel）欲与欢乐谷农公社合作从产品中分一杯羹。她利用巴基的名声作为与黑帮交涉的筹码，并瞒着巴基把产品存放在巴基大琼斯街的公寓中。而巴基乐队的队友，他的朋友阿扎里安（Azarian）也在打着同样的如意算盘，试图与黑社会合作营销产品而发财。欧普尔与巴基演出公司的职员哈尼斯（Hanis）合谋黑吃黑私吞产品，但在她的美梦实现之前，就因为极端放纵消费各种超级物而暴毙（这是超级物中人命运的一个极端例子），阿扎里安也被黑社会杀死。

最后黑社会找到巴基，尽管他们知道巴基没有参与欧普尔和阿扎里安的勾当，但还是要报复他。他们让巴基服用产品，导致他失声无法歌唱。同时，黑社会也找到了巴基的"山中磁带"。这是巴基在他位于辛辛那提深山中隐秘住处的私人工作室里录制的作品。巴基一直拒绝他的公司将歌带公开发行。他在深山中的隐秘工作室象征着无意识和美学领域。但这一直是他的演出公司觊觎和侵扰的地点。这些歌曲落入了地下黑社会的手中，并被毁掉。但实际上他的经纪人也已经复制了他的"山中磁带",并制订了大肆炒作的计划。所以无论如何,出自巴基隐秘工作室的歌曲最终还是无法逃离各种形式的地下资本系统。

在《大琼斯街》中,德里罗还塑造了一个主人公巴基的替身(doppelganger)形象,这就是巴基楼上的邻居,作家费尼戈(Feniger)。他如同巴基一样,被市场和商业化逼到近乎发疯崩溃。"外面那个与市场相关的巨大车轮狂转不止,发着光、放着彩、散发着气味。市场不我待。它根本不在乎我。它吞噬人的胳膊、人的腿,排泄出秃鹰的脓。"(DeLillo,1989b:48)不同于巴基的是,他以肉体和灵魂全面迎合市场,决意要在市场上发达:"我理解这个市场,我做好准备适应它。"(DeLillo,1989b:48)费尼戈的策略是开发"所有文学中唯一未被开发的领域",即"冒天下之大不韪的以儿童为题材的色情作品"(DeLillo,1989b:49)。

费尼戈非常清楚《地下世界》中描述的那种"迎合文化需要和个人需求"的"生产方式",那就是像戴维一家三代所做的——"榨取梦的极限"。费尼戈正是要在无意识、性欲望中推出自己的超真实"美学":"我写这些东西,就如写二年级小学生的读物一样。你能够想象到的最简单的文体。换句话说,我不是仅仅写有关小孩子的色情文学,我还要为小孩子写色情文学。我觉得这是一个了不起的点子。我坚信,肯定会有足够多的变态怪人会为自家孩子买这种书。"(DeLillo,1989:51)

德里罗第六部小说《走狗》同样揭露地下体系对无意识和性欲望的商品化和压榨。德里罗利用一件后现代仿制品或鲍德里亚所谓的拟真品作为意象,揭露和讽刺了这一现象。联邦议员色情艺术品收藏家珀斯维尔(Paseval)得知阿姆斯特丹市场上出现了一件贝尔尼尼[①]《圣特雷萨的沉迷》(*The Ecstasy of Saint Theresa*)的仿制品。这件后现代的拟象仿制品,把贝尔尼尼表达宗教虔诚的艺术品变成了一件石膏和塑料质地的色情作品,并在全球引起巨大的欲望和轰动。可以说,《走狗》的主题就被表现在这个拟象雕像中。这比德里罗在以后《坠落的人》中利用静物画和照片来表现主题的手法(李顺春,2018:14-18)早了30多年。

小说《走狗》故事情节的中心是纽约索霍区的"宇宙色情:莱特鲍恩艺术

[①] Bernini(1598-1680),意大利建筑家、雕塑家、画家,巴洛克艺术风格的代表。下面提到的他的雕像作品英语名是 *The Ecstasy of Saint Teresa*,表现圣特雷萨在异象中看到上帝的欢悦陶醉。《走狗》中提到的仿制品名为 *Saint Teresa in Ecstasy*,这个 ecstasy 的意思是在性欲方面的极端刺激经验。

馆"(Cosmic Erotics: The Lightborne Gallery)。这个色情艺术馆的馆名的象征意义在全书中起着非常重要的作用。全美国甚至全球的各界重要势力和机构在此汇聚成一个巨大的地下体系：包括美国联邦国会参议员在内的政要，与美国情况部门的分支机构 PAC/ORD(Personnel Advisory Committee,Office of Records and Disbursements,即"人事顾问委员会记录与支付办公室")和美国中央情报局有染、兼跨黑白两道的系统服务集团"极端母体"(Radical Matrix)，全美最大的淫秽产业网络和经销连锁店，收藏界，媒体，等等，各股势力在这里形成一个榨取无意识、欲望和艺术的"色情宇宙"。"宇宙色情"所处的地点很值得玩味，它在以先锋派艺术、音乐和电影、时尚闻名的索霍区，靠近百老汇，但它名正言顺经营的是色情物。它是美国文化甚至整个后现代文化中色情商业化的象征。

连曾经处在批判资本主义前沿阵地的《走狗》杂志①，也专门派记者摩尔去采访"宇宙色情"，以便做"一系列有关性产业这个巨大产业的报道"(DeLillo,1989d：14)。恰在这时，出现了一个轰动全球的信息，据说希特勒自杀前在他藏身的地下掩体中拍了一部色情电影。这一消息使得全球的黑白两道人物们如痴如狂，纷纷亲自或派出代表到"宇宙色情"来打探、商议希特勒黄色电影的买卖问题。"有钱有势的人们……各种势力在这个东西周围聚拢"(DeLillo,1989d：148)，"宇宙色情"成为地下资本活动的中心枢纽。参议院的珀斯维尔想买到影带；他的死对头、极端母体头目麻德哥(Madiego)也想购进，以实现他黑社会经营的"多元化"。(DeLillo,1989d：78)

这里德里罗讽刺的不仅仅是对无意识、美学和性欲的资本化和"地下化"，更揭露了对无意识领域中暴力冲动的商品化。世界各界要人对希特勒黄色影带的着魔，不仅仅因为其情色内容，更重要的是暴力和对纳粹的迷恋能够激发人的购买欲。"希特勒永远令人着迷。这个纳粹时代，人们对此如饥似渴，欲壑难填。如果什么事情和纳粹有关，那它也就是色情的。那种暴力、那些仪式、皮腰带、纳粹军靴。纳粹的全部制服、装备。"(DeLillo,1989d：52)莱特鲍恩更明白市场对希特勒黄色影带产生迷恋的深层原因："是的，'迷恋'是个很有意思的词。源自希腊语 fascinus，意为阴茎状的护身符。这个词派生出的另外一个词是'法西斯'(fascism)。"(DeLillo,1989d：151)

在《大都会》中，无意识和美学、艺术资本化"地下世界"的主题再现。为了

---

① 小说的标题正是来自这个杂志名"Running Dog"。Running Dog 也是小说男主人公塞尔维的印第安名字。

买下一幅画,金融大亨埃里克可以买下整个教堂,只要"联系委托人就行了"(德里罗,2011:24)。而且,就连经纪人也是可以买卖的。埃里克的艺术经纪人迪迪·范彻(Didi Fancher)就是他的性玩物,他首先在她身上泄欲,事毕就交代她:"我想让你为我去小教堂出个价。不管多少钱,我想要那里的一切。包括墙壁和所有的东西。"(德里罗,2011:27)

上述引用都说明了无意识和美学界限在超级物系统下,其边界、性质、功能被超越和商业化。从这个"超越"可以看出,超级物超越、践踏和摧毁了人的传统信仰、道德、判断是非美丑的标准等。不仅仅传言中的希特勒黄色电影录像带成为超级物品,希特勒的任何言行都可以成为商品。"因为那是他,希特勒。那个名字,那张脸。"(DeLillo,1989d:148)不难理解为什么希特勒在《白噪音》中,还成为学术市场的抢手货。(Cantor,1991:45)

这就是超级物的"超",它从数量、质量、品质、类别上超越出来,形成超越地上、地下界限的超级体系。物变成和人的真实需要、真实自我无关的超级物,建构起自足自律的超真实。它也使得人从自己的自然属性规定、生理需要和无意识欲望中"超脱"开来,使得他从传统的道德、是非评判标准中超脱出来。超级物和超级物体系反过来向他输入超真实的所谓需要、欲望和价值观。这种"输入"的另外一种形式就是下章将讨论的超级物的全景敞开辐射作用。

第3章
全景敞开辐射

　　前一章探讨了超级物对人的包围、隔离、超越以及从生理、心理、无意识等方面的影响与控制。其后果就是拟象的根本特征：复制品与原件关系的隔离、颠倒和混乱，能指、所指与所指物之间关系的被割裂和超越，人的经验与其真实需要、真实环境和形势感知的拆离与阻断。本章继续这一方向的探讨，重点聚焦在电子媒介时代超级物中的电气、电子类物品。超级电子产品环绕人四周，形成人的贴身私密环境，从各个方向不间断向其所围绕缠裹的人传输"波与辐射的语言"信号（德里罗，2013e：358），对人进行无死角敞开式辐射，形成作为人生存背景和生命意义"上下文"（context）的辐射场域，此即全景敞开辐射。这个辐射使得人更加无须基于真实情形，出于人的真实需要进行独立思考和自主行动，而是按照辐射信号的指令像机器人一样做出反应。

　　本章对于德里罗笔下超级电子物品的分析基于两种理论：美国社会学家和批评家马克·波斯特（Mark Poster）的信息方式理论和福柯的全景敞视主义。全景敞开辐射是超级物在波斯特所谓的信息方式下，遵循全景敞视主义逻辑发挥作用的形式。人不再需要传统指涉物体系和其他独立的价值标准与尺度作为自己存在和行为的参照和指引，而是直接接受无处不在的电子超级物的辐射。这是后现代超真实一个重要维度。

　　从福柯全景敞视主义理论来看，全景敞开辐射是后现代社会信息方式下，由全景敞开辐射的光线或光波形式向全频率辐射波形式的转向，因而也是前者在电子媒介社会条件下的进一步发展、泛化和深化。换个说法，全景敞开辐射是全景敞视主义在后现代消费社会超级物条件下的升级换型版本。全景敞视主义是权力的有意布设，是权力体系和知识体系合谋共建的结果；全景敞开辐射则是人们通过消费电气、电子技术和产品，利用这些超级电器物自动自觉在身边构筑的全频率声波发射系统和超真实生活空间。

3.1 电子超级物辐射环境

3.1.1 生产方式、信息方式、全景敞开辐射

德里罗很重视创造意象或者概念来形象、直接、生动地传递丰富凝练的理念。这需要两方面相辅相成的能力：第一，从社会和时代现象中捕捉和把握最为重要的精神或实质；第二，通过修辞手段把这种精神实质浓缩成一个意象或概念来反映复杂宏观的社会中的重大特征。这是一种纲举目张的文学表现手法，生动有效地向读者传递文学家对时代精神的概括性感悟。诸如《白噪音》等德里罗作品的意义和价值表现在它们对时代特征和时代精神的敏感性，甚至是预言性（Duvall，2008：1-2）。在后现代社会突出和普遍的物质和技术条件及其所产生的综合社会文化后果中，一个重要方面就是媒介技术的泛滥导致的媒介过度浸淫（oversaturation）。在探究和呈现这个现象时，德里罗打造了全景敞开辐射概念，作为牵引统控他文学文本构架之网的"纲"。

鲍德里亚也重点批判电子媒介的过度浸淫。按照他的表述，媒介技术、产品和形象构成了控制人和社会的"环境模型"——一个充满刺激信号的"代码场"，人与这个将其封闭在内的模型通过"快感式反馈和辐射性接触"进行互动（Baudrillard，1993：71）。这种说法影响了很多德里罗作品评论者们，他们的相关评论也往往遵循或应和鲍德里亚的分析方式，依据后结构主义、符号学和话语理论，说明媒介技术的发展对于传统表征形式以及主体、社会构成方式的改变甚至颠覆。

德里罗尽管也会有意把鲍德里亚的理念以及后结构主义理论糅合到其创作中，但他没有像有些论者所分析的那样一味地陷入符号学和话语理论——这正是他自己所批判的超真实的一种表现形式。从前一章的分析可以看出，德里罗创作时常会比较注重观察和描绘物质和物质环境，甚至可以说，这种创作在某种程度上暗合历史唯物主义逻辑。本章在分析德里罗作品中的全景敞开辐射时，选取的参考性理论（即"信息方式"理论和福柯的全景敞视主义）都与德里罗的文学进路类似，既运用某些后结构主义理论，又不忽视历史唯物主义强调的物质和物质环境。

波斯特的"信息方式"概念以马克思、恩格斯的"生产方式"为基础模型，结合结构主义理论，旨在概括晚期资本主义社会中人主体性和社会关系的基本

建构形式(波斯特,2014：9)。波斯特认为,在电子化通信手段主导社会生活的境况下,主体进入了电子媒介的交流形式,客体愈来愈化为能指流(the flow of signifiers),与语言所表征的物质世界的距离越来越远。"在信息方式中,主体要想辨明能指流'背后'的'真实'存在已经越来越难,甚至可以说毫无意义。结果是,社会生活已部分地变成一种操作,将主体的目的定位成接收并阐释信息。"(波斯特,2014：22)这种表述,正可以说明德里罗小说超真实中的全景敞开辐射模式。

波斯特之所以到马克思、恩格斯的"生产方式"那里去寻求理论依据,是因为生产方式对历史性和时代性的纲举目张的概括力。一方面,生产方式可以作为对历史进行区分和分期的标准;另一方面,马克思和恩格斯往往把这个概念用作资本主义生产方式的特称,因而它也就有了"资本主义时期的隐喻"功能(波斯特,2014：9)。而波斯特也需要这样一个具有高度概括性和尺度性的范式,来描述后现代社会中的交流方式及其在主体性和社会建构方面的功能。

波斯特从马克思、恩格斯对生产方式的分析中找到一个基本方法论,供他自己创造一个中心性的隐喻来具体反映后现代电子媒介社会的重要特征。这个隐喻即信息方式,它可以标识时代的分期——"历史可以根据符号交换情形中的结构变化分为不同时期",也能说明后现代社会文化中信息具有的"某种重要的拜物教意义。"(2014：9 - 10)按照波斯特的总结:"如果还是套用马克思的说法,磨坊与封建主义相联系,蒸汽机与资本主义相联系。那么同样,我们也可以这样说,电子化通信手段与信息方式相联系。"(2014：13)

从方法论上看,波斯特创建"信息方式"的进路,也能说明德里罗创造意象或概念作为小说呈现之"纲"的笔法。本章中所谈的全景敞开辐射这个概念,是德里罗创造的说明电子媒介时代特征的一种隐喻。德里罗借它来反映超真实中电子超级物技术手段所达到的水平和发挥的独特作用。全景敞开辐射依赖的客观形式和条件,是后现代各种电子技术和衍生产品构成人的生存环境,这种环境再作为辐射源对主体进行辐射(即波斯特所谓"社会生活已部分地变成一种操作")。由于这种辐射环境的包围封闭性和辐射信号的不断刺激,人"'背后'的'真实'"被完全忘记——所指涉物、真实世界、真实世界中的是非价值标准都被屏蔽在敞开辐射环境之外,人的存在和行为信号来自这个环境自己的辐射波。这是超级物构成的超真实的又一重要维度,人不再需要指涉物体系和其他独立的价值标准与尺度作为自己存在和行为的标准,而是直接接受辐射并对信号做出反应(即波斯特"将主体的目的定位成接收并阐释信息")。

德里罗通过分析超级物来揭示这一点,与波斯特的基本方法论中的另外一个唯物主义逻辑也是相符的。波斯特明确说明他的灵感来自马克思、恩格斯在《德意志意识形态》中阐述的生产方式,所以他在某种程度上避开了马克思、恩格斯所批判的"德意志意识形态":忽视哲思与现实、批判与"物质环境"的联系(马克思、恩格斯,2018:10)。这里德里罗显然不自觉地拥护和体现了马克思、恩格斯的主张:"现实的个人,是他们的活动和他们的物质生活条件,包括他们已有的和由他们自己的活动创造出来的物质生活条件。因此,这些前提可以用纯粹经验的方法来确认。"(马克思、恩格斯,2018:11)。所以,德里罗笔下会大量出现对于超级物的描摹和罗列,从西方当今社会物质生活条件入手揭示超真实的演进和形成。

德里罗在再现超真实时,也会体现鲍德里亚和其他学者们常采用的后结构主义理论。作为人生存生活的背景,他笔下的超级物和超真实也具有很强的自律性和能动性,可以解读为建构人的主体性和社会关系的"文本"或者"上下文"。但他采取了一种贴近历史唯物主义的进路,首先重点展示超级物在人周围滋生扩增形成的超真实环境,进而才把这种环境作为一种自律的控制机制来描述。所以他应用鲍德里亚等后结构主义理论之前,先奠定了物的基础。这在前文对于作为一般消费物品的超级物的分析中已经得到说明。在此基础上,德里罗进一步探讨电子技术及其衍生超级物品所发挥的社会作用——全景敞开辐射。

全景敞开辐射的性质是其源自由电子超级物构成的紧密围绕人的整体环境。我们将利用一个同样遵循历史唯物主义逻辑的参考理论来说明它,那就是福柯的全景敞视主义。全景敞视主义发挥演绎边沁的"全景敞式监狱"理念,阐明权力的规范约束以及社会的组织功能。"福柯认为在自由资本主义社会语境下,监狱将权力技术、将规范的'微观经济学'强加于这个世界。对这个规范进行生产和再生产,并把它散布到社会的各个层次和单元中。"(波斯特,2014:128-129)波斯特在《信息方式》(*The Mode of Information*)一书中,也意图勾勒出福柯全景敞视主义在信息方式下的新作用形式,尝试把它"从符号学角度阐释为一个符号场,其中全景监狱的元话语被再次施加到所有地方,甚至施加到没有设置全景监狱的场所"(波斯特,2014:130)。而德里罗小说中的全景敞开辐射方式,则是超级物构成的环境被用以发挥全景敞视主义功能的新形式。

从某个方面讲,这也是对福柯理论的有益推进和发展。在《信息方式》中,波斯特用一整章篇幅讨论福柯全景敞视主义和信息方式的契合性,但波斯特却认为福柯的眼光还不够长远。"20世纪后期,监督的技术条件大大进步了,但福柯却没能注意到它们。"(波斯特,2014:130)其实这种指责有些牵强,因为探讨20世纪后期的技术并非福柯《规训与惩罚》题旨的重心所在。但是德里罗无意间在文学领域描述了波斯特指出的20世纪后期技术条件下超级物所发挥的全景敞视主义功能。作为文学家的德里罗与作为哲学家的福柯,还在另外一个方面无意间实现了一种契合,那就是他们两个人的相关探索,都暗合于波斯特"信息方式"所依据的"生产方式"分析逻辑。

一般评论者常忽视福柯对马克思主义的传承,但是福柯在很多方面都表现出对马克思主义的倚重和借用(Macdonald,2002:278)。如在分析全景敞视主义的起源时,福柯翔实地阐述了规训机制所产生的历史、政治背景:"规训社会的形成是与一系列广泛的历史进程密切联系的,而且是其中的一个组成部分。这些进程包括经济的、法律-政治的以及科学的进程。"(福柯,2003:244)这里的历史唯物主义进路非常清晰。

福柯更没有忽略导致全景敞视主义产生的经济、生产等方面的社会条件:"一个方面就是18世纪的人口猛增,流动人口增加。需要加以监督和管理的群体的数量范围发生变化。这种形势的另一方面是,生产机构经发展变得日益庞大和复杂,生产费用也日益增大,利润也必须增长。规训方法的发展适应了这两个进程,或者说适应了调节它们相互关系的需要。"(福柯,2003:245)从辩证角度看问题,福柯也强调经济基础对于属于上层建筑的规训机制的作用:"资本主义经济的增长形成了规训权力的特殊方式。它的征服各种力量和肉体的一般公式和技巧,即'政治解剖学'能够运用于极其多样化的政治制度、机构和体制中。"(福柯,2003:248)

福柯既从宏观上把握全景敞视主义产生过程中需要的政治、经济、生产条件,更从微观上剖析全景敞视主义所具体依赖的基本技术条件和原理:这是如暗室一样"伟大光学的一种运用"(福柯,2003:195)。全景敞视主义是宏观历史条件和微观技术条件的综合产物:"由于征服技术和剥削方法,一种关于光线和可见物的模糊艺术便悄悄地酝酿了一种关于人的新知识。"(福柯,2003:194)当然这种新知识产生的宏观、微观条件都是在资本主义进程中出现的,目的还是服务于资产阶级和资本主义生产:将"大量混杂、无用、盲目流动的肉体和力量"变为可管理、整合和利用的生产机制的有机部件:"小的独立细胞、有机的自治体、原生的连续统一体。"(福柯,2003:193)

最终,这些历史宏观条件与微观的技术应用都有机融入资产阶级的政治进程:"权力的全景敞视方式——它处于基础的、技术的、纯物理的层次上——

并不是直接依附于一个社会的重大法律-政治机构,也不是它们的直接延伸。但它也不是完全独立的。从历史上看,资产阶级在 18 世纪变成政治统治阶级的进程,是以一种明确的、法典化的、形式上平等的法律结构确立为标志的,是由于组织起一种议会代表制才成为现实的。但是规训机制的发展和普遍化构成了这些进程的另一黑暗面。"(福柯,2003:248)

全景敞视主义在 18、19 世纪资本主义发展阶段政治经济技术条件下应运而生。德里罗笔下的全景敞开辐射则是在波斯特分析的所谓后现代社会的信息方式中产生。而且德里罗在分析和刻画全景敞开辐射时,遵循的是与福柯和波斯特同样的进路——基于马克思、恩格斯阐述生产方式时所强调的物质维度,从超级物、超级物构成的环境入手,表明超级物累积形成了美国人的日常生活环境,同时也完成了全景敞开辐射的基本物质硬件构成和布设。全景敞视主义是古典资本主义早期经济、生产、技术发展的结果;在后现代社会中,全景敞开辐射反映了后现代媒介技术、产品和消费的发展水平。这个水平上,出现的是以白噪音为代表的声波等辐射波的微观刺激学、控制学和经济学。

如同《地下世界》中的超级物核废料钚,本章探讨的超级物有着同样的辐射性。德里罗文学世界中的人生活在这些辐射物构成的超真实环境中。超级物辐射波取代了在对福柯全景敞视主义中无处不在却又无法被看到的光学监视和规训中心,直接辐射人的身心。它遵循的还是福柯的权力微观物理学原理,不过从光学转为"声学"或"辐射学"。超级物发出的噪音也不再是毫无意义、毫无作用的废物音波。在波斯特的信息方式中,"'信息'与'噪音'或无意义(non-meaning)相对"(波斯特,2014:11)。但是在德里罗笔下超级物构成的超真实中,噪音不再是无用的垃圾。正如奇才公司把垃圾变成超级物,噪音和音波被超级物的辐射功能转化为能量。这种能量蕴含在包围人的超级物中,把人变成辐射接收器和反射器。

3.1.2　电子超级物背景

福柯在探讨全景敞视主义时,采取了一个独到的出发点,从监狱的特殊建筑形式入手,分析这个形式如何被吸收进整个国家和社会权力机制之中,并被利用在整个社会范围内建构的一种权力运作的社会空间。"这个出发点是非常重要的。监狱存在特殊的空间形式:星状,中间是 24 小时值班视野无死角的监视点;犯人们围绕着这个中心生活、劳动;在中间点上建造起一座塔楼,作为建筑的中心,权力在这里确立,命令从这里发出,犯人的信息在这里汇集。"(福柯,2018：289－290)社会和国家上层建筑中抽象化和普遍化的权力结构,就基于监狱物理空间特征构建、散发和发展开来。

"监狱形式不仅仅是建筑形式,更是一种社会形式。我们可以说希腊创造了某种社会空间,命名为'广场'(agora),是'逻各斯'(logos)在制度上的实现条件",同样,运行全景敞视主义的普遍规训权力,也依靠以监狱建筑为模型建构的社会空间(福柯,2018：290)。福柯对于规训社会理论的阐述,出发点在于监狱建筑这样一个具体结构和环境。而德里罗对于全景敞开辐射的描述,也始于超级物构成的物质结构和环境。

这里必须提到,德里罗在呈现后现代全景敞开辐射方式时,显然也融入了麦克卢汉的媒介理论。麦克卢汉说,电子时代出现的各种技术和媒介手段,构成了人新的延伸、新的尺度,并构成我们时代的"全新环境"(2011：11－12)。按照麦克卢汉对媒介的基本设定,任何新的延伸和尺度都直接作用于它们所对应的人体器官和功能(2011：58－59)。电子媒介环境会直接反作用于人的各种相应感知器官。这可以说明德里罗笔下的全景敞开辐射发挥功能的基本原理。德里罗在小说中非常注重描述这种超级物构成的新环境,它密密层层地紧紧包围着人,几乎成为其第二皮肤,并反过来辐射、刺激和控制人的感知神经系统。

《白噪音》开头那著名的消费品清单中包括："立体音响、收音机、个人电脑"(德里罗,2013e：3),当然还有将这些消费品载入校园的旅行车。这些无处不在的电器,像其他所有超级物一样,筑成人们生存的超真实物质和硬件环境,只不过前者有着自己独特的辐射功能,是"白噪音"以及波与辐射的源头。这些波与辐射来自人日常生活中的各种电器超级物"无线电、电视、微波、超声波器具等"(德里罗,2013e：致译者信4)。它们是构成社会的基本细胞——家庭的重要物质构件,所以,它们发出的波与辐射可以构成"美国家庭中一股首要力量"(德里罗,2013e：55)。这种辐射力量成为社会和人的"精神数据。……能量波,入射的辐射。所有的字母和数字,色谱中的所有的颜色"(德里罗,2013e：40)。德里罗小说中人的生命活动空间,往往就是各种电子超级物构织而成的层层辐射环境。

《白噪音》的时代背景是20世纪七八十年代。那时,在像杰克的这样中产阶级家庭中充斥着的各种超级物,更少不了那些发出波与辐射的电器,它们构成一种白噪音的硬件和软件环境。即使随意向某户普通老年人家里一瞥,都随处可见此类花哨时髦的电子器物。"宝贝的电视机屏幕上色彩鲜艳。按键式电话里的说话声。当载波调制成音频信号时,远方的祖父母蜷缩在椅子里,合听着同一个电话听筒。……他们的脸贴着光溜溜的'特灵线'电话机听筒上,卧室里摆放着雪白的'公主牌'电话机。"(德里罗,2013e:307)

在《天秤星座》中,20世纪50年代初期,单亲母亲玛格丽特·奥斯瓦尔德(Margaret Oswald)带着小儿子李·奥斯瓦尔德住在布鲁克斯区的贫民区租住房内,尽管穷困潦倒,处于因无法缴纳房租而随时可能被赶走的窘境,他们母子还是有一台摩托罗拉牌黑白电视机。这台电视在玛格丽特整天在外疲于奔命地讨生活时,成了李的唯一伙伴和保姆。电视的波与辐射在很大程度上导致了以后李实施对肯尼迪总统的刺杀。最后,他自己也在电视直播中被枪杀,变成电视波与辐射的一部分。到了李成年时,新一代继续在波与辐射下成长。小说中阴谋家埃弗雷特(Everett)6岁的女儿苏珊娜(Susanna)把自己封闭在了收音机和电视的波与辐射中。在《地下世界》中,尼克的母亲的生活和记忆已经完全融入了电视的波与辐射的语言中。

波与辐射环境不仅限于家庭,电子超级物在超级物建构的地上地下世界各处都进行波与辐射的放射。马路边自动取款机利用"网络、线路、光束①和声"向人输送"解脱和感激的暖流"(德里罗,2013e:50)。医院里"带电的粒子撞击、强风劲吹"的医疗设备形成"磁场"和"计算机化的原子核脉冲"(德里罗,2013e:357)。更值得注意的是,超级物的波与辐射环境的移动性和便携化使得它更是无处不在,如影随形。在《美国志》中,在戴维西行的路上,朋友携带的收音机和车载收音机的波与辐射始终不断。在《白噪音》中,即使是在毒雾事件发生时逃难的路上,杰克全家所乘的车上收音机的波与辐射也是源源而来。杰克有时不得不关掉"收音机——不是为了帮助思考,而是为了使自己不再思考"(德里罗,2013e:139)。这暗示着收音机的波与辐射语言成了他思考的"元语言"。

这种无时不在无处不在的超级物波与辐射环境,在以新千年之初为时代背景的《大都会》中达到一个巅峰。这是一个高耸入云的超级电子物金字塔系统——书名所指"大都会"本身就是一个巨大电子和媒介超级物堆积泛滥的空间。从高楼大厦外墙到人物家中卧室、轿车内乃至人身上,无处不是电子器物:电视、计算机、电子屏、摄像镜头、可穿戴设备等。

这个巨大电子物堆积而成的波与辐射存在环境的具象体现,就是主人公埃里克的豪华轿车。

---

① 英语原著文中是 the streams(DeLillo,1986:46),根据上下文,这个词译为"数据流"似乎更为恰当。

　　他坐在后排安乐椅上看着那排可视设备。每个屏幕上都是混杂的日期、流动的符号、高山形图标和跳动的数字。他每隔两秒钟就关注一下这些屏幕，丝毫不顾车前扬声器里传出的声音。车内有微波炉和心脏监测器。他看了一下旋轴上的偷拍器，偷拍器正好对着他。他习惯坐在这个双手可以操控的空间里。但现在这已经结束了，这些设备都不需要用手操控。他可以口授指令让大多数系统启动，或者摆一下手让某个屏幕一片空白。（德里罗，2011：10 - 11）

　　埃里克的轿车是电子超级物构成的辐射系统的一个小小展室，包裹着人的第一层超级物外壳；而整个纽约大都会是将这个轿车扩大和增加万亿倍的超级辐射空间。这尤其体现在纽约闹市中高楼大厦墙上安装的电子信息辐射设备上。

　　在那里，他们能看到部分电子屏幕上的市场信息。这些信息在百老汇另一边的办公大楼的电子屏幕上滚动着。……这种信息发布方式和南面几街区外的老时代大厦上缓慢的新闻发布大不一样。这里同时有三层数据快速滚动，离街面约有 100 英尺。信息包括金融、新闻、股票、价格、货币市场。电子屏幕的信息发布持久不断。数字、符号、报道、美元、国际新闻等信息飞速闪过，让人目不暇接。……在滚动的数据下面，标着世界各大城市的时间。……一个数据刚过去，另一个数据接踵而来。……信息流，并不是一种景观和难以读懂的神圣化的信息。这种安装在办公室里、家里或者车里的监控屏幕成了一种崇拜偶像，让人们惊讶地聚集在它面前。（德里罗，2011：71 - 72）

　　在德里罗小说中，从日常生活电子用品到上面引文中描述的占据整个街道的电子屏，布设成大大小小、密密层层、重重叠叠的超级辐射空间，它们发挥作用的原理正如古希腊的广场和福柯笔下的监狱环境。德里罗描述的这种电子超级物环境，通过其辐射造就了拟象秩序这个在特殊历史阶段、特殊物质条件下的人的存在。德里罗小说里的人物和技术产品、物品或机器（如洗衣机、自动提款机、电子计算机、医疗诊断设备、收款机、收音机，等等）发生互动（Martins，2005：91）。超级电子电器成为严密包裹着人的虚拟外骨骼，其辐射成了人的知觉和情感源头。超级技术及其衍生产品构成的超真实环境，造成了人的超真实生存状况，正如马克思、恩格斯所言，人无非是"他们的活动和他们的物质生活条件,包括他们已有的和由他们活动创造出来的物质生活条件"(2018:11)。

在后现代的超真实中,决定人的存在的物质条件及其所起的作用当然和马克思、恩格斯时代的情形大不相同。下面将重点以白噪音这种"波与辐射的语言"为例来说明敞开辐射环境这种超真实物质生活条件的特殊功能。如同全景敞视主义在隐蔽、微观的地方和层面发挥作用一样,敞开辐射这个物质生活条件也在发生一种看似矛盾的变化。一方面它变成一种几乎不为人注意的"背景";另一方面,这个背景却通过辐射控制方式变成一种支配力量。

德里罗在写给《白噪音》汉译者的信中解释,作为书名的术语"白噪音",可以理解为一种生成特殊音响的电子设备发出的"全频率的嗡嗡声,用以保护人不受诸如街头吵嚷和飞机轰鸣等令人分心和讨厌的声音干扰或伤害。这些声音,如小说人物所说,是'始终如一和白色的'。"(德里罗,2013e:致译者信4)这里说的白噪音生成设备,会产生一种声音能够掩盖和抵消令人难以忍受的噪音,它形成一种声音背景,使人可以忘记令人不快的其他噪音,以便专心工作或者休息。但是在《白噪音》中,这种背景音通过电子超级物构成的白噪音环境直接发出波与辐射的信号作用在人神经系统上。它的"安抚"效果是一种麻痹控制。正如全景敞视主义的隐秘性光学设计,白噪音辐射隐藏在"始终如一和白色的"背景中,在不知不觉间对人的神经系统辐射安抚。

上章提到一般超级物对消费者的安抚作用。比如在玛娜那里,超级物的作用如同"对表现良好的宠物狗的奖赏"。再如杰克夫妇购物后被各种物品的环绕的感觉:"看看这重量、体积和数量,这些熟悉的包装设计和生动的说明文字,巨大的体积,带有荧光闪彩售货标签的特价家庭装货物,我们感到昌盛繁荣;这些产品给我们灵魂深处的安乐窝带来安全感和满足感——好像我们已经成就了一种生存的充实。"(德里罗,2013e:21)白噪音的辐射给予消费者的,是同样的安抚作用,向人发射出安全感和满足感信号。

当然,如同其他超级物的安抚机制一样,这个信号是阴险的。在《白噪音》中,杰克一家在各种电器发出的波与辐射背景下生存,这个背景给了他们平安富足的感觉。第21章开头,杰克从外面回到家,首先去听那些电器的白噪音,得到的信号是"洗碗机和烘干机运转良好"(德里罗,2013e:121)。这种声音如混杂了一切颜色的白色,令他辨别不到生活背景中任何其他不正常甚至危险的信号,他所感知的仅仅是天下太平的波频。讽刺的是,此时运输致命化学制品的列车已经脱轨,毒气正不断外泄并在空中蔓延。他和家人们很快就不得不逃离家园。他在波与辐射下麻木和"满足"的原因,可以在《白噪音》对冰箱发出的白噪音的描述中找到解释："一种奇怪的静电噪声。挥之不去但是几乎听不见"，让杰克"想起冬眠中的生灵"（德里罗，2013e：281）。"冬眠"正是波与辐射背景下人的生命状态。

所以德里罗说白噪音"泛指日常生活中**淹没**①书中人物的其他各类声音——无线电、电视、微波、超声波器具等发出的噪音"（德里罗，2013e：致译者信 4）。超级物环境中的波与辐射背景实现了角色倒转，压制和替代了人物的思考和行为。波与辐射背景成了主动、能动的，人处于冬眠或被催眠状态。所以杰克会感到辐射声波"萦绕在"人的"睡眠中，好像死去的灵魂在梦际喋喋不休"（德里罗，2013e：4）。这也就是评论家基赛（Douglas Keesey）所谓无处不在的白噪音向人发出的"无意识信号"（Keesey，1993：141）。

小说另一处补充说明了辐射波的性质和原理。充满超级物的超市中，杰克在噪音波冲击下隐隐感到，"一种无法判定来源的沉闷的吼声，好像出自人类感觉范围之外的某种形式的密集群居生物"（德里罗，2013e：38）。这就是波与辐射起作用的方式，它来自人的感觉范围之外，来自密集地包围着人但却常常令人视而不见的大背景。它处在白色的、混合和掩盖了一切的背景中，但"它绝对是精神数据。巨大的门户滑动开启又自动关闭。能量波，入射的辐射。所有的字母和数字，色谱中的所有的颜色。所有的人声和声响，所有的代码词和礼法用语"（德里罗，2013e：40）。

"代码词和礼法"等各种精神数据的辐射，和波斯特的信息方式作用是同理的。敞开辐射环境就是波斯特所谓电子媒介交流构成的"社会场景"，在这个场景中。电子媒介交流的自律性信号取代了人的自然语言这种"理性的自律主体控制客体世界的工具"，其结果就是人作为主体试图"控制客体世界的目的"和"对更高度自由的追求"被销蚀在这个社会场景中（波斯特，2014：25－26）。这是因为，电子媒介交流破坏和取消了传统交流的语境，"创造了新的言语情境……媒介通过控制种种语境而编创了会话的脚本"（波斯特，2014：64）。在这个脚本中，"媒体上的会话主要是独白式的，而非对话性的。交流的一端几乎输出所有信息，另一端则只是接收"（波斯特，2014：65）。评论家马丁斯（Susana S. Martins）也看到，在《白噪音》描述的超真实中，语言并不属于说话者，电子媒介发出的辐射信号渗透到日常话语中，构成人的思想框架（Martins，2005：89－90）。在德里罗笔下，"代码词和礼法"等各种精神数据的辐射传输就是这样完成的。

---

① 着重标志为笔者加。

波与辐射背景成为人的思想、语言和精神信号的来源,或"新的言语语境"。各种电子超级物构成了人生活于其中的背景和总文本,它们发射的辐射话语模式决定人所看到、感知到的世界,成为人的存在方式和意义的上下文。正如前一章我们谈及的"物的文本"的能动书写和叙述功能,电子超级物的声波与辐射的叙述是被隐藏在"白色杂光"下的自律性主旋律。表面看来,它们发出的白噪音是背景音,但实际上它不再是被动的、被屏蔽在人的活动中心之外的、不重要的背景,相反,这个背景利用人们对它的传统形象——无主动性和能动性的、无害的、次要的、可以忽视的衬托来发挥意想不到的作用。背景成为隐形"前景",建构人们对生命生活的感知和总的生存境况,这是超真实中的超级物发挥作用的又一个重要途径。

3.2　全景敞开辐射出的超真实

3.2.1　标志独特族类的深层代码和信息

在德里罗很多小说中,收音机、电视和其他电子设备属于包围人的众多超级物中的一部分,它们参与构成了人所生存的硬件环境。前文提到的"全频率""始终如一""淹没其他各类声音"等表述指明了白噪音功率之强大与影响范围之广大深远,构成人生存的无形的软件和精神信号环境。从硬件到软件,白噪音的声源和辐射构成一个新的超真实星球和磁场,把人全方位裹在其中。此即小说最初命名为"Panasonic"的原因。① Panasonic 突出了白噪音无所不包(Keesey,1993:8)、淹没、混合、消融和吞并一切的特征。把 Panasonic 和 White Noise 合起来分析理解,更有助于全面把握这个中心意象所含的莫比·迪克体色②般的复杂意思。

《白鲸》中,主人公是去寻找、对抗可能处于任何地方的可怕白色之物的;但是在德里罗小说中,白噪音和白噪音的发声机器、机制、体系已经是人自己

---

① 小说出版前本题为"Panasonic",该词与日本松下公司商标重名,由于松下拒绝授权,德里罗把书更名为"White Noise"(Keesey,1993:8)。Panasonic 一词由前缀 pan-和 sonic 两部分构成。根据陆谷孙主编《英汉大词典》,pan-意指"全,整个,总,泛",sonic 意为"声音的,声波的"。

② "当我们看到银河的白色深渊时,是不是可以说它以它的不确定性来掩盖宇宙的毫无心肝的空虚和无比的广大,因而从背后捅我们一刀,令我们想到灭亡? 或者是不是可以说实质上白色与其说是一种颜色,不如说是显而易见的无色,同时又是所有颜色的混合体? 是不是由于这些原因一大片茫茫雪景才显得如此漠然,空无一物却又满含深意?"(梅尔维尔,2001:215)

建构的、无法脱离的东西,是人作茧自缚的结果。白噪音的波与辐射吸纳汇集了所有频率的声波,把它们统统融合为始终如一、无比广袤、神秘强大的"银河的白色深渊"。而星系般的规模和气势保证了它压倒性的淹没或消融力量以及极具能量的辐射穿透性。在林林总总、令人窒息的无数超级物中,电器超级物以其辐射性和穿透性赋予商业消费白噪音白鲸般强大和无可摆脱的邪恶神秘性。白噪音霸权的实质是无时无刻不在、全方位作用于人的意识或无意识的"全球意识形态"(Keesey,1993:141)。福柯的全景敞视主义中的视觉(光波)全面控制,在新的时代中转型为德里罗笔下波与辐射霸权的"全景敞开辐射"。它更具威力和穿透力,甚至存在于"一切听不见的'白色的'噪音波中"(德里罗,2013e:致译者信4)。它的色与声宰制覆盖了人的视觉、听觉所能分辨的光、声波频段,其辐射力和穿透力深入到更为隐秘的范围。

"波与辐射……媒体是美国家庭中一股首要力量。它是封闭、永恒、独立、自指的。它就好像是我们的起居室中降生的一个神话,就好像是我们在梦境和潜意识里所感知的某样东西。"(德里罗,2013e:55)它降生在起居室,但最终成为统治整个家庭空间、侵入人的潜意识的神秘力量。无论杰克在家做什么,他的一切活动总是处在收音机或者电视发出的波与辐射背景白噪音中,后者成为他思想行为的背景或者语境。当他在家试图工作学习时,不自觉会受到电视声波的吸引:"我那本已经卷角的《我的奋斗》躺在椅子边的地板上。电视里说:'这种动物长期食用带叶的食品,已经长出了一种结构复杂的胃。'……电视里说:'我们现在试探蝴蝶。'"(德里罗,2013e:106-107)这种噪音波与辐射彻夜不休,直到杰克离家:"现在该是我动身去学校的时间了。楼上有个声音在说:'某加利福尼亚的智囊团说下一次世界大战也许是为了争夺盐而战。'"(德里罗,2013e:245)

当杰克想接近、陪伴孩子或爱人时,这种努力往往被白噪音的波与辐射所冲淡。"我踱步来到海因利希的房间,那里临时放了一台电视机。声波就在房间里,从电子的脉冲流里渗透到空气中。"(德里罗,2013e:242)就连不会说话的幼子的卧室都是这噪音和辐射的范围:"我站在怀尔德的床边观察他睡觉。隔壁房间里的声音说:'位于价值四十万元的纳比斯柯·底拿海岸。'"(德里罗,2013e:260)。无论芭比特做什么家务,收音机和电视噪音和辐射总是处于活跃状态,她"总也听不够收音机里的访谈节目"(德里罗,2013e:287)。家人的交流被电视话语(television-speak)代替,人与人之间丧失了真正的交流(Martins,2005:102)。芭比特甚至说"说话是收音机的事儿"(德里罗,2013e:288)。

　　夫妻二人在卧室相处的时间中,他们的注意力也被广播吸引:"我捧着德语语法的笔记本坐在床上。芭比特侧身躺着,一边眼睛盯着收音机台钟,一边耳朵听着一档听众点播节目。"(德里罗,2013e:206)即使是两个人最为隐私的夫妻床笫生活,也同样处于这个辐射的背景下:"电视里说,'直到佛罗里达的外科医生给安上了假手'"(德里罗,2013e:31)。波与辐射的环境不仅限于家庭,车载收音机使人时时带着这个辐射环境游动:"早晨我开车送比伊到机场去。我们听着收音机里实时新闻激动又离奇地报道水城的消防队员从一所公寓里搬出着火的沙发。新闻报道播出时还能听到背景里自动收报机发出的噪声。"(德里罗,2013e:108)即使是在临时避难所里,收音机和小型便携式电视仍建构起一个严密的辐射背景。

　　白噪音一方面说明辐射范围和力度,另一方面也说明其后面的机器、机制和环境。这两方面缺一不可。为了强调 Panasonic 所示的白噪音辐射波范围之广、穿透力和统摄力之强,德里罗还在文本中设计了商业消费白噪音辐射的一种极其霸道的"溢出"形式。电视、广播等消费广告白噪音会突兀地打断主人公叙述,自行出现在文本中:"涤纶、奥纶、弹力合成纤维"(德里罗,2013e:56)、"万事达卡、维萨卡、美国运通卡"(德里罗,2013e:112)、"克莱绗、赭色发烟硫酸、'红魔'牌麻醉药"(德里罗,2013e:174)、"含铅的、不含铅的、高档不含铅的"(德里罗,2013e:216)、"有线健康、有线天气、有线新闻、有线自然"(德里罗,2013e:251)、"特格灵、德诺雷克斯、潇洒洗发水"(德里罗,2013e:318)……这些防不胜防的辐射波杂音与杰克的叙述毫无关联,根本不受他的控制,凸显出商业消费白噪音凌驾于小说中包括叙述者在内的所有人物的霸权(Knight,2008:31)。波与辐射的白噪音是处在叙述者杰克声音之外、之上的背景音,它凌驾于杰克的叙述之上,形成他的叙述的意义框架和语义背景。

　　这个语境的另一含义是,它提供了人生存的意义。没有它,人的行为就没有了坐标、评判框架和意义标准。比伊(Bea)乘坐的客机途中遭遇事故险些坠机。比伊(Bea)下机最关心的是有没有媒体来采访,当被告知没有时,她非常失望:"他们遭了那么多罪就没事了?"(德里罗,2013e:103)在这些在媒介的波与辐射背景中成长生活的人们,如果不能通过这个背景或者语境看到自己的人生活动,那么它就是毫无意义的。这就是辐射背景的主动性和能动性。即使是在毒雾事件中,人们好不容易逃到一个避难安置场所,很多人不是想着如何计划下一步的积极行动,而是急着到应急电话那里排长队,"设法与某个听众电话点播节目取得联系。这里的很多收音机基本上都调到这一类节目。"(德里罗,2013e：145)他们对于自己的亲身感受无法定义,便通过媒介波与辐射的背景来思考和弄懂这一切事情。电子超级物和媒介形成了人的拟象和超真实生活背景,哪怕是自身在致命危险中的经历,离开这个背景也变得不可理喻,人生经验只有经过电子媒介波与辐射的调制才能显现(Wiese,2012：8-9)。波与辐射给予了美国人"标志他独特族类的深层代码和信息"(德里罗,2013e：55)。

3.2.2　电子的脉冲流渗透到空气中

波斯特探讨电子媒介交流构成的社会场景时,说明了全景敞视主义在后现代信息方式中发挥作用的内在逻辑。媒介或数据库的"话语"变成"后现代、后工业化的信息方式下控制大众的手段。福柯没有破译主体或工具行动的意图,而是破译话语或实践的行程。他以此教会我们如何解读一种新的权力形式"(波斯特,2014：138)。德里罗的文本,就是从文学角度来阐述这种权力形式在后现代社会如何转化为全景敞开辐射的。

福柯在分析古典资本主义阶段社会规训机制时,从两个方面利用了边沁的全景敞式监狱构想。首先,边沁的全景敞式监狱用来指代一个机制,其功能在于"制定规范约束消极因素,观察从消极到积极的转变,并且能研究整个过程,以便能使机器完善"(波斯特,2014：128)。第二,这个监狱机制被抽象化、小型化、隐形化、普及化。"规训方法的传播并不是以封闭机构的形式,而是表现为观察中心在整个社会的散布。"(福柯,2003：238)这种"权力形式"的展开在上节对于电子超级物的分析中已经涉及：随着超级物的滋生,全景敞开辐射装置密集地在人的身上及身边布设和散布,成为后现代人所处的物质环境,用马克思、恩格斯的话说就是人们用各种物质资料造就了"物质生活本身"或者他们的"生活方式"(2018：11-12)。

德里罗小说中敞开辐射环境的形成遵循的还是全景敞视主义的内容或逻辑,只不过后者是"光学的"："权力'物理学'对肉体的控制遵循着光学和力学法则运作,即玩弄一整套空间、线条、格网、波段、程度的游戏,绝不或原则上不诉诸滥施淫威和暴力。这是一种更微妙的'物理'权力,因此似乎是不那么'肉体性'的权力。……规训权力变成一种'内在'体系,与它在其中发挥作用的那种机制的经济目标有了内在联系。它也被安排成一种复杂的、自动的和匿名的权力。"(福柯,2003：200)

在德里罗全景敞开辐射那里,其作用方式是"声学的"或者"辐射波的权力物理学"。而且,德里罗也展示了辐射波权力物理学从显性的淫威暴力形式,到隐藏在电子超级消费物中隐秘发挥作用的发展趋势。杰克在课堂上展示的希特勒对大众的鼓动,体现的就是声波权力学的公开炫示形式:"众多的人来听他演讲,人群——他曾经称其为唯一的新娘的群众被色情地鼓动起来。他说话时,闭上双眼,紧握双拳,扭动大汗淋漓的身躯,嗓音变调,成了一种震颤的武器。'性谋杀',有人这样称呼这些演讲,人们终于被他的嗓音、党歌、火炬游行所蛊惑。"(德里罗,2013e:81)

这里,人们必须在特殊的权力展示环境中,直接面对发出权威噪音的人的形体并亲身体验那种暴力和震撼。这仍有些类似于前规训社会的权力运作逻辑——19 世纪以前权力依靠的"正式的、明显的仪式般的统治权形式"(福柯,2018:305),并在仪式中展示权力、威力甚至暴力。这里的声波权力话语,属于"传说的"和宣扬权贵人物的话语,目的在于产生、宣示和巩固权力(福柯,2018:305 - 306)。但这种情况在杰克所生活的年代,就已经转化为了微观的波与辐射的权力物理学。正如福柯观察到的:"权力完全可以放弃这些可见仪式的奢华、一切帷幔和符号。权力会采用隐蔽的、日常的、习惯性形式的规范,比如隐藏起来,以非权力名义"的其他方式运作(福柯,2018:305)。

德里罗笔下的全景敞开辐射说明了"规训没有受到挑战,是因为它仍然适应今天的资本主义制度模式和运行方式"。其实,这种由公开权力话语声波到无线电辐射的过渡,在希特勒时代就已经开始:"1936 年 3 月 14 日,希特勒在慕尼黑发表的广播演说中说:'我以梦游者的自信,走自己的路。'和他一样,他的受害者和批评者也是梦游者。他们踏着广播这种部落鼓的节拍如痴如狂地手舞足蹈,这种部落鼓使他们的中枢神经系统延伸,造成了人人深度介入的局面。"(麦克卢汉,2011:339 - 340)希特勒的炫示性权力已经开始借用收音机来辐射。在德里罗笔下,中枢神经系统成为微观的波与辐射权力物理学的重点场地。人介入敞开辐射的方式和程度已经实现质的断裂变化。德里罗笔下,这种辐射更为完全和彻底。"它就在房间里,从电子的脉冲流里渗透到空气中。"(德里罗,2013e:242)

权力化为人们醉心的电子消费物发出的脉冲流,这是一种微观权力在当今社会中运行的典型方式。它以一种不可见的方式在日常生活中发挥作用。它已经不同于希特勒的所使用的强权的、公开的、强制的媒介噪音。它渗入最为私密的空间中。所以马丁斯观察到,波与辐射背景传输着人的感知方式,甚至造就了一种新型人类情感的方式(Martins,2005:91)。比如杰克和孩子们在电视上看到芭比特的教学录像节目,屏幕中辐射出的电波信号造成的情感远比他们与妻子、母亲在一起时所产生的感觉更为强烈。

什么东西从电视机的网孔里泄露出来。当电子光点集结时，她就发射出一道光线照在我们脸上；她正在生成；每当她脸上的肌肉为了微笑和说话而活动时，就不断地成形，再成形。通过芭比特，我们正在被某种东西穿透。她的影像被投射到我们身上，在我们体内，穿过我们漂游。电子和光子形成的芭比特。（德里罗，2013e：116）

电子脉冲流这种辐射所产生的控制，在某种程度上并不亚于希特勒控制力量的独裁专制。尤其是铺天盖地的商业广告信息的声波，如同消融吸收了各种声音的白噪音一样，吸收和销毁见识。在辐射波的狂轰滥炸下，消费者如同被施用了电刑，"神经系统不断短路，从而丧失抵抗能力"。但这个电刑却是极其微观精细、丝毫不令人感到不适的。借用福柯的话说，全景敞开辐射的作用在于内化声学的权力物理学，把这种物理学变成某种生理学和神经学，使其作用于人的基本神经元。把声波的权力物理学噪音变成神经内科学和精神分析学，可以作用于人最为原始的本能、欲望和心理层面上（Keesey，1993：140）。在收音机、电视、计算机等超级电子物的环绕和它们波与辐射的作用下，"机器和它们传播的数据在塑造人的主体性上，起着关键作用"（Martins，2005：93）。"它开启了世界诞生的古老记忆，欢迎我们进入系统的栅格，那些组成图案的嗡嗡响的小圆点联结起来的网络。"（德里罗，2013e：55 - 56）这些波与辐射的数据最终成标志美国人"独特族类的深层代码和信息"（德里罗，2013e：55）。这也正是全景敞开辐射机制由一个个小型发射装置构成，在各种空间同时发出刺激的信号。统一的、匀质的辐射信号源，屏蔽了其他异质的波与频率，形成一个不会轻易被注意的辐射场或者环境。人就形成了下面将要谈到的波与辐射离子流中的"房间行为方式"。

3.2.3　辐射的"房间行为方式"

德里罗善于使用某个具体而微的意象阐发重大的主题或事件。对于敞开辐射环境及其作用的阐释上，德里罗就设计了这样一个微观缩影来反映整个敞开辐射机制的特点和功能。这就是《白噪音》中"戴乐儿"的研发者明克（Mink）以及他所居住的汽车旅馆房间。这个又被称作格雷（Gray）先生的角色是白噪音辐射的典型造物和化身。这个人物也是杰克的另一自我（alter ego）或者替身，象征杰克和其他人作为辐射产物的共同形象和命运。就像混杂了所有颜色而成的白色，这个并不太具体和稳定的角色，就是所有在辐射环境下存在的人的混合体。格雷，正如小说指出的，是一个"全声波的"（Panasonic）

人(德里罗,2013e:263),意味着他是多种含义的混合物,包括:① 他的居住环境是典型的全景敞开辐射空间;② 他研发的所谓神经药物戴乐儿与白噪音辐射遵循同样的原理和逻辑;③ 他代表着杰克和其他全景敞开辐射空间的中的人物命运。

从这个人物在杰克叙述中出现,他就一直在各方面展现白噪音波与辐射的特性。芭比特称他为"格雷",杰克从这个发音上得出的印象是这个人"好像他的姓氏一样是灰色的,散发出一种视觉上的嗡嗡声"(德里罗,2013e:232)。在小说另一场景中格雷被描述为一个"毫无生气的男人闪着灰色的光。"(德里罗,2013e:326)这些都指明了格雷"全声波人"的特征。通过这些描述,德里罗强调的是超级物形成全景敞开辐射的环境对人影响和作用的具体方式。所以,随着杰克发现并进入他的住处,全声波人形成的原因也就一幕幕展现在读者眼前:这是一个全景敞开辐射环境具体而微的模型。

格雷先生(或明克)所居住的汽车旅馆房间是敞开辐射机制的典型空间环境。房间中,"金属吊架上的电视机悬在空中,向下对着他"(德里罗,2013e:339)。电视开着,明克接收着上面传来的辐射信号。房间"到处是白噪音"(德里罗,2013e:341),"微弱、单调、白色的"(德里罗,2013e:337),"具有所有频率上的同样的强度"(德里罗,2013e:343)。当然房间也散发全频率的辐射波:空气中回荡着"波、射线、相干光束"(德里罗,2013e:339)。

明克在这个辐射环境中与辐射源互动:"当电视上的图像跳动、摇晃,变为乱糟糟的一团时,明克好像越来越生动了"(德里罗,2013e:341)。在波与辐射的作用下,他不由自主地反射着这些电视台词的声波:"这些脚步稳健的加拿大盘羊,好几只已经被安上了无线电发射装置。"(德里罗,2013e:336)明克的"说话",基本是对无线电波的回声和回应。他几乎与辐射源融为一体——他的脸都散发"一种白色的嗡嗡声,像一个球体的内表面。"(德里罗,2013e:343)。这就是他在充满在波与辐射的环境中的存在方式,他自己口中的辐射环境"房间行为方式"。(德里罗,2013e:337)

波斯特对信息方式中的人和主体境况的描述,就体现在格雷这个名字中:主体"已不再居于绝对时空的某一点,不再享有物质世界中某个固定的制高点,再不能从这一制高点理性地推算诸多可能的选择。相反,这一主体因数据库而被多重化,被电脑化的信息传递及意义协商所分散。被电视广告去语境化,并被重新指定身份,在符号的电子化传输中被持续分解和物质化。"(波斯特,2014:22)。格雷是被电子信号辐射所"多重化"和"分解"了的一团灰色物质,他丧失了作为主体的生命力和主动性,几乎消融于作为"背景音"的辐射环境中。

这种情况发生的深层原因,可以从他从事的研究中得到旁证。他的研究,像全景敞开辐射一样,也是进行对脑神经系统的刺激。他为跨国医药公司开发"戴乐儿",其原理是对人的大脑进行直接的信号传输、刺激和控制。他首先在"在人脑里找到了戴乐儿感受器"(德里罗,2013e:209),然后开发出戴乐儿这种对人脑特定区域发送信号的"小系统"(德里罗,2013e:203),后者像辐射波一样"与人类大脑皮层的某个遥远部位相互作用"(德里罗,2013e:204)。正如服用了戴乐儿的芭比特最后得出的结论:"忘掉那片剂中的药物。显然,那没有什么药物。"(德里罗,2013e:249)它仅仅是一种对大脑神经进行信号控制的体制,一个置入人体内改变大脑神经活动的微型系统。它发生功效的理论基础是:人生命中发生的一切都是分子在"大脑某处急剧活动的结果。……一切……都能归结为某个部位的分子数。"(德里罗,2013:217)人"不过是种种个人数据的总和"(德里罗,2013:220)。戴乐儿就是通过发送神经信号去改变这种"分子数"的数据。

这种机制与全景敞开辐射机制是相通的。后者也直接作用于人的脑神经甚至无意识。福柯的全景敞视主义的光线物理学,在德里罗笔下成为声波的物理学,利用波与辐射进行条件反射调制和规训。在超真实阶中,全景敞视主义的声波新版本或补充形式之所以成为可能,是波斯特说的信息方式下波与辐射技术发展的结果,相关技术已经"具有了组织人生的潜力,甚至有了可以进行思想控制"的能力(Martins,2005:90)。有了这些技术,明克就可以像是"已经配置了无线电发射器的海豚"(德里罗,2013e:341),进入波与辐射的信号构成的超真实空间。全景敞开辐射消除了其他现实的所指,人按辐射的能指信号活动。明克的命运就说明了这一切。

他变成了一个拟象人,一个模仿和重复语言信号的机器,成为信息量的配置和调整仪器。这还是通过戴乐儿小系统"调节"人脑的后果说明的。戴乐儿"不仅使服用者将词语混同于它们所指代的事物,还让他们以有点程式化的方式去行动"(德里罗,2013e:341)。最后当杰克找到明克时,发现后者已经完全成了小系统信号的傀儡,他完全无法辨识真实的环境和世界,只能辨别声波的输入信号。杰克叫一声"飞机在坠落",明克应声做出"飞机坠毁时应该采取的姿势";杰克说"一阵子弹扫射",明克立即逃窜躲避(德里罗,2013e:340 - 342)。明克变成了被动反应辐射波的机器。作为一个全声波的人,也可以说他进入了波与辐射的背景。

在波与辐射背景中,人类传统的伦理道德、是非标准也就无关紧要,所以明克也彻底超离了道德是非价值参照系。戴乐儿项目开发就是对上述标准和价值观的全然漠视和践踏。它的开发原理就是人"一生中发生的一切,都是分子在[其]大脑某处急剧活动的结果"(德里罗,2013:217)。这种信号发射系统的工作原理,必然与传统伦理相冲突:"这个系统里善和恶发生了什么?激情、嫉妒和仇恨呢?它们难道都变成一团乱麻似的神经元?……人类失败的全部传统现在终结了?胆怯、施虐、骚扰,都是无意义的说法?我们是否在被要求怀念这些东西?谋杀的狂暴怎么了?杀人凶手过去都有某种吓人的大名声。他罪恶滔天。当我们将它降为细胞和分子之后,会发生什么?"(德里罗,2013e:217)

通过描述明克这个全景敞开辐射的产物,德里罗揭示了波与辐射的作用方式和结果:它在人大脑细胞和分子层面进行信号传输和控制,消除了人对真实世界中指涉体系甚至是非善恶的道德标准。值得注意的是,杰克寻找明克的过程,也展示了他和明克之间互为第二自我的关系,表明杰克同样处于波与辐射"房间行为方式"中。尽管他不像明克一样最终沉迷于戴乐儿,但也曾一度对其如饥似渴。尽管他得知了芭比特为了得到戴乐儿而不惜献身明克的丑行,也知道戴乐儿毫无疗效,但他还是对这种东西上了瘾。他甚至承认他的需要和药物的所谓功能根本无关:"如果我认为它会有益于我,它就会有益于我。……实际上,这些药片中含有什么是无所谓的。它可能是糖,也可能是调味品。我渴望着被人哄骗,被人耍弄。"(德里罗,2013e:273)这就是为什么当他见到明克时,两个人都心有灵犀地认定戴乐儿的功能在于"清除系统"(德里罗,2013e:336),这个系统指的是能指、所指间尚能保持一定稳定关系的指涉系统。而杰克和明克都希望脱离这个系统,进入由辐射完成信号输入的超真实系统。这就是两个人之间的一致性。

文本中有很多证据表明明克、杰克间的第二自我关系,最明显的当然是芭比特与明克之间的奸情,但小说其他地方也多处出现相关的文本证据。在临时避难所里,一个拿着便携式电视机的人描述杰克:"蒸汽在管道里嘶嘶冒气。……你现在脸上相同的神色……鬼魂附体,死灰色,茫茫然。"(德里罗,2013:178)这正是杰克头脑中的明克形象:"好像他的姓氏一样是灰色的,散发出一种视觉上的嘶嘶声"。杰克也曾把明克想象为"像他名字一样灰色的身体,死气沉沉的"(德里罗,2013e:262)。在回荡着波与辐射的明克的白色房间里,明克对杰克说:"你非常白,你知道吗?"(德里罗,2013e:341)

所以当杰克找到明克的房间但还没有进入时,就"感觉到自己是一系列事件串联而成的网络的一部分"(德里罗,2013e:335)。在杰克试图杀死明克的过程中,两个人的联系就更加明显。他开枪打伤明克,却被明克用同一把枪击中,然后又不得不去救明克:"我向他开了枪,又使他相信是他向自己开的枪;然而此刻我感觉到,在把我俩的命运联系在一起、实际地领着他迈向安全时,我就给我俩、给我们所有的人带来了荣誉。"(德里罗,2013e:346-347)

杰克像明克一样,处于日益激增的电子超级物发射的辐射之下。最终其神经系统"变得如同吸毒后一般的麻痹和驯顺"(Keesey,1993:141)。杰克也像明克一样表现出按照辐射信号思考行事的"房间行为方式"。在他开车送孩子去上学的路上,一个穿黄色油布雨衣的女士举牌拦住过往的车辆,以便让一群孩子过马路。杰克不由自主"想象她出现在一个推销龙虾汤的广告里,正脱掉油布帽子,走进欢快的厨房,而她的丈夫,一个只能再活六周的小个儿男人,正站在一锅冒热气的龙虾浓汤之前"(德里罗,2013e:23)。在小说第 28 章中,他看到孩子们围着烧水壶观看的场景,"一则推销称为'雷帮旅行者'产品的广告短歌开始出现在我脑海里"(德里罗,2013e:230)。这实际上是与明克同样的对辐射与波的自动反射。后者直接连到了消费者意识系统中,接受者可以自然而然、不由自主地对信号的指令做出回应(Johnston,1989:273)。

在超级电子物辐射环境中,人被淹没在波与辐射背景"提供的精神方面的数据"中。其中,"商业广告的波幅更宽,发射得更远"(德里罗,2013e:73)。在毒雾污染事件中杰克全家在临时难民营过夜时,9 岁的小女儿斯泰菲在梦呓中絮絮念叨的广告词(Toyota Corolla,Toyota Celica,Toyota Cressida),说明了波与辐射侵入、融为"每一个孩子都有的脑噪音的一部分,藏在深不可测的寂静的区域"(德里罗,2013:172)。白噪音波与辐射信号全方位侵入和作用于人的阈下知觉、意识和潜意识等所有界域。斯泰菲梦中不断清晰重复的广告词,被杰克称为反射自孩子潜意识的脑噪音,其巨大力量甚至冲击着杰克的神经:"超国别的名字,由计算机合成,几乎在全世界都一样发音。……不管这种声音来自何方,都令我强烈地感到片刻辉煌超越的冲击"(德里罗,2013e:169)。

所以,在某种程度上,人人都是白噪音的产物。波与辐射把所有人都纳入自己的背景,变成虚幻的、没有生命、没有思考辨别能力的"灰蒙蒙的格雷"的形象。戴乐儿研发团队的所有人都是这种人物,他们是"作为综合体的格雷先生:从事一桩前卫工程的四个或更多的灰色皮肤的人物——科学家、幻想家。他们波浪似的起伏不定的身体相互穿透,掺合、混合、融合……全声波的"(德里罗,2013e:262-263)。杰克的大学同事们,环境系的教授们同样也有着灰色全声波的特征,他们的追求"被无色差的价值观、战后的'城市灰色'的个人极端倾向所主宰"(德里罗,2013e:232)。小说最后,德里罗指出,成为格雷先生是所有消费者的命运："付款终端配备着全息扫描仪，毫无差错地给每件货物的二进位代码解密。这是波与辐射的语言，或者是死者向生者说话的方式。"（德里罗，2013 e：358）

人成为格雷这样全声波的人，被均匀混合、消融在波与辐射背景的"乳白天空"（whiteout）中。波与辐射的频率成了超真实中的指令和元语言，位于超级物构成的辐射环境的人倒是处在了无语、无位置、无立场的状态，被覆盖在白噪音的各种音频之下，成为白色中无形的一部分。这是信息方式中后现代超级物以电器电子技术实现的全景敞视主义。各种超级物发出的白噪音不再是"废音"，而是被回收利用为权力的隐秘布设。就连专攻于晚期资本主义文化逻辑的大师杰姆逊都没有完全把握其奥秘。他只是把它作为一种冗余的音响信息垃圾，认为"音讯倍增从根本上损害了大脑对意义与噪音进行有选择地辨别的能力"（波斯特，2014：20）。这种说法，证明了波与辐射背景巨大的隐秘性和欺骗性，而德里罗通过文学创作对此进行了深刻的揭示，这也正是其小说的独特价值所在。

德里罗在文学领域推进了福柯对权力的隐秘微观运行逻辑的批判，揭示全景敞视主义在日常环境下所实现的霸权中，电子超级物及其相关技术扮演的角色。后者构成的波与辐射的背景，是非常有自律性的意指和虚拟关系系统，它成为人生存和生活意义的合法化来源，参与了对人的意识与情感的塑造。这个"背景"也就成为具有更高层次意义的社会文化的拟象模型。敞开辐射是实现拟象投射的方式，或者说是拟象通过电子媒介起作用的一个维度。包括电子媒介在内的其他拟象模型建构超真实的其他功能或方式，将在下章谈及。

第**4**章
超真实与拟象创世

第 2 章对超级物的分析显示,超级物和传统上人们理解和拥有的、使用的物不同了。超级物不再是后者范畴中的那种"被指涉物",因为超级物脱离了人的真实需要。超级物把人从原来被指涉物及其构成的世界中剥离开来,把他包围在自己的超单一生态中,而且某些种类的超级物会通过敞开辐射直接作用于人。本章将继续探讨类似拟象逻辑作用的表现形式。拟象,简单地说就是摹本(被复制物)先于原本的一种荒诞情形。就等于说,一个复印件先于原件。这本身就是一个谬论。可是拟象的核心或者实质问题还不纯粹是这种荒谬性,而是这个谬论被普遍接受、不再或者无法遭到质疑或者反思。用鲍德里亚的话说,人们不再去关注和考察本真和仿真、原件和复制品之间的关系问题,作为超真实摹本的符号与"所有的符号相互交换,但绝不和真实交换"(鲍德里亚,2012:4)。传统中先后、本末、因果、目的手段等众多顺序和逻辑关系都会颠倒过来或者被打破。真假、是非、对错、美丑、善恶等评判标准相互混淆,甚至崩溃。"假作真时真亦假,无为有处有还无"的问题不是后现代独特的问题,但是后现代的超真实的真正问题是,人们不再在乎上述种种截然对立范畴的界限与区别,这才是超真实的实质。

4.1　符号拟象下的超真实景观与人

4.1.1　标示牌的拟象

在德里罗小说超级物构成的超真实环境中,拟象无处不在。超级物就是和人的真正生理需要和真正人身福祉、健康基本没有关联的拟象(甚至与之南辕北辙,如垃圾食品或超市小报上的垃圾信息),它们声称是满足人的需要,实际上是在"生产复制"人的需要和欲望。也就是说,拟象超级物先于人的欲望和需要而存在。在后现代消费社会中,与超级物超速滋生同时发展的还有符号化过程。人既创造了过量的物,"也创造了过度人工化和符号化的文化产品。这就不但使整个人类深陷于由其本身制造出的产品海洋之中,而且因为这些产品的象征性结构,反过来改变了人的社会生活和人自身的性质",促成这种改变的一个重要因素就是拟象(冯俊等,2003:556)。拟象发挥功能,主要是通过生产"毫无意义、脱离客观世界基础、失去标准、没有指涉体系的新符号系统"(冯俊,2003:554),并由这个系统来投射超真实。

德里罗作品中一个最常被评论者提及的著名拟象场景,是《白噪音》中默里带杰克一起去参观"美洲照相之最的农舍"。他们驱车赶往农舍的路上,离目的地尚有很远距离就开始看到竖立在路边的"美洲照相之最的农舍"标示牌,这些标示牌引领着他们最终到达目的地。那里已经游人如织,景点高处,专门设有拍照处。大家争相照相,默里则在一旁观看和评论这些照相者:"没人看见农舍……一旦你看到了那些关于农舍的标示牌,就不可能再看到农舍了……他们拍摄人家拍照。"(德里罗,2013e:12‐13)而显然,尽管杰克和默里没有去照相,但他们也没有真正去观赏农舍,他们同样在看别人照相。

游人来此的目的不是真正的游览——观赏风光、欣赏和思考景致景物,而是拍照,甚至拍别人拍照。他们来在这里,并不是受到农舍本身的吸引,也不是为了探究农舍为何成为一个景点以及它作为景点的历史意义或建筑艺术特色或其他方面的价值。他们的"旅行"是一个拟象行为。一切都出自那个"标示牌",一个脱离了原本和本真的摹本,一个与所指、所指涉物没有什么关联的标示符号。标示符号,作为一种能指,应该指向代表原物的所指,进而把人的理解和观察甚至实践引向原物(所指涉物)。但这里,本应指代真实中的客观存在的标示,反过来投射出一种超离了指涉物世界的超真实——相片里或者拍照行为中的所谓"美洲照相之最的农舍"。

这个拟象景点成为拟象进一步无休止自我复制的起点,从用相机复制原件(农舍)的形象,到对这个复制过程的复制("拍摄人家拍照")。德里罗早期小说《大琼斯街》中主人公巴基坚持认为"不能表明意图的标志在逻辑上毫无意义"(DeLillo,1989b:40)。但到了《白噪音》中,标志已经不再顾及"意图",不再在乎逻辑,更不传递什么"意义"。标志成为拟象手段,它自己模拟和投射自己的意图、逻辑和意义,并最终产生超真实。复制和复制的复制每进行一次,就把人和原件或者本原的距离给撬开、隔离和推远一次。以致最后几乎没有人再会思考这个问题："这座农舍没有被人拍照之前是个什么样子？它以前看来像什么？它与别的农舍有什么不同，又有什么相同？我们无法回答这些问题。因为我们已经读过标示牌上写的东西，看见过人们咔嚓咔嚓地照相。"（德里罗，2013e：13）一个标示牌或者标示符号，能够排挤、消除原初的真实而投射出超真实。

对于这个拟象和超真实现象，早在 20 世纪 70 年代初，德里罗就已在其处女作长篇小说《美国志》中关注了。那是他长篇小说中第一次出现类似"对拍摄进行拍摄"的描述。《美国志》主人公戴维所在的电视网络集团写字楼大厅里举办越南战争摄影作品展。其中一幅巨型照片"正中是一个女人怀抱着一个死去的孩子。她身后和左右还有 8 个儿童，有些看着她，有些正在微笑招手，显然是对相机致意。一个年轻人单腿跪在大厅当中，用照相机拍摄这幅照片。我站在他身后停了片刻，那种氛围真是令人难忘。时间和距离被消除，那些孩子好像正在朝着这个年轻人微笑招手"（DeLillo，1989a：86）。

这里，照相本身成为目的，相片中所应该指代、表现的那个真实——现实中的战争和暴行——成为了永远超离真正世界的表象或者形象。人们只关注相机产出的这个形象或者表象，而被撬离它所指涉的真实世界以及其中发生的真实事件。这个插曲的时代背景处于越南战争最为残酷的阶段。以至于戴维养成了一个习惯，每到一个社交场合都会数人数，部分原因就是无数人正被征入伍，他们可能以后永远不会再出现。但是纽约都市生活依旧歌舞升平，纸醉金迷的人们走马灯般从一个派对转战另一酒会。戴维同样是如此。他离开同事家的聚会后马上又去大学时期的旧情人温蒂家会餐。

聚会上虚伪的人际关系和无聊空虚感把戴维逼到卫生间避难。在满是恶俗消费品和摆设物的卫生间里，戴维随手拿起一本杂志翻到一篇报道战争的文章："文章图文并茂，每页都配有彩色照片。一幅照片内容是几个被斩首的村民，正对面那一整页是一款新型绑腹健美裤广告。模特无比可人，体态修长，肤色如鸽子般柔嫩，手持一条骆驼鞭。广告称健美裤样式新潮、亲身贴肤，三种颜色温馨奉献。我翻到一页白兰地广告，一个身穿白色晚礼服的女人手牵一头黑豹走过纽波特房产的草坪。这篇关于战争的稿件共 15 页，小字号刊印。"（DeLillo，1989a：104 - 105）

接下来戴维扔下杂志，径直走出卫生间到厨房与温蒂鬼混。他的叙述中没有只言片语评价那张战争暴行照片或者报道文章，显然他也并没有去读文章。甚至是离现实更远了一步的斩首照片，这里也又被推离了一次，淹没在广告形象以及形象所"言说"的另一种真实中：美女醇酒、华服豪宅、性感健美、掩盖于设计艺术下的情色挑逗等。这些构成了超真实,居于其中的人根本无法透过照片想象和思考血腥残酷的现实。他们更愿生活在从标志到标志、从符号到符号、从形象到形象、一步步更加"超越"和远离真实和真相的拟象中。他们接受了标志、符号等投射和复制出的超真实。

正如在"美洲照相之最的农舍"拟象景点中的默里说的:"我们到这儿不是来捕捉一种形象,我们之所以来此是来保持这种形象。每一个照相的人都强化了这儿的气氛。你能感觉到这一点吗,杰克? 无名能量的一种积累。……我们不能跳出这个氛围。我们是它的一部分。我们身处此时此地。"(德里罗,2013e:13)而且,对此大家也习以为常,默里对拟象的分析似乎非常深透,但并无任何批判意图,反而对拟象持一种欣赏的态度,正如一般人对一幅画作的赏析,在此拟象和对拟象的赏析中,默里实际处于一种在超真实中乐不思蜀的状态,"他似乎对此感到极其高兴"(德里罗,2013e:13)。

4.1.2 符号后面的虚构人物

在超真实拟象秩序中,标示牌或者符号具有了投射、产生超真实的功能,而超真实又决定人的存在和主体性。在《白噪音》中,杰克就是依靠符号拟象手段创建了北美首家希特勒研究学科,并成为这个学科中的首屈一指的权威。1968 年杰克开始希特勒学术研究时,校长告诫他,以他的资格根本无法"被严肃地当作希特勒问题的创新者",但他可以在名字"标签"上做文章(德里罗,2013e:17)。在校长的筹划指导下,杰克精心"创造几个额外的缩写首字母,称自己为 J.A.K. 杰克·格拉迪尼",这几个额外的缩写首字母改变了一切。杰克承认"J.A.K."是一个标签,但如上部分所说的"美洲照相之最的农舍"标示牌,标签投射出杰克本来并不具备的资质和能力。他顺利地建立了希特勒研究学科,进而成立北美首家希特勒研究系,并当上系主任(德里罗,2013e:17)。

J.A.K.符号标签改变了杰克的名字,接着再投射出一个希特勒研究专家的身份。不仅如此,J.A.K.符号标签使得杰克的名字"好像穿了一件借来的外套"(德里罗,2013e:17),这个外套,也就是一个拟象摹本,也开始投射他的身体和生理特征。J.A.K.符号标签为杰克的名字添加了长度和分量,甚至是"尊严、重要性和声誉",为了与之匹配,不负"当之无愧的希特勒问题专家"的称呼,校长指示杰克按照这个标签或"外套"让自己的身形"长大"——增加体重和块头。这件名字的"外套",也带来杰克真正穿在身上的其他的行头和饰物,包括学袍、厚重的配有暗色镜片的黑框眼镜等。杰克认为"希特勒赋予了我成长和发展的目标",但真正让他成长和发展的是"J.A.K."符号标签。他自己"只是符号后面的虚构人物",符号投射出的另外一个人(德里罗,2013e:17)。拟象虚构了他,而不是他创建了自己的真实人生。

名字作为符号或标示、标签应该是一个先在的人的复制品,出现在人的特定存在状态之后。但在超真实拟象中这个顺序颠倒了。先有了"J.A.K."这个标签,这个标签作为模型,产生了作为希特勒研究专家的杰克。这种拟象形式,在德里罗早期小说中就已经出现了。在《球门区》中,因为逻各斯学院橄榄球队比赛失利,学院官方马上雇用了一个"体育信息主任"沃利·皮丕奇(Walley Pipich)来进行"公关宣传"或"公关反宣传"(DeLillo,1972:150)。值得玩味的是,皮丕奇对橄榄球一窍不通,连球迷也不是,甚至他自己都承认是个不喜户外活动的"宅人"。但是皮丕奇"对娱乐业热钱的来龙去脉知根知底。人们想要的是景观(spectacle)和人格"(DeLillo,1972:152)。

皮丕奇到了逻各斯学院,上任伊始马上就招来加里(Gary)探讨他们的公关项目。加里在皮丕奇眼中是项目成功的关键,因为加里名字的发音非常独特:"加里·哈克尼斯(Gary Harkness)。好名字!可推销!我喜欢它。甚至爱它!"(DeLillo,1972:151)皮丕奇和学院官方拟定的公关策略一个重要环节,是用加里和另外一个球员塔夫特·罗宾逊(Taft Robinson)的名字做文章,借助这两个队员的教名首字母"T"和"G"打造一个所谓"TG 卫"(T and G backfield)组合,作为炒作的噱头。"TG 卫。塔夫特加里。触球飞奔。雷电狂杀。"[1](DeLillo,1972:151)

在加里看来,皮丕奇这一套无非是"一个小小的文字游戏、玩字母的把戏"(DeLillo,1972:151)。但是皮丕奇和校当局重要人物明白,"TG 卫"这样一个符号,是扭转局面的关键:"TG 卫。我们在报纸上发布。在体育出版物发布。在地方广播和电视台发布。在电视网络公司发布。打入辣椒肉馅玉米饼所有的广告。塔夫特·罗宾逊和加里·哈克尼斯!我喜欢这些姓名的发音。"(DeLillo,1972:151)在这种拟象模式下,一个对户外活动都不感兴趣,更不要说对橄榄球比赛有任何了解的人,能够超越球员甚至教练,依靠编造一个莫名其妙的文字游戏来制造"景观和人格"。在皮丕奇和学院官方高层的计划中,"TG 卫"投射出的这样一个连塔夫特·罗宾逊和加里·哈克尼斯本人都不知道的东西,能超越球员、球队和比赛,改变整个球队的命运和赛绩,正如"J.A.K."投射出首家北美希特勒研究系。超真实就是这样一个文字或者符号

---

① 原文是"The T and G backfield. Taft and Gary. Touch and go. Thunder and Gore."。这几个词组中的主要词都以字母 T 和 G 开头,而且多数都构成头韵。所以后文中加里说皮丕奇的"策略"是文字游戏和字母游戏。

游戏投射出的后现代"真实"。

4.1.3 拟象"景观和人格"

连户外活动都不大参加的宅人皮丕奇可以左右专业球队的教练、运动员，并在体育界呼风唤雨，这就是超真实形成和运作的逻辑。依靠这个逻辑，皮丕奇不仅在体育运动和比赛领域以及在运动员的生活、生命和职业生涯中创造奇迹，他在整个"娱乐业热钱"界都能左右逢源。拟象中的"结构价值"凌驾于"自然价值规律"和"市场价值规律"（自然、世界、客观存在以及市场规律下理解的使用价值、货币价值和交换价值）之上（Baudrillard, 1993：50），所以后面这些价值可以完全受控于、产自于拟象策略。

这个就是皮丕奇惯用的策略："我为那些乡村摇滚怪咖做过经纪人。我也办过侏儒摔跤赛。有一次，我还炒作过一个自成一派的歌手。她叫玛丽·布茨·威尔顿（Mary Boots Wilton）。她得了癌症，把咽喉给切除了。术后他们把一个小音箱安在她脖子那儿，她就靠那个玩意儿一路继续唱下去。像乌鸦一样唱那些催人泪下的流行抒情歌曲，招来的听众比以前任何时候都多！"（DeLillo, 1972：152）皮丕奇的成功，正如他自己所说的，是拟造景观和人格。依靠"TG卫"这样的字母游戏或符号作为模型，从中投射出人格和景观，然后一切水到渠成、风生水起。正如前节所述 J.A.K.可以首先产生人格（希特勒研究专家杰克）并进一步制造景观（北美首家希特勒研究系），而 J.A.K.意味着什么，人格和景观又是怎样产生的，人们并不感兴趣，或者根本无从得知。这就是超真实的一个特征，原本就没有事实或实质源头和根据的符号（"TG卫"）投射出的拟象真实可以不受质疑地被接受。

如果还有人愿意坚持某些传统的"真实"的认知原则，那么他们就可以判定，玛丽·布茨·威尔顿演绎的"催人泪下的流行抒情歌曲"已经不再是什么歌唱。首先，咽喉手术使得她失去了歌唱的基本要件。没有嗓子的人歌唱，这在传统认知方式下的真实世界里，是一个谬论。其次，她现在歌唱所利用的是一个音箱、一个人造的机器，这个机器的声音在严格意义上不能算得上是她本人的歌唱。再次，这个没有了嗓子的歌手靠音箱发出的声音，在皮丕奇耳中都算不上好听，更不要说是否有任何音乐特性。但人们却会趋之若鹜地来"欣赏"这个来自拟象符号的景观，而且它还可以"催人泪下"。这才是拟象超真实世界的一个真正值得注意的地方。而在德里罗笔下，它却是一种几乎无处不在的文化逻辑，一种重要社会活动的组构和推进规律。

这也是《大琼斯街》探究的社会现象。主人公、摇滚乐手巴基无法忍受业界对音乐和音乐人的疯狂商业化操纵,中断巡回演出,回到纽约市的大琼斯街寓所内隐居。但是最终,他还是无法对抗用他自己的演出收入和声望建立并发展壮大的演出公司。公司经理格罗伯克(Robock)到大琼斯街巴基的寓所,向巴基通报已经制定的巡演和"山中磁带"专辑的推销计划:"都安排好了。后天启动。历史上规模最大的唱片推销运动!实际上我今天已放出山中磁带的风声。明天我会征用(co-opting)所有谣言,为你的复出造势。你得了绝症。还有一年的活头。你想与粉丝们一起度过生命的最后时光。"(DeLillo,1989b:235)

　　巴基的复出和唱片的销售,关键在于谣言,而且谣言是可以被"征用"的。当巴基表示怀疑时,格罗伯克安慰他:"我把其他各种潜在的谣言都占为己有(appropriate)。把它们都吸收过来。它们都属于我,因为我有着神圣的恶俗权。"(DeLillo,1989b:235)在超真实世界里,谣言是建构超真实最为可靠稳固的基础。恶俗则成为人格和景观崇拜的推动力量和整个工业的神圣权力。不仅如此,甚至于功名、利润和其他一切"善果"可以由恶而生。巴基很清楚他所在的行业中的一个规则:"名声,要靠恶行来壮大自己……豪华高级轿车中的歇斯底里、在观众中发生的持刀殴斗、无厘头的法律诉讼、背叛、无法无天的乱搞和服用毒品。"(DeLillo,1989b:1)在拟象秩序中,一切其他的价值规律和价值观都被打碎或者颠倒。传统的对错、真假、是非、因果等逻辑也随之被颠覆或者被扭曲翻转。厌倦了名利的巴基试图隐居起来,不再理会公司的利益纠葛和粉丝的追捧。但退出舞台反而给他带来更大的名声和商业成功。试图采访他的 ABC 记者说的"你的声势在猛增,巴基。你隐居的时间越长,人们的需求就越大,他们要求各种媒体报道相关新闻和照片。……你的声势在猛增,你说得越少,你的声势越大增。"(DeLillo,1989b:128)

　　这也是发生在《毛 2 号》中的场景。主人公隐居作家比尔·格雷自感江郎才尽,苦于无法完成新作品。但是他无法完成新书的事实,反倒为他持续带来名声和收益。比尔的助手斯科特(Scott)实际上起着经纪人的作用,他对于比尔的处境非常清楚:"比尔现在的名声如日中天。想知道为什么吗?因为他多少年来,许许多多年来,都再没有发表什么东西。……比尔的名声来自他什么也不做。整个世界都在关注他。我们把他的旧作品一次次重印和再版,我们获得不菲而稳定的收入。"(DeLillo,1991:52)但是一旦比尔出了新作品,反倒会毁了这一切:"新书也许会为我们带来巨大财富,几百万吧。但这就毁了那个比尔神话,毁了那种声势。比尔离写作越远,他的形象就越伟大。"(DeLillo,1991:52)

不懂体育的人操纵比赛,不懂音乐的人炒作音乐,没有嗓子的人成为歌星,隐世的歌手更受人追捧,不写作的作家愈加出名。这些超真实的现象,越来越超离人们在传统上所理解的评判标准和逻辑。鲍德里亚说,在拟象秩序之前的历史阶段,真实原则和价值规律的某种形式在某种程度上还是有着对应关系的。但是"今天,全部系统都跌入不确定性",真实被代码和仿真的超真实吸收。拟真"原则将代替过去的现实原则来管理我们。目的性消失了,我们将由各种模式生成。不再有意识形态"(鲍德里亚,2012:前言3)。最起码,在德里罗笔下的超真实中,人们不再坚持真假、善恶等价值观,而是去接收各种符号和拟象手段投射出的东西。这尤其体现了20世纪后半期后电子信息技术条件下的西方社会特征。晚期资本主义推动下的电子通信技术及衍生产品,为后现代拟象和超真实的发展提供了技术物质前提和强大推动力。在德里罗的一些文本中,这主要体现在电影、电视等制造超真实的"大众传媒的特殊模式"上(霍洛克斯,2005:33)。

4.2　电子大众传媒拟象模型

4.2.1　电影"改编"和"给回"的超真实

弗雷德里克·杰姆逊(Fredric R. Jameson)如此评价美国后现代社会:美国社会由于各种媒介复制形象的泛滥,人们感到现实本身的逝去和匮乏。一切都是文本,大家对生活产生一种没有根基、浮于表面的感觉,没有真实感,这与摄影、电影等复制技术不无关系(杰姆逊,1997:208)。杰姆逊的表述尽管和鲍德里亚在措辞上不同,但他们所观察到的后现代现实却有着实质上的共性:人们以前所熟悉的真实感以及过去所依据的真实根基已经松散甚至崩塌,人们生活在电影等形象(拟象)产生的文本(代码符号)世界中。德里罗小说则试图去全面扫描和分析一个被形象、符号和代码淹没的真实世界(Wiese,2012:5),从而呈现一个后现代超真实的图景。杰姆逊和鲍德里亚所看到的电影作为先在模型创造后现代超真实的巨大力量,正是德里罗创作呈现的一个重要方面。

"20世纪是第一个彻底被电影所记录的世纪。"(Duvall,2008:2)电影对德里罗的整个创作生涯都产生了明显而深远的影响(Osteen, 1996:439; Seed,2005:145)。其小说中对电影的描述和探讨比比皆是。德里罗甚至用

《欧米伽点》整部小说来探讨电影;《玩家》里开篇的楔子题名即为"电影",把电影作为一个美国文化象征,说明后现代超真实中的人们,已经丧失了生存本质和意义的真实基础和来源,转而依靠电影来作为这种基础和源泉的替代或者仿真品,从那里获取生命的生存方式、意义和价值。这也是对小说情节的预告:小说主人公莱尔和帕米夫妇只有在看电影或电视时,才能显得略有些人性和情感(Osteen,1996:439)。在《名字》中,电影制片人弗兰克·沃德拉(Frank Vodera)指出,电影是 20 世纪人心灵的不可分割的组成部分,整个 20 世纪都是从电影里拍出来的。人存在于电影里,在里面生死、婚配,在里面杀人、自杀。这可以作为对《天秤星座》里的枪手李·奥斯瓦尔德等人物生命生活方式的最佳评注。

李·奥斯瓦尔德生活在电影赋予他的种种幻想里面,按照电影给他的信息来理解世界并生活在其中。他的人生几乎可以说是被电影导演和表演出来的。在《天秤星座》中,用电影的情节和形象去感知世界、实现人生的,不仅仅是奥斯瓦尔德。被苏联击落的 U-2 侦察机飞行员弗朗西斯·加里·鲍尔斯(Francis Gary Powers)在克格勃监狱里想象自己将要被执行枪决的场景:"就像电影中一样,伴以沉默的行刑鼓声。"(德里罗,2013b:191)参与刺杀肯尼迪总统阴谋的反古巴分子韦恩·艾尔科(Wayne Alko)把自己所做的一切事情都和日本电影《七武士》联系起来。在艾尔科心中,无论是当年跟着卡斯特罗打游击,还是后来他反叛卡斯特罗政权逃亡美国参加反古巴活动,都是电影情节的投射:他和战友们像直接从银幕上走下来的七武士,冒着生命危险行侠仗义去拯救被侵略的人民和国家。艾尔科评判他生命活动的标准都来自这部电影中"日本武士得出的教训"(德里罗,2013b:296)。这都说明,在超真实中电影形象投射出了人的主体性,使他们生活在不能区分电影和人生的恍惚状态里(Osteen,1996:439)。

在《大都会》中,埃里克在纽约这个充满了电子屏幕和媒介形象信号和白噪音的后现代但丁式地狱中游走,遭遇了一场拍电影的闹剧。300 个人裸体躺在街上,埃里克身不由己脱光了衣服加入其中,竟然躺在了自己一直没有与之同居的新婚妻子埃莉斯(Elise)身边。他们不知道在拍什么,甚至在这个场景中他们都无法明白他们是在假装裸体,还是真的裸体。后来埃里克模仿着电影里的那些老掉牙的情节,一边持枪冲进要杀死他的理查德·希茨(Richard Sheets)所住的废弃楼房,一边想着电影中那些陈腐镜头:

　　小时候,我母亲经常带我去看电影。我父亲去世以后,她还经常带我去看电影。我的童年就是这样度过的。我已经不止两百次目睹这样的镜头。我母亲会告诉我每场电影里男主角的名字。男主角就像我现在这样站着,背对着墙。他站得笔直,举枪的姿势也和我一样,枪口朝上。然后,他转过身,把门踢开。门总是锁着的,他总是用脚踢开。老电影和新电影里都是这样。倒也无妨,只要有门,就一定有人踢。……无论我们看什么类型的电影……总是有一个持枪的男人,站在一扇紧锁的房门外面,一脚把门踢开。……甚至在科幻小说里,他也是站在那里,手持激光枪,把门踢开。(德里罗,2011:166-167)

显然,电影中踢门镜头就是鲍德里亚所谓代码最小能指的偶然性置换。它们不再与传统真实世界中的所指涉物发生任何关系,当然也没有可以在传统现实世界中能够理解的任何所指意义。它的所指意义是电影这种模型中自行创造的,并且在电影模型中相互置换。它在一部电影中出现了,就会像基因一样,克隆制造以后无数这样的情节(拟象产生拟象)。人无论处于什么时代和地点,都可以接受这种早就脱离了真实的超真实信息。埃里克也就这样模仿着电影的情节踢开门去送死。

鲍德里亚说电影影像遮掩了深层真实的缺席,它和任何形式的真实都没有了任何联系,这个影像成了它自己的拟象(Baudrillard,1994:6)。这为我们解读《欧米伽点》提供了一个窗口。《欧米伽点》的情节线是:看电影—拍电影—看电影。小说分为三部分,前后是楔子和尾声,标题都是"无名"("无名/9月3日"和"无名2/9月4日"),中间是小说主干。"无名/9月3日"叙述小说主人公电影业者吉姆·芬利(Jim Finley)在纽约现代艺术博物馆观看道格拉斯·戈登(Douglas Gordon)作品《24小时惊魂》。在小说主干部分,吉姆到沙漠去找退休政府军事顾问理查德·埃尔斯特(Richard Elster),拍一部关于后者的一个角色的电影,但拍摄计划由于埃尔斯特女儿离奇失踪而失败。最后小说直接进入"无名2/9月4日",我们再一次看到吉姆身处纽约现代艺术博物馆看《24小时惊魂》,并试图继续他对人生、世界和电影的思考。他会得出什么结论?无人可知。小说文本能够明确直白显示的是,电影包裹着情节,包裹着人物。电影就是模型,就是母体,电影赋予主人公生存的手段和人生的意义。

在小说开头和结尾,吉姆所看的电影是从一部老电影改编而来——把希区柯克108分钟的《惊魂记》拉长到24小时。鲍德里亚"拟象之拟象"说明了这个"电影的电影"的性质。模型炮制拟象,拟象再进行新的一轮拟真循环,如此无限往复下去(正如在《大都会》中,无论什么年代的电影,都会重复早期电影的踢门镜头)。吉姆·芬利沉迷电影中的体验反映出电影对于人真实感知方式的干扰和扭曲:

> 连看 24 小时后走出博物馆、走向街头,他会不会忘记自己是什么人,生活在什么地方?⋯⋯他还可能在外面的世界里生活吗?⋯⋯外面的世界,到底在哪里呢?
>
> ⋯⋯
>
> 他开始思索一件事与另外一件事之间的关系。这部电影和原作电影之间的关系,与原作电影和真实生活经历之间的关系是一样的。这是离开之离开。原作电影是虚构的,而这部电影则是真实的。
>
> ⋯⋯
>
> 感觉起来那么真实,步调是那么荒唐的真实⋯⋯因与果被彻底扯开,这使他感到无比的真实,就像物理世界中我们所不明白的事情都被人说成是真实的一样。(德里罗,2013a:13-15)

就理解这几个关键段落而言,鲍德里亚“拟象先行”和“超真实”(比真实还真实)的概念提供了有用的解读钥匙。如同《玩家》楔子“电影”所揭示的,电影为人们提供了太多的人生“经验”和“感悟”[1],以至于离开了电影他们会感到生命源泉干涸,生活意义枯竭。上面引文中的第一小段,就表现了长久浸淫在电影中的影像和景观中消费者的困境:“先行的拟象”给了人如此多的感受、经验,甚至“思维”和“思想”,他离开电影屏幕之后,是否还有能力生活在现实或真实世界里?小说后文描写了吉姆进入到沙漠拍电影时在真正客观环境中感到茫然无措,这为这个问题提供了一个答案。

上面引文中的第二、三小段则揭示出电影这种拟象形式的本质。就如前面所分析的“踢门”镜头,电影拟象本身就是自我复制和再复制的产物。《欧米伽点》中这个被称为“离开之离开”的电影,就是“拟象之拟象”,而且是一种极其极端的复制——把一部电影慢放重录,“制作”成一部 24 小时长的“新作”。但是这个完全把人所熟知的真实时间、空间给篡改和“拉开”的拟象作品(而且第二次的拟象)反倒被感知为更为“真实”的东西。人们被拟象自我复制的链条裹挟着,进入并生活在从真实世界“离开之离开”的后现代超真实中,以电影

---

① 这还是前文所述超级物以及全景敞开辐射作用的一种表现形式。

拟象和符号作为中介进行思考,所以吉姆在播映室忽然产生这样的感觉:"或许是电影在进入他的思维,就像某种泄露出来的脑浆洒遍他全身。"(德里罗,2013a:116)被电影控制了思维的人,最终就生活在了电影模型生产的超真实中,"一个根本无法触及实在——根本不知实在为何物、看到的只是象征符号、亦即'幻象'的体系之中"(盛宁,1997:268)。

吉姆不仅仅观看"电影的电影"(拟象之拟象),他自己也加入这个拟象之拟象的复制进程中。吉姆拍摄理查德·埃尔斯特的电影计划是:埃尔斯特是电影里唯一角色,只拍摄他的脸部,记录埃尔斯特讲述的全部人生经历。没有幕外提示音,不停机一直拍,一次拍完。这种电影的拍摄方式,不过是一种克隆复制。首先,吉姆的"创意"是模仿俄罗斯导演亚历山大·索科洛夫(Alexander Sokurov)的《俄罗斯方舟》(Russian Ark)。其次,这是吉姆对《俄罗斯方舟》模仿的再一次重复——是在拍摄过喜剧演员杰里·刘易斯(Jerry Lewis)后的又一次炒冷饭之作,换上埃尔斯特接替刘易斯,"让他接着一部让人捧腹大笑的喜剧之后演"(德里罗,2013a:28)。别人评论吉姆拍的电影是"关于电影的观念……停留在观念阶段的观念"(德里罗,2013a:26)。也就是说,吉姆的电影作品是拟象的产物,而其电影所拍内容,又只能停留在拟象本身。

这就是为什么吉姆计划拍的内容——埃尔斯特在五角大楼做政府军事顾问的经历也是拟象的原因。曾任政府军事战争顾问、防御研究专家的埃尔斯特承认自己在五角大楼的工作纯属弄虚作假。他本人是个外行,没有专业知识,更没什么实践经验。他的经历就如皮丕奇的拟象策略在五角大楼的重演。他和他的政府相关同事们所做的就是拟象:"进行概念化思考……将总体思维和原则运用到具体事务上去,如部队调遣和反游击策略等。"(德里罗,2013a:19)这就是典型的"拟象在先",即用虚幻不经的东西去投射现实。在《拟真》(Simulations)一书里,鲍德里亚引用一则寓言说明超真实的含义。寓言说的是一个王国绘制了一幅和整个国家实际大小一样的地图,却使王国财源耗竭而灭亡,最后只剩下地图的残破碎片遗留在一片荒漠里①。拟真就是把寓言中发生的事情倒转过来,不是按照王国为原本制作地图,而是用地图为模型去投射、制作国家。这就是超真实的写照,是从没有现实源头的模型中投射出来的东西(Baudrillard,1983:2)。

埃尔斯特亲眼看到美国政府和五角大楼进行的"地图"拟象操作。"曾几

---

① 这个寓言来自阿根廷作家豪尔赫·路易斯·博尔赫斯(Jorge Luis Borges,1899 - 1986)。

何时,还不存在与我们计划创造的现实相匹配的地图"(德里罗,2013a:30),既然没有真实的地理实体去匹配他们的地图,他们需要做的,就是颠倒顺序,先创造拟象的地图,然后再以它为"范本"制造真实:"那是我们每眨一次眼睛所做的事情。人类的感知就是一部被创造出的现实的史诗。但是,我们却在公认的认知和阐释限度之外设计着实体。谎言是必需的。国家不得不说谎。在开战和为战争做准备时,没有一个谎言是不可辩护的。我们超越了谎言。我们试图一夜之间创造新的现实,细心编造出整套词语,像广告口号那样的词语,容易记,朗朗上口。这些词语最终将形成图像,然后具有三维。现实就在那里站着,走着,蹲着。"(德里罗,2013a:30)

吉姆用拟象手段拍摄的政府军事顾问的生涯,又复归到拟象:天方夜谭般的纸上谈兵。对于五角大楼里的战略家们和政客们而言,战争几乎等同首字母缩写一样的符号,或者就是他们自己的预感和谋划。最终这些人自己都宛如已经融入地图,"他们以为自己是在地图上向某地派遣部队"(德里罗,2013a:29)。这些人用地图造出了一个超真实,而且还会为这个超真实地图上增加"诗意"。五角大楼用类似创作日本俳句的"艺术"来修饰这个超真实。俳句的特征在于诗意寓于语言的排列形式。"对任何以固定数量的线条或预先设定数量的音节来表示的事物,这就是答案。"美国军方和政府高层就是按照这样一种组合诗句的方法来制定战争策略:"我想要一场俳句战争,我要一场三行的战争。这与军力水平或后勤补给无关。我所要的,是与瞬时事物相关的一系列观念。"(德里罗,2013a:31)

埃尔斯特退休前写过一篇文章"改编"(*Renditions*),开篇第一句是:"政府就是犯罪集团"(德里罗,2013a:35),该集团的一个重要职能即是"编造"或者"改编"。当然这个词还有另外一个意思。埃尔斯特文中提到,在壁垒森严的某个隐秘角落,"正在上演着一出戏剧,是人类记忆中最古老的那种形式,一些演员全身赤裸,身负枷锁,双目被蒙蔽,另一些演员则拿着造成恐怖(氛围)的道具,他们就是改编者,没有姓名,蒙着面具,身披黑袍"(德里罗,2013a:36)。显然这是柏拉图洞穴寓言的后现代版"改编"。只不过人们在用后现代拟象手段上演一个古老的关于造假和蒙骗的寓言。

古老的欺骗、造假和蛊惑手段,以后现代的各种高精尖技术支持,有庞大的政府和军界的人力、物力、财力作其后盾,就营造出后现代超真实的狰狞和恐怖力量。柏拉图的寓言告诉我们,在生产力尚不发达的古代社会,仅仅靠一堆柴火作光源,依靠几个石头或木头制造的道具,就可以在人头脑中幻化出魔力无边、神秘可怕的超自然力量。后现代的今天有着核动力、超级电子计算机、DNA技术、各类发达学科、无数学者和技术人员……如果这些强大的因素加在一起造假，这个超真实的后现代洞穴将会多么黑暗？答案是有时候这些"改编者"本人都会被自己的拟象手段所蒙蔽。《天秤星座》中的"犯罪集团"——中央情报局中就上演着这一幕。

《天秤星座》里中情局雇员、参与谋划和实施暗杀肯尼迪的拉里·帕门特(Larry Parmenter)承认，在政府控制之下，连中情局内部人员也永远不能探知真相，事情总是会有另外一个层面，另外一层秘密，从那里会再孕育出一套新的骗局。这一切是如此神秘复杂，"人们只能相信那是更深层次的真实"（德里罗，2013b：262）。而帕门特的上线、美国中央情报局雇员、刺杀肯尼迪阴谋策划的元凶温·埃弗雷特(Win Everett)则深谙阴谋会产生自己的独立逻辑，给自己设定某种结局（德里罗，2013b：223）。就是说，拟象早晚吞没设计拟象的人。《名字》也有对埃尔斯特所指认的犯罪集团的类似抨击：如果美国号称是这个星球上的一个活神话，那么中情局就是这个神话的神话。不仅仅是神话，而且是神话的总模型，中情局官僚体系和阴谋足以生产一切、随心所欲变出任何世人能够想象的东西和情景，给世上所有人"共同的体验和情感奠定一种经典的基调"（德里罗，2013d：356）。这里的"总模型"，就是犯罪集团改编和演出后现代超真实洞穴寓言的拟象模型。

从某种意义上说，《欧米伽点》就是对处于"全身赤裸，身负枷锁，双目被蒙蔽"的超真实中人命运的探究。这是一部关于电影、被夹在"电影"之间和"拍电影"的小说。电影被制作，被无数次重复改编；制作电影的人看电影，又参与到这个制作和改变的拟象过程。他们的认知和命运也经历着这样的改编过程。以至于他们并不再觉得自己是被绑缚、被蒙上双眼的。他们已经认同了被改编的超真实，不再去想着其他的真实的可能性。在《欧米伽点》里这种情况的一个表现就是，观者更容易认同电影中发生的事情。观看电影的人对电影中世界和人物的感知和了解，比他们对现实环境及其中同类的把握更为"真切"。他们与身边人的关系，远远不如其与电影中人物的关系那么自然亲近。

小说楔子和尾声的标题"无名"和"无名2"来自吉姆观看电影时的一个想法："无名，他和那博物馆警卫都是无名之人"（德里罗，2013a：111）。这种"无名"状态实际上也是一种"无形"。在黑暗阴冷的播放展厅里，寥寥无几的真人观影者如同幢幢鬼影，而电影中的人物对于看电影的吉姆而言是那样的接近、清晰、具体、实在。一个个人物就像是家人和好友，就像是和吉姆坐在同一张餐桌旁，伸手可触。在"无名"和"无名2"两节里，所有出现在电影外的观众都是无名的，能叫出名字的都是电影中的人物：安东尼·博金斯(Anthony

Perkins)、珍妮特·利（Janet Leigh）、诺曼·贝茨（Norman Bates）、阿博加斯特（Arbogast）……①

　　到沙漠中来拍电影的吉姆,对于他所处的新环境和接触到的埃尔斯特父女,远远达不到他对自己所看电影里出现的情景和人物的认知和认同程度。吉姆看着埃尔斯特隐居处周围的沙漠,恍如置身梦境。实实在在的真实客观环境远远超出吉姆的理解力,反倒让他觉得如在科幻作品中一般。吉姆与真实世界中的人的关系,也不如他与电影人物那样亲切紧密。他和埃尔斯特的交往是他和自己电影的交往,如此而已。在吉姆自己家里,他与妻子的关系也远比不上他对电影的迷恋。早在来沙漠拍电影之前,吉姆自己的家庭婚姻生活就已破裂,离他而去的妻子曾埋怨他:"电影、电影、电影。你再专注一点,就成黑洞了。唯一的存在。连光也跑不出来。"(德里罗,2013a:28)吉姆也承认甚至连他吃的东西都被电影吸去了:"所有的能量,所有的营养,全给电影吞去了。"(德里罗,2013a:25)

　　一个把真实的婚姻和个人生活搞得乱七八糟的人,来到沙漠拍关于别人的电影。被拍的人(或角色)生活同样糟糕,所以才有最后悲剧的发生以及电影计划的失败。"无名"中荧屏外的人们之间疏远陌生的荒诞剧,也在埃尔斯特家里上演着。像吉姆一样,埃尔斯特家庭破裂,他自己失魂落魄,到沙漠中索居。女儿杰茜卡(Jessica)无法与父母亲正常沟通。在她离奇失踪后,父母甚至无从知道女儿的任何情况,无法提供任何有用的线索。杰茜卡无法像常人那样工作。冬天甚至不敢在公园里走太远,因为冬天的松鼠"有些狂暴"(德里罗,2013a:44)。这都说明,超真实中的人除了看电影、拍电影和被拍摄外,既不能认知现实世界,也不能和其他人甚至家人建立真正的沟通。杰西卡失踪后,大家曾一度毫无头绪地"追寻",但一无所获。正如吉姆最后又回到电影银幕前进行思考,但这种思考同样无果。

　　在电影的拟象黑洞中,人们的探寻和思考注定失败。鲍德里亚如此分析电影模型对于人心智的影响:电影中的形象把感知割裂为一组组连续镜头和一簇簇零乱的刺激信号。电影不再允许人们深思,它直接对人进行讯问。正是在这个意义上现代媒体使得人们更为深入地直接参与到它的运作过程中(Baudrillard,1993:63)。这里的"讯问"指的是鲍德里亚又一个重要的概念:问答二元系统。在他看来,问答是模型化的一种信息控制模式。问题和

————————
① 普通观众会混淆演员和电影中他们扮演的人物,用演员的名字称呼电影人物或者相反。作为电影业者和专家的吉姆本人,也会像普通人一样这样指称电影里的人物和饰演他们的演员。

答案都是模型产生的,问答就如驱使电子计算机运作的 0 和 1 信号,是媒介符号基本命令的组成部分。用拟象先在的逻辑解释,模型在设计问题之前,早就有了答案。所有符号和信息(包括任何电视、电影播放的信息)都是通过问答呈现于人面前的。整个通信系统都过渡到了问答信号的二元系统。这种测试手段是拟真的完美形式。问题引出答案,答案被提前设计—指定(designated)。问题是单向性的,不需要提问者的思考和答复,而是直接把意义强加于人(Baudrillard,1993:62)。

在《欧米伽点》里,埃尔斯特在文章中提到,那些掌握着种种欺骗手段的"改编者"(用鲍德里亚的话说,就是符码的编写者)有一种"加强型审问技术",可以使得"被审问者在心中产生放弃抵抗的念头('rendition'的意思之一就是'放弃'或'给回')"(德里罗,2013a:35)。这就是鲍德里亚的问答信号二元系统的运作原理的体现。生活在电影里的人们,一旦想去质疑和提问,也就把自己推进了审讯室。让人提问,是模型的策略。"测试……是拟真的完美形式。问题引出答案,答案被提前设计指定……不再是提问,而是直接把意义强加于人,并且在同时完成(问答)周期。(Baudrillard,1993:62)"所以,后现代超真实中的人们也就最终放弃质疑和提问,因为一切问题被"给回"的都是同样的答案,模型的先在答案。

4.2.2 电视的网眼效应

随着电视的普及,电影拟象模型得以大行其道,在千家万户撒下一张巨网,构成一个巨大的"母体",后现代超真实也就大规模地形成,对于人生的"复制"和影响程度也就更高。马丁斯说,电视技术是资本主义意识形态的运营商,它通过扼杀批判思想而牟利,控制人的思考和意识,把外来思想直接植入人的头脑,把人变成被动的消费机器。它无处不在、在美国家庭生活中更是与人形影不离,在最基本层面上影响人的生活——衣食住行、和家人的联系、人的思想和言谈,等等(Martins,2005:101)。

在德里罗小说中,电视被描述为一种特别显要且无处不在的总体性媒介控制力量(Martins,2005:100)。《白噪音》借默里之口如此评价电视:"电视提供的精神方面的数据之多,简直令人难以置信。它开启了世界诞生的古老记忆,它欢迎我们进入系统的栅格。"(德里罗,2013:55)在电视这个拟象模型中,德里罗笔下人物被关进系统的栅格里,在其中感知其安身立命的超真实。在《玩家》中,栅格控制效应在主人公莱尔身上如此展现:

对于莱尔而言,看电视是一种类似数学和禅宗的训练。通常,商业广告、信号中断、西班牙语电视剧比标准的节目更有支配意义。商业广告反复吸引着他。……即使久而久之麻木了他的感官。画面完全吸引住了他的注意力,一个小时仿佛是四个小时。尽管他很疲惫。有点心不在焉,对这些故作姿态的暴徒也厌倦了。但他还是很容易看个通宵,被电视的网眼效应占据,被周波和视像之间特权般的静电光辖控。(德里罗,2012b:16)

人被"电视的网眼效应占据,被周波和视像之间特权般的静电光辖控",不再是电视外面和前面的观察者和思考者,而是电视系统栅格后的俘虏。观者的感官被麻木,被动地接受电视提供的精神数据。《玩家》中莱尔和帕米夫妇的"性生活的调剂通常都是别人提供的"(德里罗,2012b:71)。这里的"别人",是电视中的节目和人物。每周莱尔"会腾出一个小时左右的时间来观看本地艺匠们精心打造的色情节目"(德里罗,2012b:16)。小说最后,帕米经历了一系列打击——与朋友通奸、朋友自焚、丈夫离家加入恐怖组织——后回到家中。但对这些,她竟然无法做出正常反应,仅仅是在电视前,其神经系统才被电视内容所激活:"帕米心潮激荡,她奋起抗争……她感到那滔天的悲伤,汹涌澎湃。她的脸上光泽四射。她张开右手扣在自己的脑门儿上。紧接着,情感迸发,突奔而来,她放声大哭。"(德里罗,2012b:208)正如基赛评论的,电视赋予了人一切数据,从人性到有线电视所给的"有线自然"(Keesey,1993:142)。电视作为拟象模型,用符号、媒介的表象和机器的语言把人与真实隔离开来,电视的栅格成为人们生存的超真实构架。

在《白噪音》中,杰克的儿子海因利希与一个正服刑的杀人犯借通信手段下象棋。这个身负 7 条人命的囚犯的杀人行为,就是媒介拟象的结果。"电视里的说话声"指使他去开枪杀人,并"告诉他,要将自己载入史册"(德里罗,2013e:48)。杀人犯可以依靠媒体而被"载入史册",而其他人再去模仿他的行为,这个拟象游戏就可以无穷尽地进行下去。杰克对这种发生过无数遍的电视拟象事件当然是了解的,所以他不假思索就能去推测这个囚犯的经历:"他那次上房顶射杀之前,有没有在自己的日记里写下点儿什么?他有没有将自己的声音录下来,看几部电影,或者读几本关于屠杀群众的书,来温习一下自己的记忆?……他怎样对待媒体?与很多人会面吗?常常给当地报纸的编辑写信吗?还想出版一本书什么的?"(德里罗,2013e:48)而且,杰克的猜想也正是那个杀人犯真正计划和实施过的。

唯一与这个服刑囚犯事与愿违的是，当地没有新闻媒体，他的拟象链条也早就中断，没有能够进入从媒体拟象到"真实"事件再到媒体拟象的循环过程。但这个囚犯是深知拟象游戏的玩法的，他说，"如果必须全部重新做一次的话，他不会把它搞得像是一件普通的谋杀，他要把它搞成像是一次暗杀事件。……他会更加谨慎地挑选对象，杀死一个知名人士，引起注意，引起轰动。"（德里罗，2013e：48）在《地下世界》中，再次出现这样的拟象事件。"得克萨斯州公路杀手"理查德·吉尔基的一次袭击无意间被一个小女孩在车内用便携式摄像机拍下，于是这个杀手变成了媒体名人。这使得他变本加厉地作案，因为他可以借此和一个著名电视女主持人进行电视对话。而他的行为在电视报道后，又引起其他人的模仿，让更多无辜者受害。媒体拟象以及它催生的拟象事件在超真实中的互动共生，如癌细胞转移一样迅速而可怕。

德里罗把电视拟象投射出的杀手作为主人公来塑造的小说是《天秤星座》。能在媒体上露面也是奥斯瓦尔德最终参与到刺杀肯尼迪阴谋的动机。实际上，针对肯尼迪的行动，只是"癌细胞"再次转移的结果。此前他已经进行过一次暗杀，即在效力于中情局的乔治·德·默仁希尔德（Geonge De Morrenheld）怂恿下枪击极右翼分子特德·沃克（Todd Walker）将军。行动前，他手持枪和革命宣传材料留影，希望把照片登上报纸。这次暗杀未遂，奥斯瓦尔德再次实施计划时，憧憬着成功后的景象："沃克倒在了人行道上，头上的帽子不见了，就像登在《新闻早报》头版上的照片一样。"（德里罗，2013b：371）奥斯瓦尔德也知道怎样去利用媒体，多次约见媒体和记者试图在媒体上炒作自己的所谓支持古巴行动。范小玟指出，上电视是奥斯瓦尔德行刺肯尼迪总统的一个动机，"奥斯瓦尔德的行为基于媒体的超真实……媒体代码甚至成为奥斯瓦尔德行动的指南"（2013：96）。

小说中另外一个阴谋参与者和实施者戴维·费里（David Ferri）看出，奥斯瓦尔德自愿和积极地配合阴谋行动有他自己的目的：想像那些电视名流一样流芳百世。在奥斯瓦尔德眼中，媒体里的信息不是虚构或想象的，而是"现实的另一个，或许是主要的维度"（转引自范小玟，2013：96）。这与奥斯瓦尔德的成长经历有一定关系。他和单亲母亲在纽约这个朱门酒肉臭的繁华国际大都市中居无定所，被迫在贫民区里不断寻找可以暂时存身的立锥之地。母亲疲于奔命地找工作挣钱，顾不上照顾奥斯瓦尔德。但是他们却有着电子保姆——电视，奥斯瓦尔德常常一人看犯罪题材的电视剧。在家里，奥斯瓦尔德对含辛茹苦拉扯自己的母亲深恶痛绝，嫌她唠叨，讨厌她说话的声音，宁可打开电视去看没有节目的空白屏幕画面。鲍德里亚把电视等媒介的信号比喻为从人生命最早源头实现控制的基因代码（Baudrillard，1993：59）。这一说法很形象地说明了奥斯瓦尔德的一生被拟象控制的命运。他自小被扔给电视来照看和教育，生活在电视系统的栅格中，慢慢变成图像显示部件（VDUs）。

　　奥斯瓦尔德是一个典型的后现代超真实存在物，没有自主个体生存的现实基础，没有自己的意志和欲望，自始至终都是一个概念的造物，他就像个被用过的弹壳（Brent，1994：186）等待着被电视和电影模型重新装填火药。他是按照媒体代码语言来理解，认识并生存在后现代超真实世界里的。即使他去图书馆阅读马克思主义著作，梦想着改变自己的人生，也是按照电影电视给他的语言、指令和形象来思考："他内心的时光流转、他内心的真正生活，才是他的力量所在，也是他唯一能自己控制的。……他进入了梦幻，幻想着奥斯瓦尔德英雄的强大世界，黑暗中枪在闪光。他幻想着对别人的控制、愤怒的发泄、欲望的满足、黑夜的神秘、被雨冲刷的街道以及黑衣人身后拉长的背影——像是电影海报上的人物。"（德里罗，2013b：48）

　　奥斯瓦尔德叛逃到苏联，却像垃圾一样被抛弃，在愤怒绝望中试图割腕自杀。在生命随时就要完结时，他大脑收到的仍然是代码的信号，告诉他将经历"一种甜蜜的死亡（有小提琴伴奏）"（德里罗，2013b：153）。奥斯瓦尔德在实施刺杀肯尼迪行动之前的几天里，不断从电子媒介那里得到基因代码命令。他感觉电视广播新闻"在给他传递着信息"（德里罗，2013b：380）。肯尼迪访问达拉斯之前，文本再次呈现奥斯瓦尔德在电视前接收"数据"的场面，他宛若身处屏幕中，"仿佛秘密指示已经进入到信号网、广播频率和一切传播媒介中了"（德里罗，2013b：368-369）。直到他被捕投进监狱后，仍然按照电视、电影中的情节来想象着人生："他还可以用另一种方式来把这场戏演下去。"（德里罗，2013b：422）他成长在电视信号里，一生受这个信号的控制，最后也终于亲眼看着自己真正把这场戏演到结束：在电视直播的媒体狂欢中，在众多摄像机的拍摄下，他在电视中看到自己被杰克·鲁比（Jack Ruby）击中，在生命的最后一刻，他在剧痛中死盯着屏幕，"似乎待在某间阴暗的电视室里观看这一切"（德里罗，2013b：435-436）。如鲍德里亚评论的，奥斯瓦尔德生活在一个处处都与本源惊人相似的世界中，一切事物都按照其自身的拟象脚本复制出来。这个拟真世界甚至比鲜活的现实更正宗地道，一切皆与模型完全吻合（Baudrillard，1983：23）。

4.2.3　成为量子灰尘

　　德里罗在其小说中一直追踪记录各种拟象模型的发展趋向，从传统的报刊媒体到电影,再到电视网络,一直到现今的电子网络。《天秤星座》中有一个特殊的角色尼古拉斯·布兰奇,他退休后被中情局返聘,撰写有关肯尼迪遇刺案秘史。他意识到,即使是在电视不那么普及的时代,拟象的效应也已经足以致命,它可以促使人心血来潮般地犯罪:"你还可以寻找一个机会朝你看到的第一张虚胖的名人脸上开上一枪,而目的仅仅是让人们知道有人在那儿看报"(德里罗,2013b:181)。也就是说,人们杀人是为了上报、在媒体上露一面。收音机、电视的普及,加重了这种拟象效应。

《天秤星座》以中情局等犯罪集团的手段,说明这种拟象效应的扩张和影响。以埃弗雷特为首的中情局雇员,深知媒体对人的控制力量。帕门特在美国颠覆危地马拉政府的行动中扮演的一个重要角色就是电台操纵者。"广播的内容尽是些谣言、虚假的战斗报道、无意义的代码、煽动性的演说以及向并不存在的反叛部队发布的假命令。这像是现实结构里的一项出色的工程。帕门特自己也写了一些广播稿,用逼真的形象来描绘战场上腐烂的尸体和驾机叛逃的战斗机飞行员"(德里罗,2013b:126)。拟象起到了现实中任何手段都难以企及的效果,人们都相信有大规模军事入侵,危地马拉政府军飞行员叛逃,政府在短短几天内土崩瓦解。实际上所谓入侵部队不过是几部卡车和百余名衣衫褴褛、毫无作战经验的新兵。帕门特在古巴猪湾入侵行动里故伎重施。他用广播进行鼓动,用"20世纪40年代的间谍影片中的秘密代码。……他还使用当地野生动物的名字创作浪漫的意象"(德里罗,2013b:128)。

埃弗雷特的阴谋是帕门特拟象策略的微型复制:"以从口袋里的纸片和杂物中翻出来的人物形象为原型,让他或他们成为戏中的角色。枪声一响,整个国家震惊了,被唤醒了"(德里罗,2013b:29)。口袋里的纸片和杂物(pocket litter)主要指的是车门或者车座背后的杂物兜里面的东西,如报纸,杂志等。埃弗雷特等人要从这些本来就是拟真物的材料里,再次拟真出一个人来,作为一个自杀炸弹,去引发另一轮拟象的增生——他们当然知道,枪声震惊国家,是需要媒介的扩音和传播的,而主要的媒介就是广播和电视。《天秤星座》中的电台宣称"有些事是真的,有些比真的还要真"(德里罗,2013b:380)。媒体提供的"真",是比真还"真"的超真实,它更容易被人们所接受。

鲍德里亚把媒体拟象称为DNA模型,一个原因就是这些拟象不仅可以像DNA一样发出生命的命令,而且可以克隆自身并进一步发出克隆其他生命体的生物指令。拟象使得奥斯瓦尔德去刺杀总统,也会再次克隆一个杀手去干掉奥斯瓦尔德。这个杀手就是夜总会老板杰克·鲁比。作为KRLD电台《生命线》等宣扬爱国、英雄主义的广播节目的忠实听众,鲁比这个猥琐的皮条客资本家有时会虔诚到令人感到不可思议。他声称"每当人们谈论我们的国家,我就会心潮澎湃。你们是没看见,那年电台里宣布罗斯福逝世的消息时,我穿着制服,哭得像个孩子似的"(德里罗,2013b:254)。总统被刺后,杰克·鲁比先是摇身一变成了信息皮条客,把来自外地的记者们介绍给达拉斯警察,同时还兼任新闻贩子和记者,拼命要抢到只言片语去卖给全国广播公司。面对蜂拥而来报道总统遇刺案的记者们,鲁比还借机展示他生产的健身板样品,希望捞上一笔。

但转瞬间他又被媒体所控制。电视的报道令他觉得肯尼迪总统遇刺"在荧屏上的重现几乎就像当年耶稣蒙难一般"(德里罗,2013b:424)。电视播出的有关肯尼迪总统的报道那"精美的措辞,在杰克脑海里激起剧烈的悲伤"(德里罗,2013b:418)。鲁比一下子如丧考妣悲恸得连连呕吐。他关掉自己的夜总会以纪念总统。第一夫人在媒体上的公开信使他下定决心为民除害。最终他在各种媒体的见证下,在电视直播中杀死了那个可怜可悲的替罪羊奥斯瓦尔德。这再次震惊美国和世界,引发了另一场媒体狂欢。拟象的克隆复制策略成功了。当鲁比也被投进监狱后马上明白他自己和"奥斯瓦尔德同处一桩罪案之中……他开始和奥斯瓦尔德合为一体了。他已无法找出自己和奥斯瓦尔德的区别。……现在奥斯瓦尔德已经在他体内了"(德里罗,2013b:440-441)。他和奥斯瓦尔德一样,都是同一个媒体代码基因的产物,他们是拟象母体内的克隆体。

随着人类向后现代阶段的进发,电子计算机和网络技术的普及,资讯、模型和控制论游戏足以实现总体的控制,在更大、更广、更深的范围和层次上创造比真实更真实的超现实(高宣扬,2003:585)。在鲍德里亚看来,这种总体控制的情形就是:

　　　无论是监狱细胞、电子细胞、政党细胞、微生物细胞,还是其他一切等等细胞,我们总是在寻觅最小的肉眼看不见的元素,它按照代码指令进行有机合成。代码自身就是基因的、生成性的细胞,其内进行的巨量逻辑乘法运算生成了所有问题及其可供选择的答案。……基因代码是软盘中永恒的转移(jump),而我们无非是图像显示部件(VDUs)。符号的全部光晕与意指本身都一起被毫无悬念地消除了,消除在了录入(inscription)和解码过程之中。(Baudrillard,1993:58)

到了全体控制的阶段,人会被电子数据控制和"录入",甚至进入到电子拟象的过程中,成为图像显示部件或者其中的信号,这就是《大都会》的主题。电视网络无处不在,任何事情,包括死亡,都是电视本身"巨量逻辑乘法运算生成"的拟象逻辑。电视报道不再是对事实的宣告,而是电视媒体自身的表演、自身的逻辑、自身的展现,这些东西成了人们被灌输的真实。在后现代超真实里,模型已经完全无视人的存在,可以只按自身逻辑复制传播自己制造的任何信息。传统上理解的现实的不在场这一事实本身被成功遮蔽,淹没在拟象的自我复制的泛滥之中(Lane,2000:86)。

人也由此成了"代码指令进行有机合成",是媒介拟象模型中的产物。米德伍德(Midwood)总统及其政府官员们,如同埃里克这样的商界大亨一样,都必须通过电视网络才能发挥任何功能。总统总是"摆出一副电视台嘉宾的架势",是"习惯性麻木状态"下的"处于神秘的休眠状态"的活死人(德里罗,2011:68-69)。失业、失去生活保障、失去家庭、处于半疯狂状态的理查德·希茨主要靠上网和去银行自动柜员机那里查看电子账户信息活着(他账户上几乎没有什么余额)。他自己知道,这是从互联网上染上了"莎司托"病,"就是或多或少丧失灵魂"的全球性疾病(德里罗,2011:138)。所有这些人的命运,都体现在暴亡的说唱巨星布鲁瑟·费思(Brucer Faith)身上:全球直播的媒介网络与屏幕上的"一个数字化尸体、一个零、一个复制品"(德里罗,2011:127)。

数字化的尸体、一个零、一个媒介的复制品,这不仅仅是《大都会》中人的写照,也是包括死亡在内的一切事情,甚至抗议和斗争的写照。在纽约城里的游行抗议中,发生了自焚事件。目击这一幕的埃里克首先想到的是多年前越战期间发生的那个越南和尚自焚事件,还有有关这个历史事件的媒体报道中的其他元素:在自焚者周边念经,身穿僧服的和尚、尼姑等。其他的人,包括警察,都"希望他是个年轻人,为信念而献身。……没有人希望他是个精神错乱的人。这样会使他们的行动、所冒的险以及他们一起所做的工作都蒙受耻辱"(德里罗,2011:87-88)。也就是说,大家都在以媒介模型来理解身边发生的事情。但同时大家也都明白,自焚者也只是在模仿别人,模仿媒体。媒体作为拟象模型,生成超真实,然后大家在这个超真实中理解"真实"。

在《大都会》中,还有一个比电视拟象模型更为先进和强大的电子网络拟象模型,这是后现代超真实的主要生成模拟系统(Lane,2000:96)。在此新模型中,《大都会》中的人物可以被更彻底地吸引进入拟象模拟系统内成为其中被任意复制加工的数据。在《白噪音》中,德里罗就开始探讨这种计算机软件和模拟系统的运作方式。在生死攸关的毒雾事件里,州里的有关部门开始有条不紊地进行"模拟疏散"工作。模拟疏散的工作人员把整个灾难化成了曲线、流量,使真实的事件在电脑"坐标全景地图上三维地流溢开来"。不仅如此,灾难中的人也在数据屏上被代码化。在电脑中,杰克这个人被生成了巨大的数字资料,成了"一些括号内带搏动星号的数字"(德里罗,2013:154)。在毒雾事件后,杰克再次去医院做体检,医生眼中的他还是"括号内的数字,计算机给它标上了星号"(德里罗,2013e:285)。杰克的疾病和死亡最终都成为电脑和机器的合成事件,整件事情的意义仅仅在于机器、电脑和医疗设备的拟象死亡,死亡不再是杰克本人的事情,而成为拟象自我复制的过程事件(Keesey,1993:144-145)。

《大都会》描绘的是更为数据化的后现代超真实。这是一个双重的超真实,既被超级物所埋没,又被淹没于超级信息海洋中。其中的人们的命运也会沦为"数字化尸体"——被吸引进拟象模型中,并成为其中的数字化数据,再被复制和投射在拟象模型的各种媒体终端上。这是主人公埃里克的最终命运。他坐着装有最先进无线网络设备的豪华轿车,在纽约这个充满了电子屏幕和媒介形象信号以及白噪音的超真实地狱中游荡。通过他的眼睛我们看到,从室内到街道,从公司到车内,到处是屏幕。街道建筑墙壁连片的电子屏,好几层数据同时滚动。"数字、符号、报道、美元、国际新闻等信息飞速闪过,让人目不暇接。……一个数据刚过去,另一个数据接踵而来",屏幕成了人们的"崇拜偶像"(德里罗,2011:72)。屏幕甚至安装到了人的手表上。埃里克的手表就是个"具有显微功能的精密仪器,可以提供几乎完全真实的信息。它充满了玄学色彩。它在表体内运作,收集附近的人和物的影像,然后把他们展现在水晶微型屏幕的表面上"(德里罗,2011:187)。

屏幕拼命向人灌输信息,不断播放着广告和种种股票、市场行情。此外还有各种监视屏,埃里克车中甚至装着偷拍他自己的偷拍器,把他的一举一动都转化为电子流,存储进模拟系统。小说结尾,埃里克在电子屏幕上看到自己死后的图像,这揭示了他的生命和死亡都是可以在模拟系统任意存取和流动的"数字"。埃里克车里装着仪表盘电子屏,挡风玻璃下有夜视仪,连接着车外的红外摄像头,其活动随时汇总入他办公室巨大的电脑终端,同时也进入全世界的数据网络中。从这个意义上说,他就成为了电脑生成的数据。对于电脑系统而言,他的死活是没有区别的,用鲍德里亚的表述,都是0和1构成的二进制符码(德里罗暗示,他连那个"1"都算不上,他就是一个"0")。但成为一种符码,竟然是生活在超真实中的埃里克的追求和梦想。

埃里克的车后排安乐椅前面装有高端可视设备："每个屏幕都混杂着日期、流动的符号、高山形图表和跳动的数字。他每隔两秒钟就要关注一下这些屏幕"（德里罗，2011：10）。专门的电子屏幕上显示货币流动的图像，是"一种图形语言的飞跃。这种模式超出了标准的技术分析模式，也超出了在这个领域他的下属所做的深奥的图表模式"（德里罗，2011：57）。日元以 10 的 21 次方的增长速度逼近美元，埃里克也必须以同样的速度思考。埃里克对此仍洋洋得意："事情爆炸式地发展着。这件事和那件事同时发生……我知道每隔十分钟就要分析成百上千条信息。模式、频率、索引、整个信息图。我喜爱信息。这是我们生活的最爱和生命之光。"（德里罗，2011：11）但埃里克也能意识到，"数据本身是热情的、强烈的，是生命进程中生机勃勃的一面……在电子表格和由 0 和 1 构成的电脑世界中，数字指令决定每一个行星上亿万生命体的呼吸……这就是生物圈的起伏。我们的身体和海洋。"（德里罗，2011：21）最终埃里克是被这海洋吞没的。

《天秤星座》里的尼古拉斯·布兰奇坐在办公室中，被海量的资料、图片、书籍包围，发现自己面对的是种种离奇的理论、谣言和梦幻，不免感到灰心丧气、进退两难，充满悲哀和绝望。令人眼花缭乱的巨量信息都在诉说着自己的故事，"随着时间的推移仍继续存在，并且日臻完善，永不结束。……它们既不能代表什么，也不能阐明任何道理"（德里罗，2013b：181 - 183）。布兰奇的无奈和恐惧，来自超真实这种后现代现实的可怕梦魇。世界被淹没在拟象的自我复制泛滥之中，人们已经没有力量去揭示真实和假象之间的分别（Lane，2000：86）。在后现代技术条件下，拟象"体系具有类似细胞分裂那样的性质，可以以病毒、指数或'癌细胞转移'那样的速度发展。它所描述的系统或模式倾向已经取代了现实，并在其自身的内在逻辑范围内无限扩展，但这种发展的结果经常混乱不堪，让人无法预料。"（霍洛克斯，2005：33 - 34）。埃里克对于"人们将融入信息流"（德里罗，2011：92）愿景的拥抱，正是他自杀行为的另一呈现方式。信息流最后淹没并消融了他。

这种淹没和消融作用，首先体现在杀死埃里克的前雇员理查德·希茨身上，后者曾在埃里克公司分析泰铢。尽管理查德·希茨喜欢这个工作，但是公司货币交易系统"受时间限制"过于苛刻，速度快到理查德·希茨根本反应不及，所以最终被公司踢出。"我找不到它的规律。它太微观了。我开始痛恨我的工作，还有你，还有我的屏幕上出现的所有数字，以及我生命中的每一分钟。"（德里罗，2011：174）面对这个系统，理查德·希茨感到非常无助无力，他认识到这个系统的目的就在于让他"成为一个无用的机器人士兵"(德里罗,2011:178)。最后,希茨被野蛮剥夺了工作权利,他的一切投诉和抗议都被电脑转化为数据,以便公司应对不利于企业的类似活动。这个时候,已经不再是人去把握利用信息,反而是信息去掌控人的命运。德里罗在一次接受采访时曾说过,他在写《大都会》时想到俗语"时间就是金钱"(Time makes money),只不过在《大都会》中后现代超真实里,这个俗语要反过来,"金钱创造时间"(money makes time)(Rabalais,2012:111)。而且金钱也不再是那种看得见摸得着的纸币,而是投机的、虚拟的信号。这些信号不仅仅改变了整个世界和城市,甚至改变了时间,也改变了生活在超真实中的人的命运,把他们变成信号海洋中的一个零,一个数字的尸体,这就是埃里克的最终下场。

正如积聚的财富终不能为埃里克所用,反而使他孤独失眠并疯狂走向绝路一样,他自以为能够控制数据,却不知数据海洋实则会淹没并消融他自己。埃里克在被杀前,不经意触动了自己手表上的微型电子摄像机,发现里面显示的是自己的尸体!"他在手表上的水晶屏幕中已经死去,但在原来的空间里还活着,只是静静地等待着枪响"(德里罗,2011:191)。埃里克"一直想成为量子灰尘,超越他的肉身……他这种想法是要活在特定的人类界限之外,活在芯片上,活在光盘上,像数据一样活在旋转中,活在闪光的自旋中。这是虚空中保留下来的意识"(德里罗,2011:189)。他的梦想实现了,他永远活在(或者更为确切地说,死在)了拟象系统中。

在小说中,作为主人公的埃里克还仅仅是后现代拟象系统中的一个典型,他代表的是《大都会》中更多人的存在(或者非存在)状况。患了莎司托症的希茨是其中之一。埃里克在电子音乐嘉年华中看到,人们没有了思想,远离了痛苦忧伤,机械地跟着音乐重复着舞步。"电子音乐的所有危害都尽在这种重复中了。这就是他们的音乐,响亮、乏味,没有生气,而且受电脑控制。"这些舞者精神恍惚,受制于"最后的电子呓语"(德里罗,2011:114)。这些人也是被拟象电子信号附体的行尸走肉。

被大大小小、固定和移动的无数屏幕覆盖的整个大都会,对人而言几乎就是超真实的海市蜃楼,或者《大琼斯街》中"反考古学家们"看到的沙丘城市(鲍德里亚所谓"真实的沙漠")。在电脑屏幕显示数字符号时,现实中被指涉物的实质消散进而被吸纳入全世界汹涌奔腾的数字洪流中。尽管被指涉物还没有完全从现实领域中消亡,但它们与符号间的关系不再直接相关,因为它们在本质上被数字化技术控制和改变了(Harma,2014:203)。被置于符号、媒体和广告的控制之下,整个城市空间被符码化,系统依靠符号和编码的自我复制,就变成了从抽象领域到实在空间的全局复制(Smith,2010:30)。所以,埃里克看着那些银行大楼,突然感到"它们是空的……是最后的高层建筑,是空的,是用来加快未来的脚步的。它们是外部世界的尽头。它们并不是真的在这儿。它们是在未来一个超越地理、超越可触及的金钱以及那些腰缠万贯的人们的时代"(德里罗,2011:32)。

电影、电视、网络这些景观社会的重要组成部分,如同其他消费品一样,在德里罗文本中并没有得到正面认可。这可能是因为,德里罗大学所学的媒体课程以及5年广告撰稿人的职业背景,使他更了解和警惕媒介景观的商业化、娱乐化本质以及它对人类感觉器官和神经系统的控制效用。德里罗的这种态度和立场在美国甚至整个西方并不罕见。如德里罗同时代人、媒体文化批判理论家尼尔·波兹曼(Neil Postman,1931-2003)就宣称,景观社会中的人们或许没有陷入乔治·奥威尔《1984》式的反乌托邦,但是却正在适应一个现实版的景观"美丽新世界"。这个新世界不再使用奥威尔笔下的极权高压,也没有了独裁者"老大哥"的残暴统治。但是赫胥黎担心并预言的"甜蜜"统治方式却悄然来临:景观会让人们在"汪洋如海的信息中日益变得被动和自私……真理被淹没在无聊烦琐的世事中;……文化成为充满感官刺激、欲望和无规则游戏的庸俗文化。"人们所深恶痛绝的旧有压迫和剥削形式不再是威胁,但景观、媒介、娱乐的魔力却在使人"毁于我们热爱的东西",新的危险是人们的"娱乐至死"(amusing ourselves to death)(波兹曼,2009:3-4)。

这种立场显然类似于德里罗作品中的描述。电影这种重要景观形式在德里罗笔下占据着重要位置,原因可能源于它在本雅明所谓"机械复制时代"的首要历史地位。当然,本雅明把电影视为一种艺术大众化和民主化的重要手段,尽管电影这种复制手段会使得传统艺术中的光韵(aura)丧失并且导致大众对艺术品"凝神专注"的接受变为"消遣性接受"(本雅明,2002:128)。德里罗文本中显示出来的却恰恰是对"消遣性"的警觉和担忧。拟象复制手段的极度日常化、普遍化、大众化和商业化,使其娱乐性更为泛滥,"拟象之拟象"使得超真实日益蔓延和巩固。德里罗文本对于电影的批判是较为严苛的。而对于电影的演进形式电视和电脑网络,德里罗作品中几乎没有什么正面看法。人被信息网络技术及其产品淹没,被其信息和信号所吞噬,成为形象和信号系统中的一部分,德里罗在揭示和批判这种超真实的生存状态时,显示出更为深刻的警惕和忧惧。

这也许是源于人对超真实存在的麻痹甚至迎合态度。《大都会》中埃里克"一直想成为量子灰尘,超越他的肉身……活在芯片上,活在光盘上,像数据一样活在旋转中,活在闪光的自旋中。这是虚空中保留下来的意识。"而最后,他果真进入拟象系统,而且在手表屏幕上看到自己变成一个数字化的尸体。他的死亡,变成了他在数据中的永生;他的"超越",最终却进入超真实的虚空。这反映的正是拟象系统中"符号的全部光晕与意指本身都一起被毫无悬念地消除了,消除在了录入和解码过程之中"。对于超真实中的埃里克而言,超越是系统录入的结果,人生是系统解码的过程。他的生死、超越和沉沦,都是"代码指令进行的有机合成"。这就是超真实的诡异之处——体现在埃里克生命尚在却从手表电子屏幕上看到自己尸体这样一个悖论上:"所有的现实都可以合二为一"(德里罗,2011:187-188)。这就涉及下章要探讨的内容"内爆"。

第**5**章
超真实内爆与象征交换的报复

德里罗小说在故事事件、人物塑造等方面存在许多非常模棱两可、界限不清的现象。各种势力和人物之间，既存在冲突，也可能会相互融合。可以说，这是对于传统的真假、善恶、是非等二元对立辨别范式的颠覆。前章提到，《欧米伽点》揭示了美国政府和军方利用最为先进的手段去演绎人类最为古老的"戏剧"，把世界变成一个后现代的超真实洞穴，实现他们恐怖黑暗的统治。但政府是什么呢？《玩家》又指出这个问题的阴森一面："政府这帮人太有想象力了。但又完全不是这么回事……他们的幻想太多了。没错。但归根结底它们又是我们的幻想，不是吗？五花八门。我们的领导人只不过实现了我们的幻想，我们选出来的那些代表。"（德里罗，2012b：105）政府的拟象游戏，不过是所谓选民的拟象游戏——借用《欧米伽点》的一个主题，是"电影的电影"。

在超真实秩序中，相互敌对的事物往往如莫比乌斯带①的两面，其实并没有实质区别。如《玩家》中的恐怖分子说的，"现今只有一个恐怖主义网络，也只有一个警察机构。问题是，有时候它们相互重叠。……像维拉尔（Villar）这样的人，我认为就是个例子，网络中的一分子。"（德里罗，2012b：117）而恐怖分子本身也可以穿梭在各种可能常人看来与之行为相龃龉的领域，如《玩家》中一个较有影响力的恐怖组织领导人金尼尔（Kinnear），"金尼尔在大学专科学校教授语言和修辞。他业余时间在一家收账代理公司上班。他去收账。他的一项副业是参与内华达州的监狱改革——与某些团体谈话，募集资金。……此人的内心深处到底是怎么回事儿，还颇值得怀疑。1963 年晚春，新奥尔良五光十色，有点儿令人眼花缭乱。很难搞清细枝末节。按理某人该抓，某个律师

---

① 莫比乌斯带（Mobius Band）是把一根纸条扭转 180°后两头黏接起来做成的纸带圈，原来纸带的正反两面就变成了一个面。鲍德里亚用这个概念来比喻正反、敌我、善恶等对立面相互融合的内爆状态。

该隶属于政府委员会。他有某人想要的情报。关系纵横,暗流汹涌。"(德里罗,2012b：155 - 156)

在德里罗笔下,摧毁各种矛盾敌对力量和范畴、在它们之间形成复杂纵横关系的最大暗流,是跨国资本主义。如《地下世界》中指出的:"资本烧毁文化之中存在的细微差别。资本推动了外国投资、全球市场……某些东西在消退,减弱。国家解体,装配线缩短。与其他国家的装配线互相影响。……系统自称与之相伴,变得更有柔韧性,利用更多资源,对刚性范畴的依赖越来越小。……这种资本以光速运行,划过地平线,形成某种更深层的同一性,刨除带有特殊性的个别事物,给一切事物带来影响,从建筑到休闲时间,一直到人们吃饭、睡觉和做梦的方式。"(德里罗,2013c：833 - 834)

所以,奇才公司和美国的宿敌跨国公司之间可以形成毫无裂缝的地下世界超级物体系。"这个国家的领袖们曾经梦想巨大的陆地帝国。他们调动军队,吞并他国,扩张地盘。全副武装的部队驾驶着重型卡车穿越平原,强行推广语言和欲望,留下了大屠杀形成的乱葬岗。他们希望在那些领土上延伸自己的影子……如今,他们希望得到计算机芯片。"(德里罗,2013c：832)《绝对零度》再一次转向这些旧敌在地下的"汇聚"——全球性金钱科技与特权打造的巨大地下冰窟,以此来低温冷冻有钱有势者的肉体。如其名称所示,这个公司或者场所汇聚了来自全世界的投资人以及医学、电子计算机科学等多个学科的顶尖人才,也汇聚了来自全球的巨额资金以及黑白两道方面的资源。主人公杰夫的父亲罗斯·洛克哈特是美国投资界巨富,也是推动汇聚计划的关键人物,他的第二任妻子以及他自己先后被冷冻。他如此描述汇聚公司:"个人、基金会、公司还有各个政府皆受到其情报部门提供的资助"(DeLillo,2016：33 - 34)。

超真实,意味着传统理念中那些对立概念,统统可以"汇聚"在一起。最起码,它们没有了过于明显和坚实的界限和区别。在鲍德里亚眼里,这是拟象秩序的特点:"以前矛盾的和辩证对立词项的可互换性。"(鲍德里亚,2012：6)对立是拟象,它们在表面上还可能存在名义上的差异,但实际上可以相通和互换,"时尚中美与丑的互换,政治中左派与右派的互换,一切传媒信息中真与假的互换,物体层面上有用与无用的互换,一切意指层面上自然与文化的互换。那所有伟大的人文主义价值标准,具有道德、美学、实践判断力的整个文明的标准,都在我们这种图像和符号的系统中消失了。一切都变得不可判定,这是代码统治的典型效果,它在各处都安居在中和与随意的原则中。这就是资本的普及化妓院,不是卖淫的妓院,而是替代和互换的妓院。"(鲍德里亚,

2012：6-7)到了这个境况,也就是一切二元对立模式的内爆阶段了。"所有的现实都可以合二为一,所有的可能性都可以变为现实。"(德里罗,2011：187-188)

鲍德里亚指出,超真实是后现代独特的歇斯底里病症,就是对真实的歇斯底里的生产和再生产(Baudrillard,1983：44)。传统政治经济学时代的商品生产早就丧失了昔日含义,社会通过生产和过度生产试图达到的目标是对真实的复活,而真实却总在逃避着社会。包括物质生产在内的生产成了超真实生产的一部分(Baudrillard,1983：44)。发出超真实生产的命令并完成这个生产的模型系统,控制这个世界和其中的人,使他们脱离其先人居住的环境,进入到系统投射出的比真实还要真实的超真实里。在超真实中,甚至连人自己都可以是系统的产物：物体系叙述人,拟象和拟真模型制造人①。而随着内爆的发生,系统更是消除了一切异质和对立性的东西。在鲍德里亚看来这个模型系统如同一个吞噬一切的饕餮,它贪婪吞下的东西早晚会把自己撑爆——系统单向性的无序能量积聚,最终将导致熵增并把整个系统推向死亡。这就是系统违背象征交换之道而遭受到的惩罚。

《白噪音》做出一个可怕的预言："科学家喋喋不休预言的'宇宙热量的最后耗尽'早已开始,你可以在任何大中城市里感到这一切正发生在你的周围。"(德里罗,2013e：10)《大都会》就是这个预言的实现。但这种熵增状态不仅仅发生在大城市中。在充满死亡和白噪音的美国家庭和社会各个层面,它也成为一种常态。鲍德里亚说,超真实是一种符号间相互交换的秩序,它是一个封闭的、自涉的系统,不和外界发生交换,是一种单极式的黑洞系统。借用巴思的说法,这就是一种枯竭的真实,或者在枯竭的真实上建构的真实,这最终形成一种枯竭的枯竭,或者是枯竭的拟象。

《大琼斯街》以流行音乐这样一个有代表性的文化现象为例,揭示了和外界不再发生任何交换、只是在内部自我拟象的超真实文化的极端发展结果。摇滚乐人巴基在巡演中发现,乐队的表演已经到了极端。"观众开始想要更多东西。不仅仅是音乐,也不仅仅是他们自我复制的噪音。或许这种文化已经到达了极限,到了极端张力下的崩裂点。"(DeLillo,1989：2)无论是台上的表

---

① 我们还不能承认鲍德里亚笔下的黑客帝国反乌托邦式的设想,即人完全成为模型的产物。但在现实中不难发现,最起码是人的意识愈来愈受电视、网络、手机等拟象模型控制。甚至人的身体,也开始受制于模型,典型如按照某个明星的形象整容(实际上可能明星的形象也是整出来的——这就是典型模型生产现实的方式——拟真的拟真)。请参见马克·波斯特对此的论述(Bishop,2009：72-99)。

演还是台下的互动都已经到了彻底耗竭的地步。在这个极点上，巴基看到了已经紧逼而来的死亡（DeLillo，1989：86），而且他"必须得亲手干掉自己"（DeLillo，1989：2）。原因是，超真实中的娱乐表演，是拟象的自我表演。观众和台上的歌手相互刺激，歌手需要观众自我复制的噪音来歌唱，这是一个拟象互动。但当这样的拟象和超真实文化达到极端时，观众需要的是歌手的死亡。这里"表演"出来的，就是象征交换对于超真实的报复和惩罚。

5.1　德里罗笔下的内爆

5.1.1　内爆理论概述

"内爆"（implosion）概念是由加拿大理论家马歇尔·麦克卢汉首先提出来的。他把人类进入电气时代之前的几千年文明发展历史称为"外爆"阶段。人类通过技术进步从封闭的部落向外扩展，探索开拓新的领域，将世界界定为四大洋、七大洲等形式，将所"发现"的不同人，也根据其肤色划分为不同人种。在这个人类活动范围扩张过程中，知识也在进步，并相应出现不同学科的划分——物理学、化学、地质学、考古学、天文学，等等。外爆指的是向外的扩展以及在这个过程中不同范畴的建立，这是一个延伸、区分、划定界限、建立等级结构的过程。

而进入电气时代后，这个持续了几千年的外爆过程开始出现"逆转"，换句话说，技术开始引起一种内压、收缩和挤破界限的过程。首先电信技术和现代交通手段把原来几千年扩展开来的区域和距离"缩小"了。人类好像又回到了原先那个狭小拥挤的"部落"。所以麦克卢汉把这个缩小了人与人之间时空距离的现代世界称为"地球村"。从生活在原来的小部落到把足迹散布到全球，这是外爆；而复又"回到"地球村就是内爆。内爆同时使得各种"空间和功能"融合。不同国家、制度、国家内部的各种机构部门、市场、艺术、学界、社区等之间的界限愈来愈不明显，甚至完全消失，彼此的关系呈现严重的相互依赖的趋势。而原来分门别类的不同学科也要协同合作，实现跨学科融合，以前严格专业化的领域现在可能需要各种紧密的跨学科交流。更为重要的是，由于通信网络技术的发展，地球村里人的情感、思维、心理都趋于一致——一场球赛数亿人同时观看，一场电影引起全球人的共鸣，一条广告在世界各地引发抢购……

麦克卢汉认为，这是人类面临的一个新挑战，其严重性不亚于几千年前人类凭着原始技术开始冒险，外出探索广袤危险新世界的征程。麦克卢汉提醒人们应对此新挑战进行严肃思考，以便应对可能出现的新危机，尤其是对于电子媒介（或信息）给人们带来的冲击。他警示人们，内爆的一个重要含义就是图像等符号的无限自我指涉、自我复制、自我衍生。这种符号的瞬间激增首先产生一种外向的传播，但是能量耗尽后就会内缩，如同恒星死亡后的黑洞化。符号的无限急剧增长，远远超过了人的吸收能力甚至理解能力，这就意味着信息的外爆结果是信息本身被炸掉，进而被爆破的是传播这种符号的网络等媒介形式。甚至整个现实社会都会随着整个过程坍陷（皮海兵，2012：156‐157）——当人们被无用的、无法理解的大量信息包围时，也就无法再把握所谓现实。鲍德里亚正是在这种"现实"或者真实的内爆问题上，进一步发展了麦克卢汉的观点。他提出在后现代社会，"一切真实、起源、理性、历史等统统内爆了"，而最终的牺牲品是人的主体性和人本身（皮海兵，2012：158‐159）。这就是鲍德里亚所看到的后现代超真实。鲍德里亚如此定义内爆：

> 一极被吸入另一极。在每一种意义差别体系中，端点之间都出现了短路（short-circuiting）。可以区分意义的术语也罢，对立也罢，包括媒体和真实之间的对立和区分，统统被消除了。故媒介不可能再发挥什么中介作用。媒介和真实之间，任何一方都不可能再对另一方起到任何辩证干涉作用。所有的媒体效应都进入闭路循环。因此，在一极向另一极的单向矢量中，不可能产生本来意义。……梦想通过内容产生革命是徒劳的，幻想通过形式产生觉悟是无益的，因为媒体和真实已经融为同一团星云（nebula），在其中，真理无可理解。（Baudrillard, 1994：83）

后现代超真实中的"内爆"现象也引起了其他理论家的注意，他们从不同角度和层面对此进行了详尽的解释。我国后现代主义研究专家陈世丹如此论述后现代社会："从整体上看，后现代主义以消解知识的明晰性、意义的清晰性、价值本体的终极性、真理的永恒性这一反文化、反美学和反文学的游戏态度为其认识论和本体论，终止了一切诗意唤神的本性，放弃了一切具有深度的确定性，走向了精神的荒漠和不确定的平面。"（2014：5）内爆的结果是明晰性、终极性、永恒性的消失，这些东西被夷为"平面"上的废墟。后现代现实就是原来三维立体、具有高度和深度的架构崩塌后的状态。

　　杰姆逊也很重视后现代社会文化里的"平面"特征,只不过他所用的字眼是"深度的消失"。杰姆逊指出,后现代文化或者理论首先是从"解释这一意义上"丧失了深度。后现代文化不需要解释,它只是一种经验。其刺激性就是目的,没有必要去揭示什么背后的含义,也没有必要去建构任何意义,因为表面现象和内在意义间的界限消失了。杰姆逊进一步将后现代的"平面化"归因于旧有四大"深度模式"被抹平,这四大模式是:致力于从现象出发探知本质的辩证法、强调"明显"和"隐含"之分的弗洛伊德理论、拷问本真性和非本真性的存在主义理论、研究能指和所指之间区别的符号学理论(杰姆逊,1997:201-204)。

　　显然这四大深度模式都属于二元对立模式。这些模式被抹平意味着其中原有的对立极点都陷在一起,结果只剩下了文字和文本的"表面"游戏。一切都成了语言和文本这一平面上的论争,论争下面或者后面没有了思想。现象后面没有了什么本质,整个世界就是"一堆作品、文本"(杰姆逊,1997:204)。杰姆逊的表述比较抽象,对此陈世丹则给出了更为直接的解释:人们的注意力不再逗留于所谓客观存在的世界,而是进入了语言、文本和符号的世界里。"玩弄支离破碎的语义,获得的是一连串的暂时性的空洞能指。"(2014:5)能指、符号淹没了一切,成了一切生命来源的巨大平面培养皿,用来滋养、产生超真实社会中的人——鲍德里亚说的社会性(the social)内爆后的大众。内爆"特指一种信息的自我复制和无限增殖过程。大众即是社会性的内爆结果,是一种被拟真假构出来的'浓稠场域'"(张一兵,2008:37)。

　　谈到内爆和平面,我们也会马上想起赫伯特·马尔库塞的单向度社会,在这个只有"一维"的社会中,"对立面"沦为"一体化",那些规定"否定概念和反对概念"的批判理论范畴"正丧失它们的批判性涵义"(2008:导言4-5)。单向度社会"借助高层文化而构成现实的另一种向度——以此来消除社会现实之间的对立。清除双向度文化的办法,不是否定和排斥各种'文化价值',而是把它们全部纳入已确立的秩序"(2008:47)。生活在这样一种社会中的人丧失了否定性、批判性和超越性向度,变成了单向度的人,这给了鲍德里亚很大启发。由"立体人"塌陷沦落为"一维"人,这种情形也可归因于鲍德里亚所说的内爆。

　　马尔库塞认为,单向度人形成的一个重要原因,是弗洛伊德的压抑和升华被取消。后现代消费社会出现了一种更有效的统治控制方式,它与传统社会对性和欲望的压抑形式相反,因而被马尔库塞称为"反升华"(desublimation)(2008:59-63)。由于技术的发展、物质的丰富、成本的"降低",非常廉价的产品就可满足人的基本欲望。所以,压抑、升华非但没有必要,而且会使得人们产生辨别、批判、求变、超越层面的有害"维度"。而正如《美丽新世界》所描述的,在物质"丰富"的时代里,干脆把性也变成一种"消遣休闲"形式,化解社会压力和矛盾。这种"反升华"也是一种内爆形式。它消解了升华的高度和空间,超我和本我直接融合到了一起,成为一个平面上的一摊黏液。社会超我的消除和本我的松绑抬头,实则是刺激了社会道德的无序化,这是一种崩溃,一种内爆。

另外,谈到后现代社会中的"崩塌"现象,会令人联想到宏大叙事的被质疑甚至被摒弃。以鲍德里亚的法国同胞让-弗朗索瓦·利奥塔为代表的后现代主义者宣布宏大叙事(以法国大革命为代表的政治解放叙事和以黑格尔哲学为代表的思辨叙事)斯文扫地,众多细小叙事取而代之。实际上也就是从前的思想、政治权威大厦倾塌,被一地没有中心、没有高度的碎片瓦砾所代替。这也是一种平面化。在瓦砾之下,原来一切等级的高低、社会政治阶级等界限也就会随之模糊化。这就是一些后现代主义者所欢呼的所谓一切平等的大同世界。但是,这种"大同"在多数情况下是幻象和骗局。用鲍德里亚常用的一个词来描述就是掩饰拟象策略的"不在场证据"(alibi)。

鲍德里亚用了不同的视角去观察别人所看到的后现代平面问题,他的结论具有自己的特色和深刻性。鲍德里亚用"内爆"这个词,生动地呈现了后现代世界一个显著特点,那就是从前那些重要的界限和差别(如社会阶级、性别、政治以及以前社会和文化等独立自主领域之间的界限差别)再也难以为继。传统社会学理论认为,现代社会的特征是形成差别(differentiation),那么对于鲍德里亚而言,后现代社会的特征就是消除差别(dedifferentiation),也就是说差别(或维持差别的权力)的塌陷。在鲍德里亚所认定的拟真社会里,经济学、政治学、文化、性和社会各方面都内爆消融在一起。个人和团体的区别也内爆了,一起融入了急剧沸腾变异的社会溶液中,同时被化解掉的还有以前社会学理论所聚焦的种种界限和结构①。

本章将借助"内爆"理论分析德里罗文本中捕捉到的种种界限的消失现象,说明在德里罗小说中描述的超真实世界里,真实/虚假、现实/伪造、敌/我、加害者/牺牲品,以及不同阶级不同制度之间的对立都已经消失,雾化为一团星云状的分子流②驱动资本系统运作。权力系统正是在这种雾化状态下成功

---

① 对此的相关论述请详见 http://plato.stanford.edu/entries/baudrillard/。
② 分子流,鲍德里亚用科学术语来作的比喻,用来说明社会内爆后的大众生存方式,他们像被分子撞击的悬浮微粒那样做无规则的"布朗运动"。

渗入到社会每个肌体细胞中,让被统治者心甘情愿接受统治(Harma,2014:196)。如《天秤星座》中,奥斯瓦尔德就是这样一个心甘情愿被拟象系统利用的人物。

5.1.2 超真实莫比乌斯带上的阴谋家和替罪羊

上一章说过,《天秤星座》有两条叙事线,一条以地点变化为主轴,一条是以时间点串连在一起。地点线交代奥斯瓦尔德的成长轨迹,而时间线则追踪刺杀阴谋的策划和实施。两条线穿插进行,时而相交,时而分离,但是最终鬼使神差地融入同一团"真理无可理解的星云"迷雾中——时间和空间的界限消融了,共同沉入那漆黑恐怖的拟象无底洞里。这就是从小说在形式上表现出的内爆。从内容上说,一群供职于美国中央情报局的阴谋家们,为了达到自己颠覆古巴政权的目的,编造了一个阴谋、一个皮影戏的剧本,然后按照剧本造出一个活生生的皮影人物。具体说,主谋温·埃弗雷特的诡计就是"设计一个形象,塑造一个生命。他将以钱包里那种卷角的普通纸片上的文字材料为基础,勾勒出枪手的形象。帕门特将设法从档案部搞到空白表格,麦基的任务则是为埃弗雷特正在进行的创造找一个原型。他们需要具体的名字、脸形及体型,以便将他们虚构的人物融入现实世界里"(德里罗,2013b:52)。讽刺的是,这个阴谋拟真的人物奥斯瓦尔德也一直坚持不懈地虚构着自己,并且主动加入到埃弗雷特的阴谋中,这使得后者本人都大吃一惊:"看看他正在精心虚构的人物还未成熟就来到这个世界上,这让他有一种怪异的惊慌"(德里罗,2013b:179)。阴谋集团中另一个成员戴维·费里,把刺杀肯尼迪的阴谋和奥斯瓦尔德的一生比作两条平行线,有第三条线把这两条线连接起来,这条线"来自梦幻、理想、直觉、祈祷……它超越了因果关系,超越了时间"(德里罗,2013b:339)。这条来自拟真的线,就像是搭在了火线和零线之间的一根铁丝引起了短路和内爆。阴谋策划者和阴谋的替罪羊之间的界限消失了,前者和后者成了同谋,截然相反的两极在一个莫比乌斯带中交织在了一起。

文本中的种种证据都表明,在阴谋家们和他们的创造物之间,前者的毒计和后者的作为范畴之间并没有什么界限。正如前面提到的两条小说叙事线,它们相互穿插,相互推动,相辅相成,缺一不可。这就是一种内爆模式。费里毫不隐讳地对奥斯瓦尔德说:"他们要证实你的存在,证实李·奥斯瓦尔德符合他们一向用硬纸板纸剪出来的嫌疑犯模样。……他们制定出一个计划来,而你恰恰完美无缺地融入这计划中。他们失去了你的踪影,而你又在这里出现了。事物总有一种模式。"(德里罗,2013b:330)这个关键模式就是"天秤星座"模式,两个对称的秤盘同属一个系统,两边作用半斤八两,不分彼此。阴谋家们在编造剧情,剪裁皮影。而奥斯瓦尔德同样也在写着自己的自传,臆想着个人的革命,为自己起着各种假名,伪造着各种假证件,设计着自己的身份形象,为自己创造一个亲生父亲①……一条阴谋诡计线和一条"自欺欺人"线最终内爆在一起。随之内爆的还有谋划者与替罪羊之间的区别、刺杀总统的阴谋和奥斯瓦尔德自己的创作之间的界限、阴谋目的与奥斯瓦尔德人生意义之间的区分。而且值得注意的是,阴谋家们和奥斯瓦尔德本人在进行各自的拟真时,使用的是同一种手段。

前一章提到阴谋家们的手段,就是电子媒介手段。帕门特会利用它颠覆一个香蕉共和国的政权,埃弗雷特刺杀总统的阴谋很自然也是用类似的拟真手段。一声枪响,通过媒体的扩音和传播就足以震惊整个美国。这里又出现了另外一个内爆或者界限差别消失的实例。最善于操纵广播电视媒介的,就是被称为"第一个电视总统"的约翰·肯尼迪(范小玫,2013:96)。阴谋的牺牲者和阴谋的策划者共同利用同一种手段,他们都是媒介内爆的产物。在后现代超真实中,模拟和真实之间没有什么真实的界限。如同天秤星座这个符号象征的,这个天秤的两个秤盘其实没有多少差别,哪个盘里放砝码,哪个盘里放称重物并不重要,因为对于这个秤代表的拟象系统而言,这两样东西没有差别。

埃弗雷特等人要拟造一个射手、一个人,并为这个人造出无数拟真信息去制造更多的垃圾信息,淹没拟象和真实之间的堤坝。如费里所看到的,"作为一名射手,奥斯瓦尔德是多余的,严格来说只是个陪衬。他的作用是提供令人感兴趣的历史制品、可追查的武器以及所有他从事事业的剪报和物品"(德里罗,2013b:384)。这些埃弗雷特等人急需的历史制品、武器以及无数虚假线索和证据,本来应该是阴谋家们自己挖空心思炮制的东西,但在内爆状态下,偏偏是奥斯瓦尔德本人在制造着。另一参与阴谋的 T-杰伊(麦基)撬开奥斯瓦尔德在新奥尔良的房间,看到的是他们所急需的一切:武器、奥斯瓦尔德为自己伪造的无数证件、为自己取的数十个假名等。得知这些情况后主谋埃弗雷特都产生了一种强烈的"被人取代的感觉"(德里罗,2013b:179)。奥斯瓦尔德替代了埃弗雷特,为后者的阴谋拼命效力,这个牺牲品和那些正在利用他的凶犯成了志同道合的搭档。

---

① 奥斯瓦尔德是他母亲玛格丽特第二任丈夫的遗腹子,后来玛格丽特第三次结婚,婚姻很快再次破裂。奥斯瓦尔德基本是在单亲家庭中长大的,所以他一生都在为自己编造一个理想的父亲形象。

　　通过上一章的分析可以知道,奥斯瓦尔德造假拟真的癖性是从小养成的。陪伴他、对他进行世界、生活认知启蒙的,是他家的"电子保姆"电视。他就生活在后现代拟象氛围里,成长在阴谋者们所使用的拟真媒体模型(电视的栅格)中,最终成为一个模型信号的显示屏。他和那些阴谋家们在基因上有着相同之处。生活在这个拟象模型中的人,最终变成拟真大师。奥斯瓦尔德之所以会代替阴谋者们去造一个假人和假人的种种假材料,是因为模型一直在支配他去假造自己的人生,于是才出现阴谋设计者和受害者之间的内爆。撒谎、编造、幻想成了他一生唯一可以执着并持久做的事情。

　　而且他的"创作"也像两个秤盘一样,表面矛盾,但是实质上没有什么对立(因为都是出于模型)。奥斯瓦尔德在美国时盘算着撰写揭露美国社会罪恶的小说,在苏联则又想象着为美国《生活》或《观察》杂志撰文。这种颠三倒四的性格使他成为阴谋者们最为合适的替罪羊人选。埃弗雷特意欲炮制的信息就是复杂而矛盾的一团乱麻,唯其如此才能让后来的调查者深陷其中,从而失去真正的目标。而奥斯瓦尔德正是在创造这样的信息,包括他自己。他为自己起了无数的名字:亚历克(Alec)、亚历克·詹姆斯·希德尔(Alec James Hidell)、奥斯本(Osborne)、莱斯利·奥斯瓦尔德(Lesley Oswald)、亚历克赛·奥斯瓦尔德(Aleksey Oswald)等等。典型的一个是"希德尔"(Hidell),"意思是'不要说出去'"(德里罗,2013b:91)。他自己的这些拟真癖性,使他成为了阴谋者的同谋。

　　从苏联返回美国后,他更是开始大规模假造证件、文件。到了新奥尔良,他首先去给父亲扫墓,却有着另外一个动机,继续编故事:"他想象父亲穿着灰西装的样子,父亲是《都市生活》杂志的资料收集员。……他父亲是个穿着灰西装、见到妇女脱帽致意的男人。"(德里罗,2013b:306)他找工作时在所有求职信中都撒谎,"有时是毫无必要的撒谎"(德里罗,2013b:306)他妻子马丽娜看出奥斯瓦尔德已经深深"沉醉在他自己的幻想世界里"(德里罗,2013b:307)。

　　鲍德里亚说后现代人一旦进入拟真中,也就进入了绝对的控制中。这不是什么消极被动的问题,而是积极和消极间区别的消失问题。DNA 实现了这种在生命层次上随意的(两极)陷落(Baudrillard,1994:31)。鲍德里亚在分析媒体对人的影响时,用的也是这样一个"基因模型"范式。也就是说,媒体信息就如基因一样控制着人的生长、生命和生活,其他任何外部力量都很难对抗这种内因和命令。事实与炮制它的模型沆瀣一气,正因如此,所有可能想见的解释都可以并存,即便它们相互间是极为矛盾的。这样一来,所有的解释都真而又真,因为它们的真可以互换,因为这个真都与它们的母体模型形象毫无二致(Baudrillard,1983:32)。

因此后果是,在奥斯瓦尔德那里历史进步理论和帝国主义意识形态之间界限的内爆和消失。由于出身贫寒、家里只有孤儿寡母,奥斯瓦尔德饱受学校同学和周围人的孤立歧视,甚至遭受凌辱虐待。他只能在图书馆、在那些别人不去看的艰深书籍中寻找寄托和慰藉。奥斯瓦尔德尽管有着阅读障碍,却喜欢硬啃那些所谓高层次的书。他阅读这些书的目的只是为了"使他完全封闭在自我的世界里。……书越难懂,他就越能稳固地保持与他人的距离"(德里罗,2013b:34-35)。这种阅读模式持续到他生命的终点。他一直在艰难而顽固地阅读着,从美国读到日本,从日本读到苏联,从苏联再回到美国,从美国又读到墨西哥,一直读到他度过生命最后几十个小时的监狱,他始终没有弄清历史进步的真谛,对这些内容的研读,都是他逃避现实的手段。最终他自以为在历史进步理论引导下的惊天动地的行动,也不过是别人阴谋和拟真中一个可以由任何人任意替换的虚幻情节。这就说明,在资本系统统治下的后现代超真实里,内爆已经把经典历史进步理论的实质给炸毁了。留下来的只是一个骗人的幌子而已。而即使这个幌子,也被植入了电视等媒体的木马,它神不知鬼不觉地渗入到奥斯瓦尔德对于历史进步理论书籍的理解中。

> 有了这些书,他感到自己就是某种博大精深的事物的一部分。他是一个纵观人类发展的历史的产物……书使他成为某种事物的一部分。这种事物指引着他来到这儿,融入这种特殊的生活。……他要加入码头边旧楼房里的一个秘密小组。他们会与他彻夜长谈,谈理论和原则。但他们也会采取行动,秘密从事组织和鼓动工作。他将会穿着黑衣,活跃在雨中的这个城市。问题的关键在于找到这样一个组织。毫无疑问他们在这儿。伊斯特兰参议员在电视上说得很清楚,新奥尔良有敌人在地下活动。(德里罗,2013b:42)

奥斯瓦尔德对于历史进步的理解来自电视里政客的叫嚷,他也同样按照电视媒体所给的提示来解读他所读的相关著作。《天秤星座》文本一再强调,奥斯瓦尔德有阅读困难。他读到的与其说是书上的字句,不如说是电视和电影植入他脑中的形象和幻境。阅读历史进步著作时,"他进入了幻境,幻想着奥斯瓦尔德英勇的强大世界,黑暗中枪在闪光。他幻想着对别人的控制、愤怒的发泄、欲望的满足、黑夜的神秘、被雨冲刷的街道以及黑衣人身后拉长的背影——像是电影海报上的人物"(德里罗,2013b:48)。历史进步理论和电影情节、个人幻想统统内爆在一起。《天秤星座》文本甚至以一种近乎刻毒的辛锐笔触强调了这种内爆:在其电影海报般革命英雄的白日梦后,奥斯瓦尔德又计划效仿他心中的伟人取个秘密名字——然后是对一个女孩子的性幻想。这些乱七八糟的春梦妄想,都来自电视、电影的拟象模型。模型就像是《黑客帝国》里面那些巨型培养皿,把所有人体都溶化成一摊混合黏液,然后再用这些黏液继续培养后代人。在《天秤星座》里,模型的作用就是把革命、性幻想、革命著作、电影形象统统融化到这一摊混合液体中。

文本用了后现代文本方式拼接(陈世丹,2010:361)手法进一步加强和突显这种内爆。在描述奥斯瓦尔德的性幻想之后,读者读到的是突兀的另起一段:"十几部电影都说,肚子上被枪打中的人会死得很慢,很慢。"(德里罗,2013b:49)后面又是这样一个与前后段毫无联系的独句段:"玛格丽特坐在沙发上看电视。"(德里罗,2013b:49)同样,结束"新奥尔良"这一章的是蒙太奇般杂置一起的两段:

电视屏幕上出现了明星乔治·戈贝尔……

李在他的房间里看书,用食指点着,逐字逐句地领会剩余价值是如何转化为资本的。(德里罗,2013b:50-51)

这种杂陈拼接方式突显出奥斯瓦尔德从进步书籍中读到的东西,与电视媒介信息有着多么密切的联系。而更为讽刺的是另外一种杂陈并置,那就是奥斯瓦尔德一边读这些进步书籍,一边又着迷地读《海军陆战队员手册》:"他记住了怎样使用致命的力量,钻研了严密的队列训练原则以及绶带和徽章的用处。……《手册》中值得说的事简直太多了,就像是专门为他写的一样。他深深沉迷于这些规则之中,被其严苛、精确和那一连串令人敬畏的细节规定所打动,真是精细得不可思议,无可挑剔!"(德里罗,2013b:43)

《海军陆战队员手册》的作用和那些历史进步著作对他来说有着同样的实际功能:一是使他远离人群,逃避社会,紧闭双眼应对他所恐惧怨恨的现实,二是可以让他觉得自己比那些瞧不起他的人优越。而且在《海军陆战队员手册》中他读到的也是电影、电视给他的形象。《天秤星座》文本也同样把他读手册的内容和看电影的场景拼接在一起:"他有时会无声无息地躲进电影院里,一连坐上几个小时,或者在三楼走廊尽头的那间空着的办公室里认真阅读《海军陆战队员手册》。"(德里罗,2013b:43)于是我们看到历史进步著作、《海军陆战队员手册》和电影一塌糊涂地搅在一起。奥斯瓦尔德读着历史进步著作,实际上他的解读却来自先在于他的模型。经典的传统历史进步理论的本来所指意义,被模型的能指符号取代。模型早就在他神经系统里输入了另一套"所指"——电影给他的除暴安良的夜行侠的形象:加入历史进步组织就意味着"他们会和他促膝谈心,直至深夜;他们会委派他任务,交给他需要智慧和敏捷度的夜间秘密使命。他将穿上夜行衣,在风雨中飞檐走壁"(德里罗,2013b:38)。他需要《海军陆战队手册》中那些搏击技巧,去强化和渲染他来自电影的革命侠客形象。历史进步理论和帝国主义军事手册内爆在一起。这就是后现代现实与现代(或前现代)现实迥异的地方。

造成内爆的电影、电视模型是先在于人(precession of the model)的,这是超真实的突出特征。事实不再有自己独特的发展轨迹,事实是模型的产物,即使最为矛盾冲突和荒诞不经的解读都成立。也就是说,各种说法在模型控制的世界里都变为可以流通的通货,彼此可以交换买卖。于是再无辩证对立点,各种敌对面都内爆了(Baudrillard,1994:16-17)。这就是布兰奇所发现的:各种信息"都有闪光之处,可以接受,可以相信",唯有查清真相这一目标难以令人"抱任何希望"(德里罗,2013b:61)。总之,模型之中,不可能再有负面效应(Baudrillard,1994:17),奥斯瓦尔德无论读什么,都是在模型信息的一摊黏液里挣扎。小说中描述他在图书馆看到一个盲人,"他想就盲人图书馆里的一位读者写一个故事。这是想象盲人世界的唯一办法"(德里罗,2013b:39)。这是一个辛辣的讽喻,他无论读什么都是在模型的浓稠培养液中盲人摸象。

5.1.3 德里罗笔下的单极单向资本黑洞体系

鲍德里亚说,超真实中一切都来自拟象模型,没有什么东西可以把一极从另一极分开,开始就是结束。传统的两极陷入彼此体内。不管是政治还是生物学,抑或是心理学还是任何交叉地带,在所有领域中,相反两极的区别都已经无法再维持。人进入了拟真中,也就进入了绝对的控制中。这不是什么消极被动的问题,而是积极和消极间区别的消失问题。DNA实现了这种在生命层次上的随意的(两极)陷落(Baudrillard,1994:31)。这是一种极为可怕的处境。模型DNA决定一切,它发出命令的时候,也就是命令被完成的时候。这里鲍德里亚的意思是,模型所谓的控制是从生命的源头DNA开始的,无人能够改变和阻止这个命令,且这个命令一旦下达,事情不可能有其他结果:无论是积极对抗,还是消极就范,结果都是一样。

命令启动内爆,个人和团体、政治经济结构等级也就随之"消失"。这个带引号的消失，不是说进入了一个完全实现了政治经济平等的乌托邦，而是一个极其可怕的系统控制的反乌托邦，一个《黑客帝国》式的极权控制的时空。这里面，无论是富豪还是流浪汉，无论是政要还是平民，尽管他们可能在一个虚拟空间里在地位、权力、收入等各方面都不同，但是对于系统而言，他们都是提供体温能量的人体电池。他们的不同，源于被输入的拟象程序信号差异，本质上都是二进制加基因信号或虚拟电子脉冲，作用都是让这些活体电池更为耐用，性质更为恒定，更好地服务于系统的运作。在后现代超真实中，发生的总是"以假想证明真实，以丑闻证明真理，以犯罪证明法律，以罢工证明工作，以危机证明制度，以革命证明资本"的事件（Baudrillard，1983：36）。

以温·埃弗雷特为代表的中央情报局雇员认为奥斯瓦尔德无能无用，没有背景，就打算利用他作为一个牺牲品，搞一场闹剧般的刺杀未遂事件。但实际上，没有人能真正控制住局面。被导演的本来是一个失败的暗杀。可失败变成了成功，成功变成了失败。在内爆后的系统中，失败和成功犹如天秤对称系统中的两半，没有正反对错之分，失败就是成功，成功也是失败。

如前一节所分析的，由于内爆，阴谋者和阴谋中替罪羊之间的界限消失了。费里的同党克莱·肖（Clay Shaw）说："属天秤星座的人有正反两种。……不管属于哪种人，平衡是关键"（德里罗，2013b：316）。费里像贝特曼探员一样，要奥斯瓦尔德扮演一个双面角色。费里毫不隐讳地对奥斯瓦尔德言明，尽管奥斯瓦尔德打入巴尼斯特的侦探所是要利用他们，但是巴尼斯特可以与他相互合作，彼此利用。甚至不需要操纵或改变奥斯瓦尔德的政治立场，因为奥斯瓦尔德"是个天秤星座的人……这个小伙子坐在天秤上，很容易向一边倾斜"（德里罗，2013b：320）。麦基一直在打探奥斯瓦尔德的消息，但是奥斯瓦尔德却自动跳进了麦基的关系网中，而且是被反对麦基等人行动的联邦调查局安排进去的。这令麦基他们都感到无比离奇。

麦基看得非常清楚，奥斯瓦尔德和他们派去利用他的费里已经难分你我："他在新奥尔良与费里玩着某种镜子游戏。左是右，右是左"（德里罗，2013b：304）。而老奸巨猾的费里对奥斯瓦尔德说的话一语道破另一天机："你的那位肯尼迪总统……就是你的杰克"（德里罗，2013b：330）。也就是说，奥斯瓦尔德和肯尼迪这一对谋杀者和被害者也成了镜子游戏中的搭档，或者成了镜子内外的人及其形象。回到书名上来，他们变成了系统这一天秤上的两个秤盘（有趣的是，肯尼迪总统是双子座，我们也可以说，如果系统是双子系统，总统和奥斯瓦尔德就是里面的双胞胎），他们之间的关系也内爆了。

奥斯瓦尔德在刺杀总统的计划中陷得越深，就越感觉到他自己的家庭和总统家的怪异联系：马丽娜和总统夫人一样怀孕了；肯尼迪的拼写和字迹也像他一样糟糕；他和总统一样都总是喜欢同时读好几本书；他们都在太平洋上服过役；他们都有一个叫罗伯特的兄弟；总统喜欢看 007 小说，奥斯瓦尔德也弄来看（麦基秘密侵入奥斯瓦尔德的住所，就看到一本 007 小说）；总统读过格瓦拉著作，奥斯瓦尔德也去借阅；奥斯瓦尔德从一本传记中了解到总统读过《白色尼罗河》，他也去图书馆找这本书（但是被人借走了，他只好去读《蓝色尼罗河》）……最后奥斯瓦尔德作为刺杀总统的凶犯被捕后，在狱中悟到："他和肯尼迪是搭档。窗口的枪手和中弹者及其历史是密不可分的。"（德里罗，2013b：431）这一切都显示他们两人成了内爆后的"天秤座"（或"双子座"）系统中的不可分割的一对。

耐人寻味的是，最后为了"伸张正义"而枪杀奥斯瓦尔德的杰克·鲁比在"为民除害"后马上意识到，他"现在和奥斯瓦尔德同处一个罪案之中了。他们俩已经绑在一起，并将永远绑在一起。……他开始和奥斯瓦尔德合为一体了。他已无法找出和奥斯瓦尔德的区别。……杰克·鲁比已不再是杀了谋害总统的刺客的人。他就是谋杀总统的人。……现在奥斯瓦尔德已经在他体内了。"（德里罗，2013b：440-441）德里罗在写小说时，在看似不经意间留下一些很重要的细节：鲁比和总统的昵称都是杰克，而鲁比的中名是利昂。奥斯瓦尔德被费里介绍到巴尼斯特的侦探所后，读到托洛茨基曾用过一个名字"利昂"，便也把自己叫作利昂。凶手和牺牲品之间的界限和区别消失了。

内爆的根源都在"系统"里。这些系统的推手，就是后现代超真实中的资本。资本导致了种种内爆状态："能指／所指辩证法的终结""交换价值／使用价值辩证法的终结"，等等。导致内爆的正是"资本本身。正是资本通过生产方式废除了社会确定性。正是它用价值的结构形式代替了商品形式。而且也是它在控制着系统目前的全部策略"（鲍德里亚，2012：6）。在《天秤星座》中，试图破解阴谋、谜案的努力是徒劳的，任何想做到这一点的人，都会像退休的中情局分析师布兰奇那样，陷入绝望、迷茫和恐惧。但是，在这层层谜团之中，只有一件事是显著无疑的，那就是资本系统的力量。在这个失去了正反、对错之分，没有了敌我、是非对立的系统里只有"糊涂"。糊涂是系统在中情局运作的基本方式。装聋作哑是中情局系统顺利运作的关键。埃弗雷特和劳伦斯·帕门特在"猪湾入侵"前，都属于一个旨在颠覆卡斯特罗政权的美国政府委员会的特别研究小组。小组位于委员会权力机构的第三级，负责制定秘密行动计划。对于埃弗雷特和帕门特的行动计划，上级根本就没有兴趣过问。其实这正是整个政府运作的模式，"知道得越多越危险，糊里糊涂才是宝"。中央情报局局长本人的信条是,知道越少,"他就越能果断地发挥他的领导作用"(德里罗,2013b:22)。参谋长联席会议成员、部长、副部长、司法部长也都是如此。

温认为猪湾行动的失败原因就是高级官员们对计划稀里糊涂,而且一个个坚决抱定难得糊涂的态度去对待整个事件。但是失败对于这些官员又不是坏事情,这样他们就可以把驻扎在佛罗里达的那些令人头痛的流亡部队战士打发走。糊涂态度就说明,他们并不在意成败输赢,无论如何他们都能获益。内爆后的系统可以反、正、内、外通吃。在这个内爆的糊涂系统里,肯尼迪总统本人就扮演着自己的糊涂角色。他一方面把古巴革命视为瘟疫,另一方面又谴责反古巴的游击战。为了约束这些游击队员,他又下令他们纳入美国军队里。这代表了整个美国政府的态度和行为方式。

当初美国政府允许卡斯特罗来美国筹集资金,物色革命战士。"1959 年1 月1 日,中央情报局操纵古巴反叛者的电台广播,宣称暴君巴蒂斯塔于凌晨两点钟逃离本国,菲德尔·卡斯特罗·鲁斯博士成为古巴革命的最高领导人"(德里罗,2013b:128)。卡斯特罗一执政,美国马上又开始反对他。从天秤的一端走到另一端,没有任何过渡(这就是所谓短路),只是把天秤翻转了一下。肯尼迪明知猪湾入侵不会成功却又发起行动;他一边反对卡斯特罗,一边镇压反对古巴的行动。所以中情局的阴谋家们猜测"肯尼迪和卡斯特罗暗中对话。他们互致密信,互派密使"(德里罗,2013b:322)。

小说中那些深谙内幕的中情局老狐狸们,都能看出肯尼迪和卡斯特罗这两极之间没有什么不可逾越的距离。入侵猪湾的老兵雷莫"曾是谢拉山脉和吉隆滩的战士,如今却落得个不得不听卡斯特罗和肯尼迪之间无休止争吵的下场,而这些争吵又决定了他住在哪儿、吃些什么、同谁谈话。……现在他一边站在梯子上摘水果,一边等着两国的最高领导人告诉他下一步该去哪儿。他们双方身上均有很大的污点,但两个人都具有非凡的洞察力和英雄的风度。他们俩轮流成为对方的影子,并出现在对方的噩梦中。一方买进,另一方卖出"(德里罗,2013b:187–188)。如帕门特看到的,肯尼迪打击卡斯特罗的行动反倒巩固了后者的地位。

不仅美国政府、肯尼迪本人如此,参与阴谋的莫雷及其同伙弗兰克的为人方式,都像是短路时直接连在了一起的正负电极。莫雷积极参与反对卡斯特罗政府的颠覆活动,但是又时时怀念与卡斯特罗一起战斗的时光;弗兰克当年既敬服卡斯特罗跟着他打游击,又崇拜彼时的古巴独裁者巴蒂斯塔。莫雷在猪湾入侵中被俘,是肯尼迪政府救了他,但他最终还是参与了暗杀肯尼迪行动。在帕门特妻子眼中,帕门特并"没有报复心,没有很强的政治信念,并不恨卡斯特罗,也不希望看到他受到肉体伤害。事实上,在猪湾入侵事件一个月前,拉里曾在一次化装舞会上扮演菲德尔·卡斯特罗……使人印象深刻"(德里罗,2013b:128)。

这就是资本系统里发生的事情,没有敌我,没有成败,没有对错。如贝特曼探员说的:"黑的可以是白的,白的可以是黑的。"(德里罗,2013b:310)奥斯瓦尔德在新奥尔良明目张胆地进行亲古巴行动,引起了联邦调查局的注意。他们派出贝特曼探员前来找他,但却是为了合作,让奥斯瓦尔德作为联邦调查局告密者,打入反卡斯特罗运动在新奥尔良的神经中枢机构——盖伊·巴尼斯特的侦探所。联邦调查局如同中情局一样,在亲卡斯特罗分子和反对卡斯特罗分子间左右逢源,两边获益。贝特曼探员的任务是要遏制巴尼斯特的行动,却把奥斯瓦尔德推进了后者的办公室,帮助他实施了刺杀总统的阴谋。一群失意的中情局阴谋分子,本来以暗杀卡斯特罗为使命,却最终干掉了肯尼迪总统。讽刺的是,这些阴谋分子们都很清楚,正是肯尼迪本人想除掉卡斯特罗,这些人如此热衷于对卡斯特罗下手,恰恰是总统本人的这种不良欲望促使的。麦基说得清楚,当肯尼迪扬言除掉卡斯特罗时,他自己也就要完蛋了。总统自己的主意开始导演针对他自己的刺杀阴谋。系统里没有什么截然对立的东西,正如多少年后,研究员布兰奇对于总统遇刺事件得出的结论:"聪明人和蠢汉,犹疑不决和坚毅果断都是起作用的因素"(德里罗,2013b:437)。

内爆的重要含义之一,就是在沿着环形轨道运行的资本(orbital capital)控制中,所有不同的事物都被资本的普遍等价物所吸收和溶解(Smith,2010:178)。尽管鲍德里亚又用了一个标新立异的字眼"沿着环形轨道运行的"(orbital),但是他的基本思路还是没有摆脱马克思对资本批判理论的影响:资本主义社会把一切都化为商品,一切都以金钱衡量。资本就是那个"在悄悄地秘密运转的"神秘系统(德里罗,2013b:23),一切都是系统运转的结果。美国策动危地马拉政变,是因为危地马拉人收回了"属于美国联合果品公司的土地"(德里罗,2013b:126)。帕门特承认,美国在古巴问题上如此费尽心机,不是出于任何原因,仅仅是"关系到私人投资是否有机会帮助一个国家立足于世界之林"(德里罗,2013b:261)。在这充满讽刺的冠冕堂皇的理由下面,是肮脏的金钱交易,也就是系统的生命线。帕门特反对古巴是为了他在古巴的利益。他是一家租赁公司的股东,这个公司在古巴做油田和土地买卖。

帕门特的行为方式是整个中情局乃至美国政府行径的缩影。这个八面玲珑的社交高手利用中情局关于"香蕉共和国"的情报大做商业买卖。他还参与了中情局出资和控制的许多股份有限公司的业务。他当然明白,中情局里的重要人物,都在"西半球的敏感地区经营着重要的公司":石油托拉斯、银行、军火生意、旅馆、赌场,"真是各种动机和股份的奇妙组合。……生意与情报之间有着一种天然的联系。……那些为中央情报局行动作掩护的公司大有合法利润可赚——除此之外,个人也受益匪浅"(德里罗,2013b:126-127)。中情局以及其他美国政府官员和商人们有着千丝万缕的联系,有的则既是官员又是商人。面对这样一个复杂的利益圈子,帕门特"认识到这个小社会就是整个大世界更有效的缩影。在这里,事物之间隐隐约约有着某种割不断的联系。在这里,计划紧缩了"(德里罗,2013b:126-127)。鲍德里亚笔下的内爆就是互相收缩,一种奇异(巨大)的互相套叠,传统的两极坍塌进另一极(转引自范小玫,2013:97)。

效力于中情局的乔治·德·默仁希尔德也是个种种矛盾的混合体,是个典型的资本系统内爆形态下的产物。他在二战中服务于纳粹,战后先后服务于波兰、法国、美国情报机关,与苏联人有染、穿梭于冷战阵营各个国家。他自称男爵,长袖善舞,出入于各种社交场所,与杰奎琳·肯尼迪家有着微妙的关系。乔治·德·默仁希尔德的信条:"国家对我来说就是生意。我根据机遇的需要,从一个国家搬到另一个国家。……我总是愿意合作,换上不同的颜色。我总是告诉别人我不是敌人。这是必须做的姿态。我不愿在市场上被人迫害。"(德里罗,2013b:239)这个人物和帕门特相互印证着中情局系统运作的深层秘密:"在驾车回家的路上,乔治思考着他在纽约和华盛顿要进行的许多约见,为他在海地的事业铺路。他要拜访的有矿务局、莱曼贸易公司、大通银行、汉诺弗制造业托拉斯、五角大楼、国际合作社联盟以及中央情报局。去中央情报局仅仅是社交活动,与一位情报局的老朋友共进午餐。"(德里罗,2013b:290-291)

系统并不在意哪一个个体。为了钱,谁都可以成为牺牲品。无论谁死谁活,系统都可以获利,这就是内爆的重要特点。在资本系统中,没有人是实质上安全和保险的。系统为了自身的存在,会把任何人都一视同仁当作可替换的硬件或可复制的软件。不管是出身贵贱还是有名无名,抑或在政治经济方面有什么不同,都可以被内爆折合为一种统一的等价物,为了系统的存在而流通。无论是总统肯尼迪,将军特德·沃克还是无名小卒奥斯瓦尔德,在系统运作中都是某个零件——区别可能只在于大小和位置或者功能不同。

连奥斯瓦尔德这样的小人物都知道入侵猪湾"造就了沃克将军"(德里

罗,2013b:283)。沃克借着美国反古巴情绪扶摇直上,但是他的行为马上又遭到美国政府的遏制,同样反对古巴政府的乔治一伙才去唆使奥斯瓦尔德去干掉这个疯狂的将军。不巧的是,他们所用的奥斯瓦尔德是一个成事不足败事有余的懦夫,近距离开枪却没有打中目标(这种低能也正是阴谋者们利用他的重要原因)。但是,无论沃克死亡与否都无关紧要,系统总是在受益。费里告诉奥斯瓦尔德:"沃克已是明日黄花,没人再听他的了。你那一枪射偏了,但比射中他更致命。现在他处境尴尬,而且让政府难堪。他永远洗不掉被人枪击而又存活下来的耻辱"(德里罗,2013b:330)。

按照鲍德里亚的理解,这种情况都是系统玩的内部洗牌把戏。无论谁生谁死,谁上谁下,最终都是为了服务于系统本身的利益。无论刺杀也好被刺也罢,本质上都是资本的拟真行为。因为一切都被提前录入了媒体解码和编排仪式中。它们的表现模式和可能性后果早就被预测出来。它们的作用就是作为一套符号专门致力于符号本身的复制。这些行为本身已经没有了真正目的(Baudrillard,1983:41),通过拟真的复制推动资本系统的发展和盈利才是最终目的。资本系统里,不仅个体们属于一个算计生财的"天秤"体系,任何人都可以代替他人去杀人或者被杀。而且,就连冷战中两大敌对国也属于系统手中的一副牌。鲍德里亚认为它们处于一条莫比乌斯带上,在"一种微妙的、恶毒的、吊诡的意义扭曲旋转"中合为一体(Baudrillard,1983:34),两者看似势不两立,实际上在一个魔法"凹面镜中",两者会相交相合。这个凹面镜就是一个政治空间的邪恶的弯曲①,这是从右到左的圆环形翻转,是整个系统的运作形式,是"资本的无穷大空间翻转折回它自己的表面",在这种翻转折回的过程中,全部所指都混合在一个闭路循环里,这就是"莫比乌斯内爆"(Baudrillard,1983:35)。

奥斯瓦尔德在苏联时看到,对于他所接触到的普通苏联国人而言,"美国就是一个传说,一个人们不怎么相信的闪光之地"(德里罗,2013b:190)。后来和他结婚的苏联姑娘马丽娜刚结识他时,仅仅听他说英语就感到兴奋不已。在苏联的那些普通百姓看来,城里来个美国人是不平凡的事件,"人们对美国的感觉从未消失过"(德里罗,2013b:201)。住在苏联冰天雪地的城市明斯克的马丽娜非常熟悉美国大众文化标志好莱坞影星,这连奥斯瓦尔德的母亲都感到不可思议。正如评论家理查德·哈代克(Richard Hardack)所说的,后现

---

① 显然这里鲍德里亚又受到了虫洞理论的启发。虫洞(Wormhole)又称爱因斯坦-罗森桥,是假想中宇宙里连接不同时空的隧道。

代社会中,资本主义已经具有了吞并一切反对因素的能力,它可以与其对立面共同培养未来的一代代人(Hardack,2004：375)。

奥斯瓦尔德想借道墨西哥城进入古巴,古巴驻墨西哥使馆把他踢到苏联使馆去申请苏联签证。但是苏联使馆人员告诉他,如果想办理苏联过境签证,他得首先拥有古巴过境签证。这个第 22 条军规式矛盾揭示出的是又一条莫比乌斯带,通过它,古巴这个奥斯瓦尔德心目中的圣地天堂和中情局、FBI 发生了千丝万缕的联系。各种敌对的范畴都在内爆中沦为同一堆废墟。在日本厚木基地服役时,奥斯瓦尔德因为自伤和无意冒犯军官被投入军事监狱,在其中受尽狱卒的折磨和虐待。"他痛恨这些看守,暗中却又站在他们一边同某些犯人作对,因为他认为这些又蠢又凶的烦人精是罪有应得。他感到他的憎恨不时变换,暗暗满足着。他恨监狱的规矩,而又蔑视那些不懂规矩的人"(德里罗,2013b：102)。这种被和谐化的矛盾即内爆的基本游戏——抵触就是顺从,战斗就是妥协,抗争就是投降。

奥斯瓦尔德与"敌人"处在一个莫比乌斯带上,所以他会与肯尼迪认同,同亚历克赛认同,同费里认同,这种内爆,用弗洛姆的理论来解释,就是受虐狂和施虐狂、受压迫者与压迫者、无权者和当权者之间的认同和共生(symbiosis)(弗洛姆,1987：206 - 213)。逃避自由,认同权威,服从权威,对立斗争中的双方内爆为一堆杂烂垃圾。奥斯瓦尔德和费里的关系就说明了这一切。费里明明白白告诉奥斯瓦尔德,他既帮助奥斯瓦尔德,也在帮助那些反对奥斯瓦尔德的人。"我同他们站在一起,但我也同你站在一起"(德里罗,2013b：332)。费里用着最邪恶无耻的手段利用着奥斯瓦尔德,甚至到了强行侵犯奥斯瓦尔德的地步(在费里对奥斯瓦尔德进行性侵犯后,却又告诫他不要进入一个变态者聚集的酒吧)。奥斯瓦尔德对于费里却没有任何憎恨,在被费里强奸时,也没有表现出被侮辱伤害的感觉。但是他却把怨恨、憎恶和恶意肆无忌惮地向自己无辜无助的母亲以及单纯弱小的妻子发泄。他讨厌母亲身上发出的气味。憎恶母亲的唠叨和"无能",甚至有时"走在马路上突然看见她走过来,心里真想干脆把她杀了"。这里,文本有个突兀的转折:"'很明显,'他读到,'关于投资于劳动力的资本是循环资本主义的定义并不明确,因为它抹杀了生产过程中的具体差异'。"(德里罗,2013b：39)这对母亲的憎恶和历史宏大话语的并置,表明内爆对后者的消解。

内爆最大的后果就是反抗的可能性被粉碎了。阶级之间、压迫者与受压迫者之间、意识形态之间的对立被取消了。这些充分表现在《大都会》中,内爆这个主题及其变奏,在小说每个章节都在重响。尤其在前三章里面,小说文本通过三个世界级权贵人物的死来刻意突显在全球化背景中一切都在内爆，一切都被炸毁焚化为金钱的分子流，驱动着系统的运作。第一章，国际货币基金会总裁阿瑟·拉普(Arthur Rapp)在一个与美国的敌对小国中的耐克分公司被刺。他死前正在访问那个国家的首都并出席宴会，"这是一个历史性的昼夜，有各种仪式、酒会、演讲、干杯"(德里罗，2011：30)。各种敌对势力都坍陷入了美国的金元系统里。

《大都会》第二章再次重奏这个内爆主题。一个与美国敌对的欧洲国家的最大传媒企业巨头尼古拉·卡冈诺维奇(Nichola Kaganovich)被杀，卡冈诺维奇是埃里克的好友，两个人之间有很多交易。这也在印证主人公埃里克在生意场上每天所看到的金融全球化现象："做股票交易的货币没有地域界限，有现代民主国家的货币、古老的苏丹王朝的货币，还有强权下反叛的民族的货币"(德里罗，2011：68)。另外一个互证的例子是，埃里克从哈萨克斯坦黑市上的一个比利时军火商手里买下了一架苏联战略轰炸机，放在他自己亚利桑那州的私人机场上。这种曲折复杂、令人瞠目的交易过程，正如拉普、卡冈诺维奇和埃里克所建构的金钱日不落帝国一样，说明从东到西，从南到北，各种所谓的对抗都内爆在这个电子大都会里。这个大都会象征的不再是地球村，而是地球城。这是一个鲍德里亚笔下"星云"状(nebula)的城市，一个巨大的"浓稠场域"。在第三章里，美国说唱音乐巨星布鲁瑟·费斯横死。因为唱片公司从费斯的暴亡中看到了巨大的商机，就为他举行了盛大的葬礼。在空前的送葬游行队伍中，有市长、警察局长、议员、媒体人员、各国显要、影视名流及各国宗教群团人物。天主教徒和托钵僧一起为他超度。宗教、体制、政治、经济、地域、职业等界限都消失了，所有曾经对立和异质的元素，现在都和睦和谐、其乐融融地在这里狂欢。

从现代主义的角度理解，社会由于存在着阶级等范畴，所以是可以把握和理解的。而通过教育、社会福利等手段，社会也是可以进步的。但是到了后现代社会，由于内爆，这一切都变为了一片不可区分的、做着布朗运动的碎片，这被鲍德里亚称为"物众"(the masses)①(Smith，2010：177)。在德里罗的《地下世界》里，当人们还相信存在传统的二元对立时(哪怕是表面上的)，也会产生一种相对的身份感和真实感。但这种对抗的实质被内爆后，他们反倒感觉这个世界"不真实"了，他们自己也就丧失了主体性得以存立的坚实基础(Mraovi

---

① 这个术语一般被理解为"群众"，但是鲍德里亚眼中，早就没有了主体，也没有了人，只有物。所以这个词在鲍德里亚语境中，还含有"质量""大量""团""块"等含义，都和物质有关，所以姑且将之译成"物众"更为贴切。

ć-O'Hare,2011：216 - 17）。这说明内爆可以把现代或者前现代的界限分明、等级森严的社会变成"弥漫的、无中心的、布朗运动式的分子状真实"（Baudrillard,2007：55）。在《大都会》里,埃里克看着费斯葬礼上成群结队的送葬者们时,感到送葬的表演队伍"溶化了,溶成了液体状态,变成旋转的液体,变成一圈圈的水和雾,最终消失在空气里"（德里罗,2011：126）。

在超真实的物众社会中,对于资本主义体制的对抗被有效地化解了。《大都会》描绘了一场闹剧般的抗议甚至暴动。但是埃里克看得清楚,抗议者和美国国家之间进行着某种交易。"抗议就像一种卫生系统,自己进行清洗和润滑。它无数次证明了市场文化卓越的创新能力。它能够为自己的目的灵活地塑造自己,吸收周边一切。"（德里罗,2011：88）抗议者们高呼"一个幽灵在全世界游荡"（德里罗,2011：79）,甚至把这个口号打在了电子屏幕墙上,但是他们却犯了一个错误,把这个幽灵理解成了"资本主义的幽灵"。抗议者们的一个手段是放出大批的老鼠。他们把老鼠当作资本主义幽灵的表征物（Harma,2014：204）,而在小说中老鼠是可以变为货币单位、通货和全球金融流通手段的。

鲍德里亚指出在后现代现实中"工作、罢工［同样］都是超真实的"（Baudrillard,1983：47 - 48）。《大都会》中的抗议同样是一种超真实的暴力,它来自系统,又被用来服务于系统。埃里克不无恶毒地评价这些抗议者:"市场文化是一个完整的体系。它孕育了这些男人和女人。这些人鄙视这个体系,但他们却是这个体系不可或缺的部分。他们给予体系能量和定义,受市场的驱使。他们在世界的市场上成为交易的商品。这就是他们为什么存在并激活和维持这个体系的原因。"（德里罗,2011：80）

这种反对者和他们反抗目标体系的共生关系,正是发生在奥斯瓦尔德、肯尼迪、鲁比等互相"敌对"的个体之间的内爆关系。《大都市》向读者展示了一个共生和共死内爆事件。一个小人物和大人物的认同,一个前者对后者的枪击——穷困潦倒的理查德·希茨对白手起家、炙手可热的金融大亨埃里克的认同和杀害。而且,这种处于两极的人之间的认同,是由于媒介内爆引起的。理查德·希茨之所以认同埃里克,是因为他整天从埃里克网站上下载后者的现场录像,然后不停地看,以至于忘了时间,分不清是接连看了几小时还是几天。最后理查德·希茨陷入到和埃里克难分彼此的地步:"我的生活已经不再属于我了。可是我不想如此。我看着他系领带,知道他是谁。他浴室镜上有个显示器,显示他当时的情绪和血压,他的身高、体重、心率、脉搏,需要服什么药,以及他的完整病史。看看他的脸就知道了。而我是他的活遥感器,能读懂他的思想,了解他的内心。"(德里罗,2011:139)理查德·希茨对着屏幕中的埃里克表白:"我和你的精神生活没什么两样。"(德里罗,2011:139)

理查德·希茨恨埃里克却又为之着迷。埃里克在他的网站公开私人信息时,其一举一动都在理查德·希茨的不断关注下。理查德·希茨对埃里克坦言:"我比任何人都更了解你。……我常常在网上看你沉思。……我每分钟都在看,在观察你的内心。我了解你。……在你的网站关闭之后,我不知怎么好像死了,之后好长一段时间都是这样。"(德里罗,2011:181)在希茨开枪前的一段时间里,杀手和被害者成为世界上唯一能够彼此交心的对象。理查德·希茨非常细心地为自伤的埃里克包扎伤口。二人相互倾诉隐私,彼此感动,理查德·希茨从埃里克身上感到一丝人性的温暖。而埃里克和希茨的致命相处也给他带来一种从未享受过的轻松和幸福感,长期折磨其内心的痛苦一下消失了。理查德·希茨在枪杀埃里克之前告诉埃里克,他这样做的原因是为了让埃里克来拯救他。希茨的话音中带着一种超乎寻常的亲密,令埃里克觉得亲切无比。

杀人者和被杀者成为一个硬币的两面,彼此靠对方来证明自己的价值和存在。内爆在这种情况下也是双方共同的毁灭。只要内爆发生,这种共同的毁灭就不可避免。这是一个讽刺,是内爆超真实臻于极致的表现,但也是超真实自己向内部坍塌和毁灭的开始。用最为简单的方式描述内爆,就是一个没有了任何反馈或者反抗的可能的时空。系统犹如一列因速度过快把驾驶员甩出驾驶舱的跑车,没有人再能给它反馈或者抗拒,它在自己的轨道上按自己的意愿行驶,但最终将会走向灭亡。这个系统变得自律,但它的毁灭,也是这自律的结果。超真实这个单向性系统只吞进不吐出,只索取不回报。它像黑洞一样把一切内在因素都控制得严密无比,只有它命令、享用、剥削别人的权力,没有别人辩解、讲理和得到回报的机会。正是这种单向性导致了系统的熵增:系统一方面会把一切转化成它自己的动力,另一方面却任由这种动力不断促进系统能量的熵增,并最终导致自己的灭亡。

在鲍德里亚看来,这个结果是所谓"象征交换"对超真实的惩罚。上面所分析的种种内爆,同时也是超真实发展到极端时所引发的"象征交换"的报复。当超真实体系权力达到顶峰的时候,也就开始出现种种自毁的症状。系统的力量和它的自毁因素相伴相生,理查德·希茨对埃里克说的话也可以用在这里:"你的整个生命是一个矛盾体。这就是为什么你亲手造成了自己的垮台的原因。"(德里罗,2011:172)按照鲍德里亚的理论,超真实也面对一个矛盾力量在促成它自己的垮台,这就是"象征交换"。

5.2　超真实对象征交换的违背及恶果

5.2.1　象征交换

鲍德里亚指出,超真实和拟真毁坏了客观事物的所有现实原则,这一切的幕后第一和永恒推手就是资本①。资本消除了真与假、善与恶之间的分界线并建立自己等价和交换的极端法则——资本的权力法则(Baudrillard,1983：43)。进入第三级拟象即超真实的世界以后,控制论运行模式、遗传密码等取代了辩证的历史观和意识观。批判理论和革命被第三序列拟象风卷残云般扫除了,试图再以"辩证法、客观矛盾等反对拟象是徒劳无功的政治"倒退(Baudrillard,1993：3)。其他评论家也在某种程度上赞同这样一个结论,在拟象秩序中抵制资本主义的全球化控制,其有效性已经难以令人信服(毕晓普、凯尔纳,2008：133)。鲍德里亚说,对系统的异议必须在超越这个系统的更高逻辑层面上提出才能有效,而高于第三序列拟象系统的逻辑就是象征交换(Baudrillard,1993：4)。象征交换是鲍德里亚理论体系中一个非常重要的概念。这个概念同样典型地反映着他运思行文的特点——天马行空,东鳞西爪。他从来没有遵循通常的学术规范系统地定义和阐释过象征交换,实际上他也有意避免这样做(Pawlett,2007：4)。鲍德里亚自己承认,"象征不是概念,不是体制或范畴,也不是'结构',而是一种交换行为和一种社会关系"(鲍德里亚,2012：186 - 187)。

鲍德里亚关于象征交换概念的灵感主要源自法国社会学家马塞尔·莫斯(Marcel Mauses)等人的人类学研究。莫斯等人在其人类学著述中描述的"象征",不是文艺创作里面的修辞手法,而是用来特指原始部族中具有巫术性质的文化建构原则,被尊崇为一种生成、维持和推动原始部族生命、生活、社会活动的超自然神圣力量。原始文化中的象征交换实质"是一种象征性仪式,即人们通过礼物交换了灵魂和意义",所以它在原始社会文化中促成了"一种持续的、相互性的、平等的交流循环,成为全部原始部族社会生活的基础性结构和情境"(张一兵,2009：6)。象征交换的典型形式就是"夸富

---

① 资本从文艺复兴时期问世,就开始复制、代替和摧毁封建符号并以此起家,发展。"资本从其呱呱坠地就开始了毁掉全部所指以及整个人类的目的。"(Baudrillard,1983：43)

宴"(potlatch)和"库拉"(kula)。在鲍德里亚心中,夸富宴和库拉这两种象征交换仪式中的对抗、攀比式的礼物交换以及在该过程中对礼物的挥霍、毁坏、损耗行为,有着近乎神圣的多层含义。

首先,夸富宴或者礼物交换是原始部族之间的挑战仪式。有意思的是,德里罗在《大都会》中,借理查德·希茨之口对此进行了说明:"在古老的部落里,如果哪个首领损失的个人财富比别的首领多,那么他就是最强大的。"(德里罗,2011:176-177)更为重要的,它是给神灵的供奉和献祭,是对自然的感恩和报答方式。象征交换是人、神和大自然多方之间的共同交换。神与自然成为象征交换的受益者和见证者。所谓人在做,天在看,象征交换拥有了神圣不可侵犯的严肃性、约束性和义务性。于是就有了第二层含义:这种基于神圣义务的交换,抵制以自肥为目的的算计、囤积和盘剥。同时也就限制了对自然蹂躏、榨取和掠夺的意图。这是一幅美妙迷人的乌托邦画卷,与老子之"其政闷闷,其民淳淳"的设想极为相似。第三,对于礼物的交换和损耗,表明了对物品、财力、权势的轻蔑和对人际关系的重视。象征交换吸引鲍德里亚的性质是,整个过程是一种不计得失的挥霍浪费和永无止境的投桃报李行为。在夸富宴中,存在着一种恒定的物品流通(挥霍和浪费),交换永无止境,永远不受价值观念的宰制(Baudrillard,2003:15-16)。这决定了象征交换核心精神的可逆性(reversibility),也就是相互性和互惠性。它保证了象征交换不存在资本主义市场经济的功利性,不会产生资本主义社会中流通商品的价值,从根本上消除了积累、价值、财富、资本形成的可能性。鲍德里亚认为,象征交换普遍存在于前工业社会,尤其是原始文化中。

鲍德里亚特别钟情于原始文化中的象征交换,原因就是它无视任何物的功能性用途。所谓用途、价值是资本订立的原则,对于原始人而言,一切行为包括生存本身首先都是交换的行为,不能参与象征交换的行为根本就不存在。在原始人眼里,促成丰收的与其说是艰辛的劳作,不如说是周期性重复进行的仪式和庆典活动。土地和劳作都不是生产因素。劳作不是一种投资性劳动力,不是在生产过程最后一个环节中所收回的大于支出的价值。这里的劳作处于一种充满礼仪意味的迥异形式中,正如不计经济回报和补偿、全部被损耗和给予的交换——礼物。收获的果实不是劳作的等价物。这些果实维持着交换,即族群和众神与自然之间的象征性合一。第一批收获的果实马上作为供品在献祭和消耗的过程中被返还,以便使这种象征活动继续下去。这个过程要永远持续下去不被打断,因为从大自然中获取任何东西都必须要馈还。原始人无论是砍伐一棵树还是犁出一垄地,都要回赠或献祭以取悦神灵。这种获取和回赠、给予和收受的行为就是有着神圣性质的象征交换过程(Baudrillard,1975：79 - 83)。

鲍德里亚说,不仅仅是原始社会,直到文艺复兴前、资本主义生产方式没有侵入的时代,象征交换都是指导人们行为的准则。工业生产时代以前的手工艺人(artisan)从事的手艺活计(artisanal work)就属于象征交换范畴,其成果不是一些人生产出来供另外一些人消费。这个过程里没有生产者,也没有消费者,所以在其中建立起来的不是个体间的等价关系,而是直接的交换互惠关系。手工活计是对资本主义生产的否定,因而也就是对价值规律的否定和对价值的摧毁,因为前者的成果不会被积累,不会产生效益,其功用仅仅是使得交换过程不断连贯进行下去(Baudrillard,1975：97 - 99)。

所以,象征交换本质就是消灭任何富余,因为任何不可用于交换或者象征分享的东西都会打破互惠性,导致权力的产生。这种交换甚至排斥一切生产,因为一旦放任个人或者群体的生产,物品就可能陷入增殖的危险,从而摧毁脆弱的互惠机制。交换立足于以下因素：非生产,最终的毁灭以及人与人之间连续不断、无穷无尽的互惠过程——反过来说就是对于商品交换的严格限制。它与当今的经济原则正相反,后者建立在对商品的无限制生产之上,建立在商品契约性交换的非连续抽象之上(Baudrillard,1975：79 - 80)。

鲍德里亚对象征交换的阐释,主要是为了把它当作资本主义系统的对立面来批判资本主义系统。与象征交换平等的、互惠的、可逆的关系相反,资本主义价值系统是不可逆的、贪婪的、嗜血的,只进不出,只剥夺不回报。单向性是资本主义系统运作的灵魂和动力,它使得系统变得无比强大和邪恶。正是由于这种本性,资本不仅破坏了人与人之间本应存在的公平、仁和、协调的关系,而且也破坏了人与自然之间应有的天人合一、融洽和乐、互利互惠的纽带(也正因此才最终导致资本系统的种种危机)。

象征交换之道决定了所有形式的统治都必须被赎回。过去,这是通过献祭(王或首领的死亡)或类似仪式(宴席或其他社会仪式,但同样是一种牺牲形式)实现的。但资本生产使这种可逆性的游戏终止了,权力的可逆性被权力再生产的辩证法取代,权力的赎买成为一种拟真把戏——资本机制(劳动、工资和消费)所玩的把戏。资本貌似赎买自身,但是却没有真正付出赎金,相反它把赎买的过程引入了它自身的无限再生产(Baudrillard,1993：42)。象征交换中一切都是可逆的,资本生产的价值却永远是单向性的(unidirectional),它以等价体系基础从一点动到另一点(Baudrillard,2003：15),并最终汇集于商品的生产、买卖、流通和消费的封闭性资本黑洞系统里。

　　而这个黑洞系统本身就是一个代码交换的拟象系统。系统为了复制自身，就不仅仅要进行生产力的再生产，而且还要进行符码的不断再生产。在符码的控制体系下，人类的交换被扭曲了——从象征的互惠性变质为政治经济学符码的恐怖统治。商品交换是符号交换，这使得它成为前现代社会阶段的象征交换的对立点（黄应全，2012：17）。消费不仅仅是对物品的消耗，也是对于符号的积极获取。在消费过程中，消费者被符号所编码。所指和所指对象都被消除，让位于能指的嬉戏，服务于一种普遍的形式化——这里符码不再指涉任何主观或客观真实，而是指涉其自身逻辑。能指变成它自己的所指对象，符号的使用价值消失了，剩下的只有符号间的交换和符号的交换价值。符号不再意指任何事物，所有真实都变成了符号学的操控，变成了结构拟真（Baudrillard，1975：127 - 128），这就是超真实的形成原因。

　　所以鲍德里亚把资本系统称作一个符号的"妓院"（Baudrillard，1993：9）。他在讨论拟象的第二序列中说过，工业革命时期的生产本身就已经是一种工业符号的生产，工业产品都是来自机器、出自大规模生产的产物，其特质和本源是技术，其模型是机器。工业产品和符号的意义只有一个源头：工业拟象，也就是系列（series）。在系列中，工业品都是一模一样的，产品之间的关系不是什么本源和仿制的问题，它们是等价的、毫无区分的，物是彼此的拟象，甚至是生产者的拟象。生产的逻辑根除了来自自然的原本参照系，催生了等价的普遍法则（Baudrillard，1993：55）。

　　超真实是一种超资本主义形式（hyper-capitalist mode），价值的商品法则已经让位于价值的结构法则。劳动不再是力量，劳动是符号体系的一部分。劳动像其他任何符号一样玩起了符号游戏，符号生产自己，消费自己，和非劳动、休闲以及日常生活中的其他任何成分互换。国家资产负债表就是拟象，代表的仅仅是数字和数据增长，是符号的通胀游戏，没有任何实质意义。代码成了现实原则，劳动符号游戏也就横行无阻，劳动的新角色是社会拟真模型（Baudrillard，1993：10 - 11）。整个生产、劳动、生产力领域全都被消费符号系统吸收进来。消费系统是一种编码的符号交换系统，它一并吞进来的还有知识、科学、态度、性、身体和想象、无意识和革命（Baudrillard，1993：16）。1929年金融危机以后，世界进入了符号生产的结构性通胀阶段，所有的符号都无限滋生（Baudrillard，1993：21），没有了什么生产性劳动，只有代码和符号的复制性劳动，消费亦然。

　　这种拟象系统在资本主义发展到高级阶段（消费社会阶段）则又完成内爆——劳动和资本之间区别的内爆。劳动是资本赐予工人的。资本家掌握一切,劳动是嗟来之食,接受劳动就是接受了社会关系的压制符码。工资保证了单向性的劳动馈赠(即工作),工资买回来的是资本通过赐予劳动而进行的宰割和统治,从而在经济领域压制了对抗。此外,工资把工人变成了商品消费者,双重确定了他工作接受者的地位。现今,工资不再是通过斗争争取来的。人们被赐予工资,不是作为劳动的酬劳,而是用于刺激人消费,这是另一种劳动,超真实的拟象劳动(Baudrillard,1993:41)。

　　资本黑洞系统在超真实中控制了一切,它的符号霸权到了把一切异质因素都吞噬了的时候,它自己也就到了热寂状态。资本系统本身违背象征交换的报应来了,"系统把所有的牌都抓在手里,它也就硬逼着'他者'去改变游戏规则。新的游戏规则是血腥的,因为赌注本身是血淋淋的"(Baudrillard,2002:9-10)。这个开始血腥报复的新游规则就是象征交换。鲍德里亚晚年所写《恐怖主义精神》(*The Spirit of Terrorism*,2002)一书把当今西方发达资本主义世界所面临的种种危机(以"9·11"袭击事件为具体体现和代表)称为"第四次世界大战"。第一次世界大战结束了欧洲老牌帝国主义霸权和殖民时代,第二次世界大战消灭了纳粹。鲍德里亚惊世骇俗地把冷战称为"第三次世界大战"。

　　鲍德里亚说,每次大战都把世界往一个单极秩序推进一步,现在则进入了一个资本全球化的单向性系统(Baudrillard,2002:11-12)。鲍德里亚把这个资本统治一切的世界一极格局描述为一个可怖的反乌托邦:这是警察国家式的全球化秩序,施以基于所谓法制和秩序的恐怖极权高压。解除管制最后变质沦为极端的压迫和钳制,其性质与原教旨主义无异(Baudrillard,2002:32)。在第四个世界格局里资本的极端统治压倒了一切,但也就到了物极必反的时刻——象征交换原则开始起作用,全球化的资本系统发现它正与来自其中心地带无处不在的反抗势力做殊死搏斗,这就是第四次世界大战:这是全球化资本在反攻全球化本身,是资本的免疫系统吞噬一切异己势力后开始反噬自己(Baudrillard,2002:32)。

　　这是一个最为简单的道理,当资本贪婪到和大自然断绝象征交换,一味索取不做回报,那么种种生态危机也就成为破坏资本本身存在的定时炸弹。如《白噪音》中所描述的生态危机、《地下世界》所描述的垃圾问题、更如《天秤星座》《大都会》《坠落的人》中描述的各个层面上的暴力和恐怖事件,都是因为资本的贪婪所引发的。当资本贪婪到不留给那些弱势群体和国家活路的时候,后者对于前者的报复也就毫无顾忌。《大都会》中理查德·希茨对埃里克的报复就是一个例子。这些在鲍德里亚看来都是资本系统违背象征交换之道的报应（Baudrillard，2002：22）。

5.2.2　超真实垃圾文明和死亡世界

鲍德里亚认为，世间万物都是在象征交换层面上定下乾坤的，象征交换一贯是万物之根基，尽管拟象毁掉了象征交换的形式，但其实质仍暗中存在着。即使是资本系统建构的超真实秩序，也"仍处于一个千年未散的巨大夸富宴中"，象征交换挑战和牺牲资本价值的力量还在（Baudrillard，2003：15-18）。一切事物（包括超真实）都无法逃脱象征义务，这构成导致资本系统灾变的无法逃脱的诅咒。当超真实系统把一切东西都吸入自己体内时，它就会发现没有为自己预留任何生存的空间，系统会反过来攻击自己，如一条陷入死亡重围的蝎子做困兽斗时，毒刺会反转过来插入自己体内（Baudrillard，1993：37）。

这就是鲍德里亚理论中针对超真实系统的"返"和"反"策略——通过返回到古代原始文化的象征交换来反对当下的资本主义。在原始社会人与人之间、生者与死者之间，人与自然（甚至人与石头、动物）之间，都存在这永不停息的象征交换。"这是一个绝对法则：义务和互惠不可逾越，谁都无法逃脱，不论何人或何物都是如此，否则必死无疑。"（鲍德里亚，2012：189）而超真实就完全与象征交换背道而驰。鲍德里亚从引发超真实的资本主义源头解剖抨击后者。为此他甚至沿着马克斯·韦伯《新教伦理与资本主义精神》的逻辑直挖资本主义的根源——最纯粹的基督教伦理学。基督教处于象征交换的断裂点上，支持理性剥夺自然的最为有力的意识形态形式就成型于基督教内部（Baudrillard，1975：64）。对于自然的暴力掠夺和对象化、人与自然的对立和分离，其深层诱因植根于犹太-基督教中。鲍德里亚援引巴黎《科学》杂志文章指出，基督教是世人所知之最推崇人类中心主义的宗教，它不仅建立了人和自然二元论，而且还断言人根据自己的目的剥夺自然属上帝旨意。理性发端于此，异教信奉、泛灵论被终结，人与自然的合一状态从此走向断裂（Baudrillard，1975：63）。①

当然赋予资本主义生产真正突飞猛进动力的是 18 世纪启蒙运动。启蒙

---

① 有意思的是，鲍德里亚沿着尼采批判基督教的道路（上帝死了）走得太远，以至于他（和很多其他西方后现代主义者）对于自己的文化文明根源已经有意无意地遗忘太基。实际上在反映古代社会组织方式的圣经《旧约》中，还是不乏体现象征交换精神的片段。典型的就是《利未记》25章中对安息年的诫命和规定：以色列人耕种田地 6 年后，第 7 年要守圣安息，不可耕种田地，不可修理葡萄园，地里、园里自生出的庄稼、果实要让仆人、寄居的外地人或野生动物享用。

精神从价值角度发现了自然,作为财富之源的劳动、作为财富生产目的性的需要概念也被发展出来。启蒙理性人为地把自然划分为善的自然和恶的自然。前者是被征服和被理性化的自然,后者则是敌意的、危险的、导致灾难的自然。面对自然,人类为所欲为,拼命榨取和糟蹋。对自然的善恶划分也应用在人身上——人被划为两个对立的群体,能升华成生产力的那一边被贴上"善"的标签,不利于资本主义生产功利性的另一边则被谴责为"恶"。人在自己和自然身上一起打上生产的烙印,这标志着人与人之间、人与自然之间的象征关系被摒弃了(Baudrillard,1975:57-58)。自然、劳动、劳动力、产品都被纳入资本生产系统,财富单向囤积使其变成资本一方的权势,永远把另外一方置入被压迫和被剥夺的位置。平等、互惠、仪式和人性的关系变成剥削和异化关系。资本主义系统就这样独揽了对馈赠的掌握权,尤其是通过对符号的垄断、对媒体和信息的单边控制建立自己的统治——后现代超真实系统,只是获取,拒绝反馈(Baudrillard,1993:36)。

　　物体系造成了物品大规模滋生和死亡,虚拟资本在全球掀起的消费狂潮造成的结果是对象征交换之道更严重的背离,因为这首先是对人和大自然之间象征交换关系的更为严重的破坏。消费社会的生产和消费,完全无视这种天人合一的关系。象征交换之道的报复也就更加猛烈。在原始文化中,物品不是消费品,不用来谋利。部落中的人们对自然的要求和索取甚少,即便这样,他们还是时时牢记对于自然的回馈,哪怕是动一棵草,一块石头,也要想着报答神灵。但是在不消费就死亡的逻辑下,人即使有心去回馈都没有力量了。更何况物体系使得他们相信,一切都来自魔咒,和自然毫无干系。人把价值强加于自然,然后通过剥夺自然再把这个价值榨取出来。这是劳动力利用技术强迫自然为人类的享乐付出的计谋。政治经济学的奥秘就在于此。这就毁掉了象征交换的精神,在资本主义生产中取消了意义和行动的互惠游戏。劳动和自然都沦为通过适当手段(技术)来实现的价值。传统政治经济学把劳动理想化为一种个人道德——糟蹋自然成了人的最终目的,并必然导致生态灾难(Poster,1975:3-4)。

　　这就是为什么在《白噪音》中杰克悲叹"人对于历史和自己的血统犯下的罪孽",由于技术的发展而更加深重且复杂(德里罗,2013e:22)。杰克的岳父弗南(Furans)指出,过度依赖消费品和消费符号造成人的基因退化,推动物体系(消费产品生产和死亡)的技术也同样对人的血统犯下类似的罪孽。对于这种罪孽的描述成为《白噪音》一个小高潮,即第二章"空中毒雾事件"(全书总共三章)。运输"尼奥丁衍生物"化学毒品的火车出轨,毒气外泄,人们不得不大规模疏散。小说没有过多描述这场灾难的直接伤亡(除了坠机而死的州长和在事件引发的暴乱中死去的几个人),但是却告诉读者尼奥丁衍生物是最新一代的有毒废气。杰克在被毒气污染的空气中仅仅待了两分多钟,就已经吸入了大量有毒物质。毒性要在杰克体内 30 年才能消失,而研究开发医疗方法需要 15 年。物体系是个流沙带,推动整个物体系流动的技术有着同样的性质,一旦启动就会永动下去。尼奥丁衍生物来自另外一种化学品,它也会生出一系列其他衍生物。处理尼奥丁衍生物的措施是在毒雾里喷洒某种经过基因重组的微生物。但人们不知道这种微生物吞噬和分解了尼奥丁衍生物后,自己会衍生出什么来。可以想见的是需要再开发一种东西来应对它,这个过程周而复始,永无休止。这就是物体系本身的符号结构系统运作方式。

用象征交换的理论来审视这个结构体系就会发现,其整个运作过程都是对自然的剥夺,而最终的"产品"(人最终无法应对的产物),依然要靠自然本身来承受。《白噪音》借杰克的眼睛让我们看到了消费的阴暗面——来自垃圾压缩机的一团废物。小说本身并没有继续说明这些垃圾的去处,但是《地下世界》揭示了它们的归宿:被重新填埋进大自然。这是与象征交换原则完全相反的"交换":人类用自己的垃圾交换自然的馈赠。这种欺诈性交换实际上是给自己埋下了定时炸弹。尼克看到废物和核武器之间有着神秘的联系,是一对双胞胎。尼克的弟弟马特是美国秘密武器开发研究员,他从事核武器研究的项目叫"衣囊计划",名称来自在地下挖隧道的衣囊鼠。这从另一角度说明了被埋进地下的废物与武器间的双胞胎关系——同样的死亡和毁灭力量。尼克担心废物正在反过来毁掉人类的文明。人可以蔑视象征交换,但是却无法逃避它的影响。

但是内爆后的系统却不会顾及地上和地下两个世界的界限,对它而言二者同样都是赚取利润的场所。奇才公司号称处理垃圾,实则是靠垃圾牟利。公司的垃圾生意遍布全球,在黑白两道之间左右逢源。《地下世界》中尼克曾出差到哈萨克斯坦考察那里的垃圾处理方式:用核炸弹炸毁垃圾。系统就是这样使用一切糟蹋和毁灭自然的方式牟利。对于它而言,没有一件事情不能为自己服务。一切都是商机:消费、垃圾、生产、破坏、死亡、毁灭……无一不能获利。鲍德里亚在分析消费社会运作的深层机制时发现,后工业社会的发展和发达,所依靠的恰恰是系统内部隐含的"缺陷"和"弊害"作为其平衡力量(Baudrillard,1998:42)。资本系统就像一条贪婪的寄生虫,最终会把自己也当作宿主(Baudrillard,1998:41),这样它自己的灾难也就不可避免了。

5.2.3　超真实资本系统危机

德里罗《欧米伽点》书名所指的"点",象征着一个"内爆点"。张琼如此解读这个"欧米伽点":"在人类的演变中,其意识将不可逆转地积聚到一个峰值,即达到了被称为'欧米伽'点的临界点"(2013:5)。按照埃尔斯特的说法,这是系统控制下的人类体内的自我毁灭基因。其实也就是鲍德里亚指出的 0 和 1 二进制系统和基因模型植入人体和神经系统的符码基因。《欧米伽点》文本进一步说明,这个内爆点还是"技术的糊点,这就是那些贤人策划战争的地方。因为这时候内倾就出现了"(德里罗,2013a:56)。如前文所示,所谓"贤人策划的战争",就是利用拟真技术进行更为高精尖的拟象活动。超真实,是拟象在自我系统中周而复始的表演,这种不与外界交流的游戏,最终导致埃尔斯特女儿杰茜卡所说的"宇宙热寂"(德里罗,2013a:50),也就是埃尔斯特对欧米伽点苦思冥想的主题——"灭绝"(德里罗,2013a:20)。

对此揭示最为全面和深刻的是《大都会》。小说讲述了处于事业顶峰的金融大亨埃里克·帕克在生命的最后一天自取灭亡,以此来反映资本系统达到完美时,其内部的破坏力也随之达到最大值:无论是埃里克用以圈钱的财务电子系统,还是负责他人身安全的远程保安系统都到了无以复加的地步。埃里克的技术主管希纳(Sheena)宣称:"我们的系统是安全的,我们无懈可击。没有出现流氓程序。"(德里罗,2011:9)但是这一刻也就是这个系统土崩瓦解的开始。《大都会》又用了埃里克及其掌控下的金融系统作为一个点展示了整个资本主义系统的总危机。评论家尼克尔·梅洛拉(Nicole Merola)指出《大都会》卷首引言"老鼠变成了货币单位"[①]暗指主人公埃里克所处的纽约城也是一座被围困的即将灭亡的城市,只不过围攻它的是它自身的基础:全球化虚拟资本。这座见证了虚拟资本到达顶峰的城市,自身马上就要土崩瓦解(Merola,2012:828)。

《大都会》的叙事线是一条死亡线,是由埃里克这个"点"在暴乱死亡横行的纽约所做的"布朗式运动"所串起来的轨迹。埃里克从早上在自己皇宫般的寓所出发到死在理查德·希茨所住的贫民区废弃楼房里,这一路上,他首先从车载电视上看到与他身份、地位、财富、名声相当的两位世界级商业巨头被杀,然后陷入抗议者的骚乱,目睹一场恐怖异常的自焚事件,随后又被卷入一个歌坛巨星的葬礼,最后是他自己毙掉自己的保镖,闯入预谋已久要杀他的理查

---

① 这句诗引自波兰诗人兹比格涅夫·赫伯特(Zbigniew Herbert,1924 – 1998)《来自被围城市的报告》(*Report from the Beseiged City*)诗集。

德·希茨的房间受死,死前从自己手表屏幕中看到自己的尸体。暴力一次又一次发生,成为《大都会》混沌世界中唯一一个可循而固定的模式。四名富到流油的大鳄(巨星)们被暴力毁掉,都可以说是被自己的金钱和名声"撑爆"而亡的。自焚、暴动是没有希望的,只是拟象和拟真。而四位大人物的自掘坟墓,才说明系统的灭亡是象征交换那难逃的诅咒——超越第三序列拟象逻辑的游戏。理查德·希茨根本无法跟踪埃里克,即使找到他,也不可能突破埃里克严密的电子遥控保安系统和数名贴身保镖组成的屏障,但是埃里克却打死了自己的保镖,主动找上门来送死。

与这种自杀行为相对呼应的,是埃里克在炼狱般的纽约游走时,在他高级轿车中所进行的金融业务操作。他的轿车配备着各种电子通信技术设备,就是一间能移动的高级办公室。他在车上可以如在公司里一样呼风唤雨,还可以随时召唤公司高级职员到车上来商议工作。他在车里遥控着买断了市面上几乎所有的日元,导致了巨大的金融风暴。"他的金钱得到了大量的补充,他的公司证券投资数目是如此庞大,涉及面广,关键性地连接了众多重要机构的事务,一方对另一方来说都很脆弱,以至于整个体系岌岌可危。"(德里罗,2011:104)于是的帕克资本公司以及他自己的亿万财富瞬间化为乌有,正应了埃里克财务主管简·梅尔曼的警告,他们拥有的日元把公司压垮了。这仅仅是倒下的第一张多米诺骨牌,接踵发生的是全球金融崩溃,最后埃里克鬼使神差打死自己的保镖并闯入刺客的房间送死。这紧密联系的两个事件,说明的是一个问题,就是鲍德里亚的论断——系统的恶贯满盈。

埃里克和他的金融帝国毁灭的大背景,是整个纽约的暴乱、袭击、死亡、恐怖。金斯基(Kinski)把这些归咎为"市场梦幻惹的祸"(德里罗,2011:88)。"梦幻"两个字非常关键,这就是拟象,金融系统已经不再受人的控制,和人没有任何实际的联系,反而会用自己的规律去控制这个后现代超真实世界以及其中的人。对此埃里克是明白的,这些危机背后的东西是体系本身:"最后你应对的是无法控制的体系。它夜以继日地高速运转。……我们创造了自己的疯狂和混乱,而我们无法掌控的思想机器又不断推波助澜。这种疯狂状态通常很难发现。它就是我们的生活方式。"(德里罗,2011:76)拟象是人无法左右的,受模型符码信号和基因控制的"思想机器"又在超真实的超级层面上加强拟象的共振,系统疯狂了,离毁灭就不远了。

小说一步步去深究危机产生的根源——象征交换进行报复的原因。理查德·希茨告诉埃里克要杀死他的理由:"你必须死,为你的思想和行为付出代价。还有,为你的公寓,为你所花的钱,为你每天的体检。单为这个你就必须死。为你得到多少，失去多少。为你得到的，更为你失去的。为你的豪华轿车，它剥夺了人们的新鲜空气，人们只能到孟加拉国去呼吸了。单为这个你就必须死。"（德里罗，2011：185）

象征交换意味着一种"竞赛攀比"性的回赠。而埃里克这些大鳄们的种种奢华浪费行径，正是这种象征交换的反面。埃里克的一间宠物房可以容纳十几个无家可归者；他花在狗、鲨鱼这样的家养宠物身上的钱，可供许多普通家庭的基本生活开销；他为了炫富竟然可以买苏联的战略轰炸机，仅仅是为了停在个人机场上每年去看上两眼……所以，理查德·希茨指责埃里克说他的豪华轿车所耗费的氧气，就能超过数十个甚至数百个普通人正常生活生产所需的量。这样的行为当然是有违"象征交换"原则的。埃里克自己都承认："他压迫别人，酿下了他们的深仇大恨"（德里罗，2011：124）。所以希茨说埃里克的毁灭是自然的，而且即使在他自我毁灭时，他都会不由自主"想要更多的失败，失去更多的东西，比别人死更多次，发出的臭味比别人更强"（德里罗，2011：176）。这是象征交换的力量决定的。对象征交换违背越甚，毁灭也就越彻底。

《大琼斯街》开头，巴基就意识到，"或许与真正的名声相关联的唯一自然法则是，名人势必被逼自杀，早晚如此。"（DeLillo，1989：1）当然如果他们不自杀，象征交换的力量就会以其他形式介入。在《大都会》第三章里，说唱歌手巨星布鲁瑟·费斯横死。象征交换又一次完成"赎回"。埃里克看到，这股摧毁性力量是不可阻拦的，系统"自己建立起来的体系最终产生恐怖和死亡"（德里罗，2011：81）。这种恐怖死亡像倒下的多米诺骨牌一样一发不可收拾。国际货币基金会总裁阿瑟·拉普、俄传媒业巨头尼古拉·卡冈诺维奇被杀。纽约街头发生大规模骚乱和暴动骚动后，成群的老鼠在闹市乱窜，电闪雷鸣，雨从天降。埃里克看着这启示录般的末世景象，仿佛听到"死亡的威胁对他说，他所熟悉的命运法则就要现身了"（德里罗，2011：95）。可以说这就是象征交换的法则力量已经临近他自己了。埃里克深知"生意的延伸就是谋杀"（德里罗，2011：101）。同理，整个资本系统无限贪婪的延伸既是谋杀人性和自然，也是自杀。资本系统自己体内孕育着的自毁因素源于其违背象征交换导致的无法逃脱的报复。

系统是由"生"和"死"两方面构成的同一枚硬币，正如理查德·希茨和埃里克之间杀人和被杀的关系。埃里克把一切资源，包括别人呼吸的空气都霸占了，这是他在杀人。但是这种行为的结果就是别人孤注一掷的报复（正如《坠落的人》中那些先是感到走投无路，最终铤而走险成为孤注一掷的恐怖分子）。这就说明了资本"倒行逆施"的报应。超真实是对象征交换之道的违背，当它的权力达到顶峰的时候，也就是它恶贯满盈的时候，暴力必然随之而来。希茨和埃里克（还有奥斯瓦尔德和肯尼迪总统）之间表现出的双胞胎一般的神秘契合之处就反映出系统的这种生和死的双生共存性质："你的整个生命是一个矛盾体。这就是为什么你亲手造成了自己的垮台的原因。"（德里罗，2011：172）系统在本身的"无敌力量"中蕴藏着死亡因素。系统在趋向热寂的过程中，推进这个过程的熵增本身，也就是不断的死亡。

评论家莱斯特（Laist）指出，埃里克的死亡和双子塔楼的倒塌有着同样的寓意，埃里克就是"第三座世界贸易中心塔楼"，他的死亡是后现代技术人（homo technologicus）内心自毁倾向的外化和实现（2010：258）。就是说，埃里克的命运，实际上是象征交换在个体层面发挥作用的表现。这些个体被各个击破后，整个超真实体系也就灰飞烟灭。像埃里克这样的技术人个体以及他们被象征交换毁灭的命运，在《大都会》之前就出现在了《玩家》中。后者的主人公莱尔同样从事金融业，也同样见证和实施了这个拟象资本系统的破坏。《玩家》中的恐怖分子拉斐尔、马丽娜等人想要从华尔街11号纽约证券交易所下手去毁掉资本系统。"这个系统才是他们最秘密的力量所在。所有的交易都是在那里进行的。……这才是他们的生存中心。"（德里罗，2012b：106）来自交易所"内部中的内部"（德里罗，2012b：99）的莱尔最终加入了恐怖组织，开始同他们一起谋划对系统的破坏。

莱尔与破坏分子们接触后再次走在华尔街夜幕中，他这时顿悟到他习以为常的平静和安宁都是假象。资本系统的无尽贪欲和无耻的掠夺，导致了其自身的危机。"在花岗岩立方体里或遍布四周的金属塔中，人们在分拣各种各样的钱财，数十亿令人眩晕的金钱透过机器点数、扫描、分类、清算、打包、装上运钞车，可以听到机器高速运转的声音，这种声音似乎就是一种山雨欲来前的风声。"（德里罗，2012b：109）莱尔参与破坏分子们的阴谋去配合这风声加速了翻山倒海的风暴的到来。之后，莱尔抛弃自己的妻子和家庭，与女恐怖分子乱交，随意把积蓄送给恐怖分子们并听从他们安排，去实施他们的爆炸计划。他的举动是典型的技术人自毁冲动的体现。

尽管莱尔在小说第二部第一章才听到这种深藏在系统内部的"风声"，但是在小说的开头，也就是第一部的第一章，他就已经隐隐开始感觉到好像有一种神秘的力量把他推向恐怖分子。交易所里"空气好像处于临界电位，有一种近乎狂欢和哀恸交织的强烈感觉"（德里罗，2012b：21）。他后来对他找到的恐怖分子头目J.金尼尔（J. Kinnear）坦陈："堂堂一个白领，现在不请自来，自愿加入。……'妙极了,招我吧,我要干。'"(德里罗,2012b：100)这正是鲍德里亚所说的：对于这样一个炙手可热到无以复加的霸权,每一个人都会不由自主地去梦想毁掉它(Baudrillard,2002：5)。莱尔去炸毁交易所的梦想体现了整个系统的自毁力量。作为资本心脏的系统是典型的 0 和 1 的二进制系统,拟象模型产物的典范："电子系统。周波和电荷。显示板上的绿色数字。"这个系统在不断壮大的同时,"永生的无耻追求"也把它变成了"行尸走肉,苟延残喘"(德里罗,2012b：106)。这就是鲍德里亚指出的违背了象征交换系统的最终命运："任何系统接近了完美操作性,也就接近了自身的死亡。……这是任何通过自身逻辑追求总体完美的系统所具有的命定性,追求总体完美就是追求总体背叛,追求绝对可靠就是追求无可挽回的衰退：一切相关的能量都在走向自身的死亡。"(2012：前言 5)

在《玩家》中,德里罗用他惯用而有效的"以点示面"的技巧,从社会构成的最细微的局部——家庭,寻找典型样本来显示这种危机。翻开小说,最引人注目的还是德里罗擅长的复合叙事线手法。在华尔街证券交易所工作的丈夫莱尔和在世贸中心工作的妻子帕米各占一条。这两条"夫妻线"构成一个倒"Y"字形,在前八章中还能平行发展并且多有交叉之处,但第九章以后,这两条线便永远分离,夫妻各奔东西。帕米和一对同性恋男子去缅因州旅行并与其中的杰克发生性关系。后杰克毫无缘由地选择了以自焚方式结束自己的生命。身心俱疲、精神恍惚的帕米只身回到家里,莱尔已经人去屋空。他早就被卷入恐怖分子炸毁纽约证券交易所的阴谋,并与两个女恐怖分子罗兹玛丽(Rosemary)和马丽娜通奸。最后为了掩人耳目以便实施破坏行动,他和罗兹玛丽一起假装外出旅游。读者在小说尾声部分"汽车旅馆"中看到莱尔和罗兹玛丽待在加拿大一间的汽车旅馆内,无眠的他等候着电话铃响起,以便接收进一步行动的命令。

小说描述的世界和人物内心都充满了痛苦、绝望、空虚、凄凉。莱尔和帕米看似生活富足、事业有成、婚姻美满,但是这种肤浅脆弱的表象好像时刻就要被渗透在他们生活和社会中的浓重、孤独、悲凉、腐朽的沉沉死气所压碎。莱尔和帕米同床异梦,两人的内心世界,如同那两条"夫妻"叙事线,尽管有时看去有交叉之处,但永远不能真正水乳相融。即使是在床第缠绵时,无论两个人多么努力试图去给予和满足对方,但中间仿佛永远隔着一堵无法穿透的墙。两个人都试图在婚外的乱性中找到某种补偿,但是南辕北辙,得到的是加倍的痛苦、折磨和失落。读完小说,留给读者的是无尽的空虚和怅然感。书中暗示帕米得了绝症,她目睹了情人自焚的地狱般场景,很可能又将很快以同样残酷可怖的方式失去丈夫。决意放弃家庭、事业,离开妻子去孤注一掷铤而走险的莱尔究竟会有什么样的命运,也是无尽的悬念。但是显然两个人都是在财富积聚到顶点的社会背景下,个人事业发展到顶峰的时候忽然走向自取的灭亡。而他们的毁灭,都是象征交换对于超真实整个系统进行报复的具体而微或者在微观层面上的例子。

德里罗对于这种悲剧的探索,在《坠落的人》中达到了高潮。评论家莱斯特指出,作为生活在纽约城的作家,德里罗创作的一个中心主题就是恐怖主义和技术。他富于洞见的创作使他几乎成了"9·11"悲剧的预言者(Laist,2010:257)。在鲍德里亚看来,"9·11"事件是西方资本主义系统发展到极点的必然结局。西方世界一直在扮演上帝,等达到神一般的无所不能和道德上绝对的合法的时候,它也就要自毁性命向自己挥刀了(Baudrillard,2002:7)。按照鲍德里亚的说法,这当然也是象征交换之道报复力量像火山一样的总爆发,是一场"全球性的象征事件"(Baudrillard,2002:3)。正如我们前面说的,无论鲍德里亚的象征交换之道是否说得通,系统本身"恶贯满盈"的危机是明显的。《坠落的人》全面揭示了诱发悲剧的后现代超真实的深层病理。

成功做到这一点的诀窍之一,仍是德里罗独具匠心的叙事技巧和结构。小说整体结构布局简洁匀称,一目了然。全书共分三部分,每一部分的都包含由数字标号的几章,外加一个有单独题目的尾声。第一部分第一章开篇就是对于"9·11"旷世灾难的直接描述,在双子塔变形倒塌的轰响中,在充斥死亡、碎屑、烟尘、燃油、火光的立体空间里,"他"(主人公)机械地走出那片所多玛与蛾摩拉般的火雨死海。小说的最后一章题为"哈德逊走廊"。这一节把读者带回到小说开头世贸中心被袭的活地狱场景,我们看到"他"又一次经历那注定一生永远无法摆脱的噩梦。对一些细节的描述几乎是重复的,在小说大幕落定前最后一瞬间读者看到的舞动在空中的衬衫,是开头就飘荡在漫天火烟中的那件。整篇小说带着读者追踪主人公在"9·11"事件发生后的心路历程,结果却是读者和"他"一起沿着"轮回"式的圆圈,又回到那恐怖血腥的原点,"小说开头描述的就是其结尾"(Polatinsky and Scherzinger,2013:126)。这种笔法又让我们想起《玩家》结尾所展示的无尽的残酷梦魇。我们需要注意的另一个细节是,在小说开头结尾这两节中"他"这个代词的用法。开头一节从头到尾我们读到的都是"他",尾声中,我们才看到"他"的名字,基思·诺伊德克尔(Keith Neudecker)。这个"他",指代的不仅仅是基思,更是袭击中幸存的每个人,是他们的所有亲朋好友,是每个美国人,甚至是每个后现代人。这场灾难和危机波及的是整个后现代社会,因为它是整个后现代资本系统危机的典型病兆显现。

基思的"轮回"形式构成一个"0"字形状,是英语里面的 zero。而"9·11"之后,人们开始用原爆点(Ground Zero)来代指世贸大厦遗址。世贸大厦曾代表了美国经济系统的辉煌,而在其最为鼎盛的时候,在几个小时内沦为一个"零点"。鲍德里亚说,这就是象征交换之道的威力。它横扫的不仅仅是双子塔,还是整个资本主义系统。就像马丁·里德诺①说的:"9·11"袭击"并不是针对一个国家的袭击,也不是针对一两座城市的袭击"(德里罗,2010:50),而是针对整个西方社会。在发动袭击的人眼中,西方社会罹患上了一种疾病,"一种正在蔓延的疾病"。马丁指出,这些袭击者"打击了这个国家的强势地位,他们实现了这一点,让世人看到,一个大国多么容易受攻击"(德里罗,2010:49)。马丁看出了代表着资本主义系统的美国,在其不可一世的时候,也就开始自食其果,美国成为了世界的中心,但接着就会"失去中心位置。它变为它自身的臭狗屎中心。这就是它占据的唯一中心。……在美国原来的位置上,出现了一个空洞的空间"(德里罗,2010:209-210)。这就是双子塔楼被炸留下的"零点"。

尽管鲍德里亚并不去翔实解释象征交换之道运作的原理,但是我们可以很自然地理解他象征交换概念中不言自明的道理。系统本身孕育着自身的危机(在这一点上,鲍德里亚又无法超越他一直试图"扬弃"的马克思基本原理:资本主义发展本身就在培养着自己的掘墓人——无产阶级)。如同《玩家》里系统内部(或者"内部的内部")产生的破坏者莱尔,《坠落的人》中也出现了一个类似的系统敌人——马丁(这个神秘角色更像《玩家》中的 J. 金尼尔)。无论是几乎把他当作亲生父亲和他无话不谈的丽昂,还是做了他半辈子情人的妮娜,都对他知之甚少。她们甚至不知道他的真名。马丁保存有一张 20 世纪 70 年代的通缉布告,上面的疑犯是进行谋杀、爆炸、抢劫银行等恐怖行为的 19 个德国"圣战者"。丽昂和妮娜据此推测,马丁可能参与或支持了这 19 个人的恐怖行为。丽昂意识到,"也许他是恐怖分子,然而他是我们中的一员。……西方人,白种人"(德里罗,2010:213)。

马丁收藏的通缉布告上有 19 个疑犯,而参与"9·11"袭击的恐怖凶犯也有 19 人。如果把这个重合与丽昂的话结合起来解读,这个信息就是:无论是西方人、白种人疑犯,还是其他种族的凶犯,实际上都是系统本身造出的敌人。

---

① 马丁·里德诺(Martin Ridnour)是一个假名,真名可能是用以命名小说第二部分的"恩斯特·赫钦格"(Ernst Hechinger)。马丁是基思岳母妮娜近半生的情人。马丁在 20 世纪 60 年代曾参加一个欧洲造反运动组织"一号公社",并可能卷入意大利红色旅组织的活动。

鲍德里亚说,当超级权力达到鼎盛时,这种力量也就成了它自己所无法承受的负担,权力温床上滋生的暴力瘟疫也就会全球性爆发。地球上每个人(不分所谓敌我),都会不由自主产生对权力进行报复的"同谋"冲动。面对一个发展到最终阶段的全球性极权秩序,不管是被这个秩序所剥削踩躏的还是身处这个秩序之中的(如莱尔)人,都会对这个登峰造极的秩序(其象征就是世贸中心双子塔楼)产生恶意(2002:5-6)。20 世纪 70 年代德国的 19 位破坏分子和"9·11"袭击中 19 位恐怖分子,正说明了鲍德里亚所谓的对全球极权秩序(超真实)的全球性普遍的敌意。

《坠落的人》正是借"9·11"恐怖袭击道出了美国乃至整个资本系统所面临的危机。双子塔楼的倒塌绝不是最后的结局,正如马丁说的:"双子塔楼作为财富和权力的幻象修建起来,它们某一天会变为毁灭的幻象,难道不是这样的吗?人们修建那样的东西,以便能看到它倒塌。那种挑衅行为是蓄意的。否则,还有其他什么原因把塔楼修得那么高,然后又复制一幢,重复那样的行为?它是一种幻象,所以为什么不来两次呢?你们说,在这里,把它弄倒吧。"(德里罗,2010:124-125)

尽管鲍德里亚和德里罗都在揭示资本系统的危机,但两个人对于危机的态度是完全不同的。鲍德里亚几乎是幸灾乐祸地主张,要顺水推舟,推波助澜,帮助系统走向灭亡:"只需再助一指之力就能让它崩溃。……因此,唯一的策略是灾难性的,而绝不是辩证法的。必须把这些事物推向极限,它们在那里会自然地相互转换并崩溃。"(2012:前言 5)这样的论调招致人们对他广泛而强烈的批评。德里罗则看到了更多的东西。系统的危机固然威胁它本身,但不幸的是人们几乎都是生存于这个系统控制的世界中的。系统的全然崩溃,其破坏力不可能不波及附着在它之上的世人。《玩家》中的破坏分子马丽娜都明白一个浅显道理:系统的瘫痪,"即便是瞬间的瘫痪,也必定会释放出群魔乱鬼"(德里罗,2012b:186)。《坠落的人》则具体描述了这种覆巢之下无完卵的悲剧。整部小说都在描述系统的巨大灾难给普通人带来的伤亡和痛苦,而且小说不止一次地强调,无论恐怖袭击者还是无辜受害者,都一样是牺牲品。恐怖分子在飞机上行凶,自己的血和受害者的血流在一起。为基思处理伤口的医护人员对他说的一番话,更是说明了这一点。

　　在自杀式爆炸出现的地方……幸存者——那些在现场附近受伤的人——数月之后身上出现肿块。没有更好的术语,人们就这么叫。这样的肿块是由细小碎片造成的,就是自杀爆炸实施者身体的细小碎片。爆炸者被炸成了碎片，那真是叫粉身碎骨，骨头和血肉的碎片飞溅开来，力量非常大，速度非常快，射入处在爆炸范围之内的人员体内，然后陷在那里。……人们管它叫有机弹片。（德里罗，2010：16）

这一段令人毛骨悚然的描写折射出系统自毁带来的生灵涂炭。更大的悲剧则在于系统本身的邪恶导致了无辜者之间的自相残害。德里罗作为文学家，他的创作必然要聚焦于人。对人的命运境遇的描写，不仅使他的文字充满了悲天悯人的情怀，也深刻揭示了人所处的系统的危机和危害所在。随着其他后现代主义者把人和主体排除在探讨之外，鲍德里亚的哲思相形之下反而显得阴冷无趣。但是鲍德里亚的象征交换理论还是非常有助于挖掘上面引文中的深刻内涵。象征交换，简单地说就是一种神圣的、不可逃避的相互义务关系。人无论是否愿意遵守，都受到它的无情制约。当象征交换的神圣相互义务得到双方忠实履行时，双方就被神秘的互逆性带入到一个其乐融融、你中有我、我中有你的和谐关系中。反之，如果互逆性被破坏，双方也就因为象征交换的报复而毁于同一种灾难里。上段引文里，杀人者的残骸射入被害者体内，就是对这种灾难的深刻阐释。《天秤星座》中奥斯瓦尔德和肯尼迪、《大都会》中希茨和埃里克这两对凶手/受害人的关系也正说明了这一点。

鲍德里亚笔下，超真实系统背叛象征交换，是因为它终止了所指/能指（符号界）和所指涉物（现实界）的相互沟通和交流，把一切都强行封闭在符号政治经济学中，物和人都被纳入所指的单向性无尽滑动轨迹，植根于自然的象征交换关系因为符号霸权驱逐自然而枯萎、凋零。符号运行的单向性趋于极端，符号本身也就越来越空虚，其系统运作最终因为熵增而停摆。应该说，这种说法对揭示当今超真实世界的危机还有着一定道理。前几章的分析说明，德里罗笔下的后现代超真实，就是符号遏制人性和自然并自律疯狂发展的超真实世界。从《白噪音》中的物体系和拟象对人和自然的剥夺控制，到《天秤星座》《欧米伽点》电影、电视的景观霸权，再到《玩家》《大都会》中 0 和 1 二元统治的确立和对人居住环境的电子殖民化，都说明超真实系统正把现实变成一个"真实本身的荒漠"（The desert of the real itself）（Baudrillard，1994：1）。在《地下世界》中，这个荒漠已然扩展到《绝对零度》所涉及的偏远国度——此即超真实的全球化，系统的熵增已经在德里罗笔下的整个地球上蔓延开来。在《白噪音》中，默里坚信"科学家们喋喋不休的'宇宙热量的最后耗尽'早已开始"（德里罗，2013：10），而《地下世界》《玩家》《大都会》《坠落的人》等小说呈现了该耗尽过程以及随之而来的种种末世景象。

鲍德里亚早期比较唯物的分析更能揭示德里罗笔下超真实荒漠中充斥的暴力。《消费社会》"丰盛社会的混乱"一节中,鲍德里亚深入剖析了后现代丰盛社会的危机。尽管他也用寥寥数语将此归因到象征交换的报复,但是还没有把这种解释发展到"对现世完全绝望的怀旧回顾"式的理想主义"贵族人类学"(Hefner,1997:113),所以这一节中很多论述还是非常具有实证性和客观性的。像德里罗小说所揭露的那样,鲍德里亚观察到西方发达消费社会在物质丰盛、对消费者"关切"备至、平静富足的表象下,隐藏着广泛的"无目的"和"野蛮、无对象、非形象"的暴力(鲍德里亚,2001b:197-200)。鲍德里亚指出,这种无法解释的暴力对应的是一种不可理喻的社会发展模式和形态。具体说来,该模式或形态的产生"不是一种进步,而仅仅是另外某种东西……'富庶革命'并未开启理想的社会,而仅仅是导向了另一类型的社会"(鲍德里亚,2001b:199-200)①。消费社会并不是朝向更为正义和合理的社会的发展,而是资本主义体制的大变身——用波兹曼(Postman)的话说,就是《1984》式的残酷暴政被包装成了《美丽新世界》式的"甜美"专制(2009:3)。在这种"甜美美丽"社会模式下出现的"多种形式的'混乱'或'反常'的问题",超出了传统社会"赖以自我评判[的]理智合理性标准"(鲍德里亚,2001b:198-199)。《玩家》《大都会》《天秤星座》《地下世界》中的恐怖分子和枪手们的施暴动机,是难以用对《1984》式反抗社会秩序的分析来解释的。这就指明他们所处的世界是另一种类型的社会——超真实状态下的社会。

鲍德里亚把这种社会描述为一种内爆性质显著的社会:"既是关切的社会也是压制的社会,既是平静的社会也是暴力的社会……'耸人听闻的'暴力和日常生活的平静是相互同质的,因为两者同样抽象且依靠同样的神话和符号而存在。"(鲍德里亚,2001b:197)内爆消解了反抗,一切都变为资本系统的腹中物。鲍德里亚指出:"'平静的'日常生活持续地吸收着被消费了的暴力、'暗示的'暴力——社会新闻、谋杀、革命、核战或细菌战的威胁……也可以说我们时代的暴力通过以毒攻毒的方式被应用到日常生活中,成了抵御厄运的疫苗以预防来自这一平静生活的真实脆弱性的威胁。"(鲍德里亚,2001b:197)这里单向性系统的致命问题暴露了出来,消费诱发的暴力只能通过消费来解决:

---

① 比利时经济学家厄尔奈斯特·曼德尔(Ernest Mandel)在其《晚期资本主义》(*Late Capitalism*)一书中,揭示了晚期资本主义发展中无法解决的内在矛盾:资本主义不能正确使用物质和人力生产力,却只能用其生产越来越多的无用和有害事物。技术发展"作为劳动生产力和商品与资本那异化的、有破坏性的力量,就这样变成了资本主义生产方式先天矛盾的客观化了的精髓"(曼德尔,1983:243)。这即是资本主义社会种种危机的病根所在。

"正如存在着消费范式一样，社会建议或提供了一些'暴力范式'，通过它们，系统想方设法地对这些爆发力进行引导、控制与大众传媒导向"（鲍德里亚，2001b：201-202）。

　　具体而言，面对暴力和其他社会问题引发的忧虑和压力，后现代社会只能通过两个渠道来解决：一是提供更多的消费品和服务，诸如休闲旅游产品、药品和"精神治疗法"，等等；二是把暴力、忧虑和压力"回收使之成为消费的重新推进器……回收成为商品，成为可消费的财富，或成为区分的符号。"（鲍德里亚，2001b：202）这正是德里罗《白噪音》《玩家》《人体艺术家》《地下世界》等小说所展现的。然而鲍德里亚看出，这两个渠道都属于"用消费解决消费产生的问题"的恶性循环，都是"没有尽头的任务，作为永无休止地生产着满足感的富裕社会，在这一任务中还要耗尽资源生产由这种满足引起焦虑的解压药。"其结果只能是对社会人力资源的更为严酷的压榨和对自然的更肆无忌惮的掠夺（鲍德里亚，2001b：202），这便把暴力又推向了另一层螺旋。这就解释了在《白噪音》《玩家》《人体艺术家》《地下世界》等小说中肆虐蔓延的恐怖、忧虑、暴力和死亡阴影。讽刺的是，消费和暴力两股力量相反相成所推进的同一螺旋使得消费景观构成的超真实系统更为令人窒息：人处于"被暴力包围并被消费了的宁静封闭的世界中"（鲍德里亚，2001b：202），在暴力和消费恶性循环的莫比乌斯带上绕圈子。在德里罗的文本中我们读到的正是对这种悲剧的呈现。

　　鲍德里亚有时被称为"原始主义"后现代学者，他的象征交换理论逻辑如下：如果后现代问题难以应对，那就回到最为原始的愿景中去，诉诸那最为淳朴、简单的道理：恶有恶报，恶贯满盈。所以，在他看来，超真实和拟象到达巅峰的时候，象征交换对它的报应也自然到来。把象征交换作为对抗超真实的寄托和策略，有点像原始社会的"巫术"，面对邪恶的事情，把"恶贯满盈"作为咒语来念叨，就可以万事大吉。这就是伊格尔顿（Eagleton）（2002：13）所指责的某些后现代主义者的"魔法"："丢掉了餐刀，人就干脆宣布面包切好了。"德里罗的作品呈现象征交换，是为了表明超真实的内在邪恶和危机，但是并没有把它当作"救赎"。那么，在德里罗作品里对超真实做出了怎样的批判，又运用了何种美学策略？答案在于他对超真实中一个特殊人群——知识人物的刻画。

第 6 章
超真实中知识人物与悬浮美学

　　德里罗是百科全书编撰者式的作家,其创作生涯横跨半个多世纪,笔触深入探及美国后现代社会各个领域。如巴尔扎克、狄更斯等其他文学先辈一样,德里罗重点刻画了其时代中相对较为活跃因而也更最具代表性的人群来反映一个社会的突出特征。在德里罗的后现代超真实中,这个人群就是知识社会的"新阶级"人物。德里罗通过他们的存在境况折射其与超真实相反相成的互动关系。后现代一个重要特征是知识相对于以往阶段的"超级"发达。在《拉特纳之星》中,实地实验 1 号"存在的最基本原因"是"实现人类最古老的梦想"——知识,"研究这个星球,观察太阳系,倾听宇宙,了解自己。"(DeLillo,1989c:21)那么,在后现代这个人类最为古老的梦想发生了什么? 人真的借助知识理解了地球、宇宙和自身了吗? 承担这些任务的知识主体又是什么样子的? 这些问题,在超真实中显得尤为重要。

　　在德里罗笔下的超真实中,知识可以转化为超级物,并促成超真实。知识与拟象的共谋关系日益紧密。正如托马斯·品钦笔下的科学技术是把世界引向熵增的重要力量,德里罗笔下的知识和科技也在很大程度上助力于超真实世界的建构。而对于超真实的体验、感知、思考(或者相反,即对于超真实的无法感知和反思),同样落在了承担知识研究和科技实践的知识人物身上。这些人有点像汉语语境中一般指称的"知识分子"。但在德里罗笔下这些人物,并不明显具备中国人甚至是西方人通常理解的"知识分子"的特质,所以我们把德里罗笔下的这些角色泛称为"知识人物"。

　　无法按照传统的理解给这些知识人物明确的指称,也正是因为德里罗笔下所谓知识阶层人物有着明显的超真实特征。德里罗小说被有些评论者称为"理念小说"(O'Hara,2000:37)。他笔下的知识人物,也往往被解读为理念的化身。但对知识人物的解读不能停滞于此,应该进一步去挖掘这种"理念化身"背后的深层原因。前面分析了超真实主体和客体的内爆问题,理念和人物的合一正是内爆的一个表现形式。这也反映出,德里罗笔下的知识人物,如同其他人物一样,在一定程度上是拟象的投射结果。考察知识人物在超真实中的存在,是探究超真实与人的关系的一个重要角度。

6.1　后现代知识阶级的兴起与知识分子的死亡

贝尔(Bell,1984:239)断言,后现代社会(贝尔称之为"后工业社会")是"双重意义上的……知识社会":一方面,知识研究与理论发展日益成为推进社会革新的主要动力源;另一方面,与知识相关的领域与产业对就业和国民生产总值的贡献越来越突出。利奥塔指出,在后现代社会中知识成为首要生产力并明显改变了最发达国家的就业人口构成(Lyotard,1984:5)。萨义德也注意到,大多数西方工业化社会中知识产业的比重大幅提高,大大超过实体产业的发展势头(Said,1996:9)。知识群体的社会政治经济地位和权势空前提高,以至于古德纳(Gouldner)声称拥有专业知识文化资本的知识分子已然成为一个文化资产新阶级,将取代垄断货币资本和传统生产资料的老牌资本家旧阶级,成为决定社会变革发展进程的主导力量(Gouldner,1979:18-21)。

但正如贝尔(1980:144-145)观察到的,从文化态度角度分析,新阶级概念是对熊彼特(Schumpeter)和哈耶克(Hayek)关于知识分子论述引申延展的结果,一般研究者想当然地将这两人笔下知识分子的反资本主义特性赋予了"新阶级",认为既然他们是知识阶级,必然也就是具备批判意识的知识分子。但贝尔认为这是牵强附会生搬硬套,作为专业技术人员阶层的"新阶级"和知识分子之间非但并不能简单地画等号,而且这两者之间还可能存在危险的排异性。

作为后工业社会发展的结果,当今专业人士阶层以不可思议的速度扩增。专业阶层规模在人类历史中达到登峰造极的水平。科学家、经济学家、管理者、教育者及其他知识领域从业者人数一直飞速增长,但境况却是万马齐喑。原因就是这类知识分子在本质上是工具主义的——这恰恰是其权势所在。他们可以掌握技能,变成专职人员,但其智能活动的性质决定了他们不能有更高的道德追求,不可能具备先知般的高瞻远瞩眼光,而这两者正是先前知识分子所追寻的目标。(Bell,1980:135)

　　贝尔基本赞同熊彼特、哈耶克所认定的知识分子使命：站在知识、思想的前沿，向大众传输普及先进的批判资本主义制度的理念（Bell，1980：144 - 145）。贝尔认为知识分子应该具备"超凡的立场"和"超越性责任感"，维护人类文明精神思想和知识的圣洁，"指明一个民族的存在意义和使命"（Bell，1980：136 - 37）。但他也看到，随着后工业社会的发展，知识分子的这种道德"超越性宏图"被抛弃了，美国知识分子传统已经式微。知识阶级深陷日常生活的庸碌，日益委身于工具主义、功利主义和作为后工业资本主义基础的大众消费享乐主义，放弃了对超越性的追求。同时，后工业运作方式使得政府权力愈来愈强大和集中，知识阶层不断被其所收编和控制，知识分子的独立和批判精神已经非常微弱（Bell，1980：163 - 164）。这种看法，与本书绪论中提到的里斯曼、米尔斯和马尔库塞等人的说法基本一致。

　　贝尔上述观点是他对 20 世纪七八十年代情况的评述。萨义德关注的是其后相关形势的进一步发展。这段时间知识分子生产和活动的领域愈来愈多，新兴的知识产业也如雨后春笋层出不穷。萨义德秉持葛兰西（Gramsci）的观点，指出在任何知识生产或传播相关领域中的工作者都是知识分子，是现代社会运作的中枢力量。但尽管知识分子的地位和权势上升了，他们却放弃了对公众负责和奔走呼吁的超越性立场。知识分子被囚于各自狭隘隔离的专业鸽笼内，失去了应有的追求普遍性价值的能力和动力（Said，1996：9 - 10）。这些知识分子沦为迎合后工业社会资本主义生产方式的后现代"有机知识分子"，他们无法对后现代社会文化逻辑进行批判和抵制（Eid，2012）。

　　在某种程度上，萨义德也同意福柯的说法，即普遍型知识分子已经让位于特殊型知识分子，但是他反对利奥塔所谓知识分子应该放弃解放和启蒙宏大叙事的主张（Said，1996：9 - 18）。萨义德在知识分子的问题上，试图调和福柯与利奥塔两人的观点。但是实际上这两位法国思想家探讨知识分子问题的基本出发点都是对于普遍性、统一性等现代性基本原则的批判。福柯（2002：441）主张在研究知识分子的问题时，不应再把他们视为"普遍价值的代表""公正和真理的主宰"，而应该淘汰代表"普遍价值"的"普遍型知识分子"概念，把知识分子放在其所处的"特定的部门……工作条件或生活条件"中进行具体和微观的考察。利奥塔在其文章《知识分子的坟墓》中则直截了当断言"推动了自由主义政治达一百年的启蒙运动"已经过时；把本来各司其职的不同种类知识者强行归为一类是"整体化的统一性"的"普遍化思想"，应该予以废弃；长期以来知识分子所推崇的"普遍价值的主体"概念应被送进坟墓（利奥塔，1997：116 - 122）。正如贝尔指出的，"知识分子"一词及其产生的社会和政治语境都是"现代性"的,和现代经验息息相关(Bell,1980:120)。当后现代思潮挑战和解构现代性原则时,一贯被视为启蒙、解放等现代性宏大叙事代言人的知识分子,也就难免陷入被"送进坟墓"的危机。

贝尔、萨义德、福柯和利奥塔等人探讨知识分子问题的出发点和结论不尽相同,但是他们都同样看到了后现代知识分子所处的困境和危机:知识阶层人数越来越多,影响越来越大,但是对资本、权力、工具理性、消费主义的顺服也更彻底。从葛兰西的理论视角看,后现代知识社会出现的知识阶层"有机"融入了晚期资本主义发展进程,成为行使"社会霸权和政治统治的下级职能"的"代理人"(葛兰西,2000:2-6)。现代传统知识分子所维护的普遍性、超越性价值被冷落甚至唾弃。一个后现代悖论由此浮现:知识阶级的崛起,伴随的是"知识分子"的死亡。

德里罗小说创作受到利奥塔、鲍德里亚等后现代主义理论家的深刻影响(Duvall,2008:39;Wiese,2012:2-3),这一点也明显反映在其对后现代社会中知识分子人物的塑造上。德里罗全部16部长篇和一些短篇小说中的主要人物群体和大多数主人公都属于后现代社会庞大的专业技术知识阶层,来自萨义德所指出的20世纪末出现的各种新知识职业:媒体播音、学院专业工作、计算机分析、体育媒介法律事务、管理咨询、政策研究、政府顾问、大众新闻,等等。

萨义德认为,这些行业的出现印证了葛兰西的先见之明,而从业其中的知识分子的活动性质也符合葛兰西的社会分析——他们都是实现某一特定类型社会功能的有机知识分子(Said,1996:8-9)。在德里罗笔下,这些人中大多都是完全服从于后现代工具理性的"机器人士兵"(德里罗,2011:178),是超真实世界的无脑工蜂或蚂蚁,而按照葛兰西的分析少数可以被称为传统知识分子的人物则要么和宏大叙事一起成为明日黄花,要么在全球资本与后现代消费景观下束手无策。这就是传统知识分子的死亡。

德里罗小说对传统知识分子的描述,在很多方面都反映后现代阶段他们及其所代表的传统的命运。这些传统知识分子包括在《毛2号》中以美国小说家 J. D.塞林格为原型的隐世作家格雷、《名字》中的考古专家欧文、《地下世界》中的退休教授布龙齐尼(Blon Zini)、《欧米伽点》中的退休军事专家埃尔斯特等。他们大多都年过花甲,有的甚至年近耄耋。这本身就表明他们在元叙事被严重质疑的后现代已经成为残弱"遗老",他们代表的是一种属于断裂带另外一端的"传统",已经远远与时代脱节并接近消亡。

《毛2号》中63岁的作家比尔·格雷坚信小说创作是"为民主呐喊"

(DeLillo,1991：159)。但实际上整部小说都在描述比尔在市场和文学商业化面前的穷途末路。他始终无法完成自己最后的小说,半推半就地服从助理(实则扮演着经纪人角色)的建议,以隐居和不发表作品来增加自己的神秘感,刺激消费大众对他的崇拜,保持其先前作品的销路。最后几乎被绝望和自我怀疑压垮的比尔听从出版经纪公司的安排,赴伦敦出席全球新闻发布会,呼吁解救一名在贝鲁特被恐怖分子绑架的年轻诗人。但恐怖分子不仅绑架了人质,也绑架了大众媒介。比尔的人道主义理想一次次碰壁,最后孤注一掷只身渡海去贝鲁特找恐怖分子,但却在离岸前遭遇车祸,身受重伤死于船上,护照等身份证明被拾荒者掠走。按照他自己的说法,这是"以民主的方式而死"(DeLillo,1991：159)。讽刺的是,他的一切努力都反衬出"民主方式的死亡",诗人未被救出,比尔自己也成为无名无姓的孤魂野鬼,不但没有实现任何意义,更丢失了作为小说家的身份。

那么比尔所说的"民主"又是什么命运呢? 小说引子"扬基体育馆"奠定的基调令人震惊和不安,与人们耳熟能详的民主、理性、解放等传统宏大叙事主旋律格格不入。这一部分叙述的是在引子标题所示的著名体育馆内,文鲜明(Sun Myung Moon)主持其统一教团信徒 6 500 对"夫妇"的盛大集体婚礼,来自美国和世界各地的狂热信徒完全丧失了个性和理性。这种被控制的恐怖的集体疯狂主题在小说中以各种形式变奏:在世界其他地方举行的大规模集会、百万信徒为霍梅尼送葬的仪式、恐怖分子煽动的极端宗教狂热……而这些东西又通过媒介复制和传播,再次进入拟象和超真实的循环。总之,民主似乎并未实现,蒙昧、恐怖、人群控制却大行其道,与超真实的控制彼此呼应和强化。

可以说,比尔的失败表明了德里罗笔下的传统知识分子们的传统社会角色的死亡。他们大多都已经退休,这也是他们被严重边缘化的一个隐喻。他们往往也因此显示出另一共性——愤世嫉俗,幻灭遁世:格雷尽管有时会听从助理的建议故作神秘,但实际上在助理出现之前他就选择了远离尘嚣,藏匿踪影;欧文远离美国去希腊考古;埃尔斯特匿于沙漠独居。这都在表明,在超真实中,传统知识分子几乎是没有一席之地的。超真实秩序与传统知识分子所代表的理念格格不入。这既把知识人物从福柯、利奥塔所急于解构和去除的总体性宏大目标中解脱了出来,也因此把知识人物所依存的身份锚点化解。德里罗描述的超真实世界中存在的是一群无法被称为"知识分子"的知识人物。

6.2　超真实系统中的知识人物

6.2.1　超真实洞穴与穴居人

德里罗笔下的超真实很大程度上是技术理性的产物和启蒙辩证法的一个表现。与技术理性密切相关的知识人物在超真实中所扮演的角色，就成为德里罗作品中一个重要主题。后现代超真实和拟象，是柏拉图洞穴寓言在后现代资本和技术手段下的最新版本，一种超真实"洞穴"，这类意象或比喻在德里罗作品中重复出现。前面已经提到《欧米伽点》中埃尔斯特"改编"一文对柏拉图洞穴寓言的"改编"："正在上演着一出戏剧，是人类记忆中最古老的那种形式，一些演员全身赤裸，身负枷锁，双目被蒙蔽，另一些演员则拿着造成恐怖的道具，他们就是改编者，没有姓名，蒙着面具，身披黑袍。"（德里罗，2013a：36）这里揭示的是美国军工联合体建造的后现代超真实洞穴，是美国政府和军方进行恐怖控制的策略。

后现代超真实洞穴隐喻其实在德里罗第一部长篇小说《美国志》中就已经开始隐约萌芽。戴维家地下室里堆满了老贝尔收藏的各种广告片，从幼时戴维就常进入这个黑暗的地下空间，观看广告片并接受其熏陶。老贝尔在地下室进行的投影仪操作，后来成为戴维例行工作的方式，也是他一个主要业余爱好。作为对超真实影射和批判的修辞手法，超真实洞穴寓言开始成熟于德里罗第 4 部长篇小说，其背景锁定在科学界的《拉特纳之星》中，而这个寓言发展的最高峰，则是德里罗到目前为止发表的最后一篇长篇小说《绝对零度》。这两部作品创作年代前后相差 40 多年，在不同层面和时代背景上展现后现代超真实洞穴和在其中进行活动的知识人物——超真实穴居人的形象。这两者的关系是超真实和人之间关系最为形象的体现。《拉特纳之星》在文体上是一个大杂烩（Keesey，1993：65），不能单纯理解为"科幻小说"（《绝对零度》同样如此）。14 岁的数学神童、"诺贝尔数学奖"获得者比利·特威力阁（Billy Twillig）被神秘地安排进行一次他自己都不清楚目的地的飞行（这又和《绝对零度》中主人公杰夫感到几乎是被劫持的曲折飞行近似），最后比利被带到一个名叫"实地实验 1 号"的科学研究基地（DeLillo，1989c：4）。

"实地实验 1 号"像《绝对零度》中的汇聚公司一样，建在一片人迹罕至的荒野中，其形状不可名状："一个巨大的几何图形状的构造物，从地面升起并向两侧蔓延。第一眼看去,谁都说不出它是干什么用的——住人,做仓库,还是遮护什么东西。就是这么一个建造物,从系统论角度看,给人的印象是某个50层楼高的机器或教学玩具,又或某种二维装饰物。"(DeLillo,1989c:16)近一点看,这座巨大的钢铁水泥结构表面覆有"半透明的聚乙烯、铝、玻璃、聚酯薄膜、日光石……好像会使自然光发生偏移,让视线凭空消失,令人的目光时不时不由自主地滑离开去。连续的点、线、面。太阳光造成的海市蜃楼的感觉。但还是个建筑物,里面住满了叫'人'的东西"(DeLillo,1989c:16)。进入这个建筑,即使在电梯中也让人产生进入一种"静止的运动"状态,"可能是没有动,也可能是在左右移动,还可能是在沿对角线移动",比利觉得好像被施了某种麻醉药并被"埋进了一大堆凝固的泡沫中,失去了世界的连续性自然语言。"(DeLillo,1989c:16)他被安排住进的房间,也有着建筑外那种光学效应,让人产生"丧失垂直和水平的坐标点"的感觉(DeLillo,1989c:17)。

显然,"1号"建筑的内外结构体现了杰姆逊所论述的"鸿运大饭店"(The Bonaventure Hotel)后现代建筑空间特点,一种自指的、自足的、令人找不到任何方向感的拟象超真实空间(詹明信,1997:490-497)。在"1号"内,作为超真实穴居人的科学家或知识人物建构着一个高科技的后现代洞穴。"1号"的支撑架构形状,模仿一个由无数圆圈交叉构成的浑天仪式样,这些圆圈象征的是"1号"内无数相互连通的洞穴。比利就像《爱丽丝梦游仙境》中的女主角一样,在"1号"内坠入一个又一个的洞穴,见到一系列建筑洞穴的知识人物。

与比利会面的第一个管理人员能够清楚地解释被邀来访的目的,他告诉比利,"著名的数学家、天体物理学家"亨里克·恩道尔(Henrik Engdahl)住在地下的洞窟中,"拒不外出"(DeLillo,1989c:24)。比利接着见到的科学家是"公认的另类物理学泰斗"(DeLillo,1989c:170),名字叫O.莫霍(O.Mohole)。莫霍教名的简写字母"O",就是一个洞口的形状;"莫霍"的一个意思是"莫霍钻探、超深钻",也就是深至地壳以下莫霍界面的钻探。英语单词Mohole中就包含有hole(洞)这个词。小说结尾处,是比利的导师索夫特利(Softley)自己挖深洞向地下拼命钻的场景。

超真实洞穴寓言最为集中和形象的体现是位于"1号"地下深层的"巨窟"。实地实验1号所有32位常驻诺贝尔奖得主们(当然,来访的"数学奖"得主比利也得随行)在"巨窟"为老科学家萨扎·拉撒路·拉特纳举办"火炬点燃仪式"(DeLillo,1989c:213-217)。"巨窟"(Great Hole)极其古怪神秘,比利甚至在相当长时间内把它误听成了"巨宫"(Great Hall)。最后他像爱丽丝一样经过重重迷障,穿过迷宫般的走廊隧道,在一座被覆盖于多层楼之下古旧建筑中,见到学术泰斗、诺贝尔物理学奖得主萨扎·拉撒路·拉特纳。

　　垂垂老矣的拉特纳需要被完全封闭在"超级无菌生物医学膜罩"中才能延续生命(DeLillo,1989c:213)。膜罩里面"细菌数是 0。装有两个气压差隔离室控制气流。有气压调节设备,还有自动氧气治疗仪以备他身体系统的突然需要。甚至还装上了一个吸入剂导管,以免他自身感染。……这个生物膜就是一个自动杀菌、自动运作的小型手术室"(DeLillo,1989c:212)。像"巨窟"这个被包围和覆盖在"1 号"数层建筑之内的洞中之洞一样,这个膜罩是一个更小的透明的"洞中之洞"。但名叫"拉撒路"的科学权威拉特纳不是圣经中从洞穴里起死回生、走出洞穴的复活者,而是必须永远被封闭在供其苟延残喘的透明洞穴中的活死人。他的脸已经塌陷,只能用硅胶来填充支撑起来。"1 号"中的常驻诺贝尔奖得主们和比利在风琴奏乐声中,手举火炬,进行放飞鸽子、献花等仪式。这些场景、装扮、道具、仪式,把一个超真实的后现代柏拉图洞穴寓言影射得淋漓尽致。

　　拉特纳的透明"洞中之洞"把"象牙塔"隐喻推向了极端。老科学家完全无法离开这个无菌、无杂质、与外界彻底隔绝的人造透明洞穴。正如在用"半透明的聚乙烯、铝、玻璃、聚酯薄膜、日光石"建造的"1 号"中,几乎里面的所有科学家都隔绝了和外界的联系,甚至多数人再也不迈出这栋建筑一步。他们在洞中闭门造车,建构一套自己坚信不疑的超真实,把自己牢牢封闭在自己打造的"科学话语"中。

　　比利在"1 号"见到的另外一个关键人物是"太空大脑综合体"(Space Brain Complex)负责人 U.F.O.施沃茨(Schwarz)。施沃茨的名字、中名的首字母缩写"U.F.O."也是"不明飞行物"的意思,让人联想起那个催生了无数虚妄信息的所谓外星人飞行器。施沃茨坚信"数学真实",认为这个真实"比任何其他真实更独立于我们的感知,更忠实于它自身"(DeLillo,1989c:48)。这就是在"1 号"中科学家们建构的属于他们自己的真实——数学超真实。这里,德里罗插入一个讽刺场景,稚气未脱的大男孩比利直率地打断施沃茨,问道:"你放屁了?"施沃茨竟然对自身周围的真正环境和空气中的味道一无所知,还以为比利在捣乱:"这是严肃的事情,你专心一点!"比利解释:"这房间很小,又不通风。"(DeLillo,1989c:48)这显示出迷恋于超真实的穴居科学家们对其自身存在的真实境况"充鼻不闻"。

　　在这个场景中,小说继续演绎穴居人们对"独立于感知"和感觉器官的超真实的执迷不悟。施沃茨在超真实中,"超离"了他的嗅觉器官;他安排来见比利的另一个科学家奈奎斯特(Nyquist)则是个盲人——象征着他们的超真实也独立于他们的视觉。奈奎斯特是"星学工程师"(astral engineer),负责"合成无线电望远镜的模拟项目",利用无线电望远镜得到的"人造"图像通过"太空大脑"的"类型规定"来模拟宇宙现象(DeLillo,1989c:48)。这个盲人领导的团队,在"1号"内进行着对宇宙的拟象,而不是真正去依赖自己的感官去实现他们的初衷——"研究这个星球,观察太阳系,倾听宇宙,了解自己。"这也体现在德里罗虚构的"星学"这个学科名称中,"星学"英语 astral 另外的意思是"耽于幻想的"。

施沃茨忽略自己的嗅觉,奈奎斯特"明显是个盲人……两只眼内眼角的眼球上,布满了清晰可见的云翳状小斑点"(DeLillo,1989c:48)。他们代表了"1号"中封闭自己感官盲目进行超真实洞穴建构的超真实穴居人。用这些穴居人自己的话说,他们是在"进行对空间和时间观念的彻底重构"(DeLillo,1989c:49)。比利的导师、推荐比利来"1号"并随之到来的索夫特利,教训比利要专注于科学家们自己设定的逻辑形式、符号和系统:"形式!除此之外岂有他哉!它竖立在稀薄空气之中。除了我们使用的符号,岂有他哉!我们思考的焦点、我们探究的目的、我们的分析——或者你也可以称之为我们的激情——就是符号系统本身!(DeLillo,1989c:286)"他们在洞穴中建构自己的形式和符号模型,来投射他们自己的超真实。

每当这些科学家的发现与他们建构的超真实相抵触的事物时,他们就选择让超真实"更独立于我们的感知,更忠实于它自身"——也就是说,进一步封闭他们自己的感官,钻入更深的超真实洞穴。索夫特利引导比利做进一步的研究时,把这个神童安排到一个更深处的房间。他带着比利钻进后者最初住的房间里的紧急通道,向地下走。听索夫特利说"我们会下到更深的地方",比利还以为要去"1号"地下质子加速器所在的地方,因为他觉得那里已经是"1号"地下很深的地方了。索夫特利回答:"还要深……比巨窟还深"(DeLillo,1989c:282)。在这个深度,照顾和陪伴比利的其他人员都担心他们"会不会被压力压瘪"(DeLillo,1989c:284)。可以肯定的是,他们的感官会被超真实碾碎。

最后比利发现,恩道尔实际上早就揭开真相,那就是"1号"科学家认为他们收到的所谓的外星文明信号,不过是地球人类早些年发出的无线电信号从太空中的反射。应该说,这确实是一个"信号"和机会。科学家们本可以利用它从"彻底重构空间和时间观念"的超真实返回到现实的地球表面,哪怕仅仅是借此机会来进行片刻的反思。但"1号"的科学家还是坚决拒绝通过自己的感官审察这个超真实。这才是恩道尔钻入地下的真正原因:"不是因为他没有解读出信息,而是因为他成功做到了。换句话说,他从否定的角度解读出了答案。这是非常否定性的。如此之否定，以至于他跑去找个洞生活其中。"(DeLillo，1989c：386)就此，他不仅让那个真实独立于他的感官，也让自身独立于其他人感官所感知的整个世界和该世界的生活方式：恩道尔"住在地底下。他以植物和虫子为生，不和任何人交谈"(DeLillo，1989c：48)。

德里罗在描写比利揭开其他科学家拒不接受真实的过程时，利用并置手法，平行描写另一个科学家毛里斯·伍(Maurice Wu)的"探索"。比利一点点接近他的发现；毛里斯·伍一步步钻入一个洞穴，穿行在"没膝深的"蝙蝠粪便中(DeLillo，1989c：382)。在小说中，"1 号"也代表"撒尿"或"尿"(DeLillo，1989c：24)。这就讽刺了"1 号"科学家们宁肯待在排泄物中，也不愿意走出自己建造的符号或者逻辑，或者科技洞穴(O'Hara，2000：38)。小说最后，索夫特利也挖洞钻了进去，这就应了恩道尔的话："在洞里见！还有，记住，一旦越过一个点，就不可能停止往下挖了，然后人就进入自由落体状态。"(DeLillo，1989c：196)

小说《绝对零度》对《拉特纳之星》中超真实洞穴的描述和剖析更推进了一步。超真实洞穴寓言呈现出"绝对零度"阴森可怕的寓意。在中亚某国偏远的荒漠中进行人体冷冻业务的"汇聚"公司，如同《拉特纳之星》中的"1 号"，也是一个巨大的地下洞窟，各个领域的高精尖知识人才在此进行后现代的柏拉图洞穴建构。从很多方面讲，《绝对零度》是《拉特纳之星》中那些重要主题的延续和推进。因此两部小说之间有很多类似和平行的地方。《绝对零度》中主人公杰夫和《拉特纳之星》中的比利一样，被动地进行一次别人安排好的旅行。大部分情况下，杰夫被蒙在鼓里，就像被绑架般从波士顿经过无数次转机，最后来到中亚某国的茫茫沙漠中。结束了"马拉松式的行程后"，杰夫站到了"满眼是盐碱和石头的戈壁，空旷的地面上只有一些低矮的像是连在一起的建筑，在被阳光灼成白色的荒漠中，几乎难以分辨。除了这些建筑，旷野中一无所有，我也不知东西南北。我对此行目的一无所知。我唯一知道的，是旅途有多漫长"(DeLillo，2016：4)。这里暗喻的仍是鲍德里亚那著名的"真实的荒漠"。

这些建筑也和比利看到的"1 号"外观具有同样的超真实性质。"从我的角度看，很难说清楚到底有几座建筑。两个，四个，七个，九个。或者根本就是一个，其他都是它的附属物，围绕它向周围蔓延开去。我想象着它是一个将在未来被发现的城镇，自足自闭，保存完好，没有名称……这是一些隐秘的建筑，森然让人心生旷野恐惧症的感觉。装着暗窗，逃避人的视觉。"(DeLillo，2016：4-5)和比利一样，杰夫同样来到一个荒野中的秘密场地，然后进入地下的巨大洞窟。杰夫眼中的"汇聚"也同样令人难以琢磨，无论是建筑外观还是内部。

杰夫进入这个建筑才发现它的主体是在地下，一个巨大的洞穴，后来杰夫称之为"地下墓穴"。在里面，杰夫像比利一样感到正常感知能力和感知参照体系的消失，不禁"怀疑这是不是由色、形和本地材料构成的幻象艺术，在艺术幻象的氤氲环绕中，那些科学家、顾问、技师和医药团队人员在硬接线先锋技术方面的攻坚任务"（DeLillo，2016：23）。杰夫的怀疑是对的，在汇聚，科学家们利用科技、艺术、宗教等各种高精尖手段来建筑一个超真实洞穴。在众多与《拉特纳之星》平行和类似的点中，需要注意的是，汇聚以及它经营的人体冷冻项目"绝对零度"（这也是小说的标题）也是一种以冷冰冰干巴巴的"数学意义"（DeLillo，2016：9）和逻辑建构、支撑的超真实。

与《绝对零度》人体冷冻项目类似的某些主题，已经在《拉特纳之星》中萌芽。拉特纳僵而不死，他浑身接满了"监视仪表和各种测量仪、管子和开关"（DeLillo，1989c：213 - 214），在高科技的透明罩子中继续存活。到了《绝对零度》中，生和死已经完全被资本家和科学家们所把握，他们创造了超越了生和死（人的最基本定义）的超真实。在拉特纳的高科技生化膜上，贴满了各种赞助商的铭牌——"企业名、品牌名、企业口号和标志"（DeLillo，1989c：214）。汇聚则是全球跨国资本和其他领域主要投资人们的高级复生会馆。

《绝对零度》描述了一个阴险冷酷的地下世界超真实——全球金钱科技与特权打造的用以低温冷冻权势者身体的地下冰窟。正如其名称所示，"汇聚"公司汇聚了来自全世界的投资者和各种学科的顶尖人才，也汇聚了来自全球的巨额资金以及黑白两道的资源。这些资金使得全球科学、人文、宗教等各个领域的精英知识人物像"1号"中的那些诺奖得主们一样，心无旁骛地在这个巨大的地下坟墓中进行对生和死的拟象以及对超真实的建构。他们把柏拉图洞穴寓言中那映在墙壁的"真实"推入了极致。但他们"洞穴"的欺骗和操纵手段也仍保留着原始的原理，让读者可以很容易找到两者之间的联系。最明显的，是设在大厅和廊道中巨大的电影屏幕，连续不断播放着汇聚和绝对零度项目的宣传片。有时杰夫会感到他被屏幕的图像所包围和淹没，像"一个茫然不知自己已经迷了路的游客，一个要从录像播放屏幕中抽身退出"的人（DeLillo，2016：62）。

在另一场景中，杰夫被安排观看汇聚高层首脑在这个地下巨窟里一个"洞中之洞"中的会议。他被领到一个石头房间，站在一扇门后透过门上的槽孔向里观望。尽管杰夫没有像柏拉图洞穴寓言中的囚犯那样被枷锁固定，只能眼看前面的洞壁，但在这个超真实洞穴中，杰夫也没有任何可以向别处观望的选择，阴冷黑暗的幽闭深洞中，他戴着电子追踪手表，只能从这个槽孔中向里看。

在这偌大的地下洞穴中的小石室,汇聚着首脑人物和科学家策划实施他们的地下超真实计划,通过"绝对零度"人体冷冻项目在汇聚公司建立一个独立于地球环境和历史的、"自我实现的高级模式"(DeLillo,2016：238)。出席会议的是汇聚的全球投资者和首席科学家们——汇聚的总设计者和"大脑中枢"(DeLillo,2016：64)。其中一个"平稳的、电子模拟般的、没有性别特征的英音"说出他们超真实的理念:"这是未来。这是远方。这是一个地下的维度。"(DeLillo,2016：64)这个话音本身就是拟象产物,此处表现的是拟象投射地下拟象维度——穴居人口中的"高级模式"。

这个高级模式的一部分,是死亡和所谓复生的拟象。利用包括电脑模拟、"玻璃晶体化、冷冻保存、纳米技术"等最前沿和昂贵的技术冷冻那些富豪的身体。有时,在客户们的要求下,也可以对尚在世的人实施安乐死然后再进入这个程序。所谓"高级模式",就是在不确定多久的将来利用未来技术激活这些冷冻人体,然后他们在地下建构一个"彻底跳出历史叙述"的另一真实(DeLillo,2016：237)。如汇聚一位首席科学家本-埃兹拉(Ben-Ezra)解释的:"在这里我们逆转文本。我们倒读新闻。由死到生。我们的机能装置进入人体,变成人体中的翻新器官,铺设我们重生所需之路。……我们把自己视为穿越向另一种理性的人。这个地点本身——这个建筑本身,加上科学,这些就扭转了历史中的种种信念。"(DeLillo,2016：128)

如同《拉特纳之星》中的科学家们宁可封闭自己的感官,钻入地下深洞,也不愿接受人类自己发出的信号,《绝对零度》中的知识人物一意孤行要在他们的洞穴中脱离地球和历史。本-埃兹拉强调,"我们这里的人不属于任何其他地方。我们脱离了历史。……那些最终从冷冻舱中出来的人将成为非历史的人。"(DeLillo,2016：129－130)《拉特纳之星》中的科学家们沉迷于他们自己的系统和符号,试图靠这些彻底重构他们自己的时空观念;《绝对零度》中的知识人物为了脱离历史,也在发明和使用他们新的语言——"一种与世隔绝者的语言。与任何其他语言都毫无联系。一些人需要教,另一些人——那些已经处于冷冻状态的——语言则被植入其神经系统。"(DeLillo,2016：130)本-埃兹拉进一步解释说,"这个系统将提供新的意义,使人的认识层次达到全新水平。它将会扩展我们的现实,使我们智力可以洞穿到更深远的地方。它将会重造我们,……我们将会以前所未有的方式认识自我,认识我们的血液、大脑和皮肤。我们日常说话时,会接近纯数学的逻辑和美。没有明喻,没有隐喻,没有类比"(DeLillo,2016：130)。

我们无从得知这个高级模式是否能够实现。杰夫只看到一个倾斜的"展室"——存放已被冷冻的人体的冷库。这类似汇聚进行"产品说明"或宣传的"展品",被展示的冷冻人悬浮在透明的冷冻舱中,像是被兽医麻醉了的、处于斜倚状态的大型家畜。在杰夫眼里,他们就像在表演"活人造型(Tableau vivant),只不过这些演员并不是活人,他们的戏服也是超级隔温的塑料试管"(DeLillo,2016:140)。这就是汇聚的知识人物和科学家进行后现代超真实洞穴表演的最新手法:把人变成系统语言输入和控制的按照数学逻辑活动的"活人造型"表演。如《拉特纳之星》中的科学家们,数学(鲍德里亚笔下的0和1的二元系统)变成了《绝对零度》中科学家们的启蒙辩证法新魔咒。如同企业赞助建造的膜中的拉特纳,《绝对零度》中的知识人物们在金钱建构的汇聚中把自己密封在超真实洞穴中。"对于那些理解与世隔绝的意义的人而言,与世隔绝不是坏处。"(DeLillo,2016:125)这正是两部小说中知识人物的共同特征:挖掘和建构超真实洞穴,并深居其中;有时候宁肯吃虫子和植物,也不愿再接触洞外真实的阳光。如果说这些荒野中地下超真实洞穴建造者们的"作品"离日常生活还比较远,德里罗还塑造了另外一些特殊的知识人物,他们的超真实建构则对社会的影响更加密切和普遍。这就是一群超真实理论家——大学教授们。

6.2.2　超真实理论家

德里罗理念小说的一个重要特征就体现在其对人物的塑造上,尤其是对知识人物谱的塑造。德里罗小说有一定的后现代文学特征,这种"理念小说"的说法,即反映后现代小说的某种"自涉性"。德里罗作品中的自涉性表现为在某种程度上对某些后现代现象的自嘲,但态度和动机显得比较含混和模糊。所以,有评论者对德里罗作品的批判立场是存在争议的(Knight,2008:36-39)。如果从本书所分析的超真实角度来看,这种争议本身就涉及德里罗探讨的问题——超真实中所谓批判立场和批判力量在内爆下很难存在。从他对于下面这些大学知识人物的刻画,就可以更为清楚地看到这一点。

如上节分析的超真实洞穴中的知识人物,他们是不可能批判他们自己所建造的超真实的。如果这个批判如《拉特纳之星》中从外太空反射回的信号一样强加给他们,他们的反应是钻洞坠入地下。超真实洞穴强调的是对技术理性的批判,涉及的重点人群是科学家。德里罗的小说显示,这个超真实洞穴并不仅仅涵盖科学技术界。人文学科的知识人物也同样是后现代超真实的同谋者。下面我们将分析其中的一些大学教师角色,他们的研究领域不同于上节论述的科学家,但同样是"理解与世隔绝意义的人"和理论家。他们推出种种新颖玄妙的理论,解构着传统的真实范式,仅仅是为了获取象征资本。他们所谓的批判,只是加重、扩大和复杂化了拟象与超真实。在德里罗长篇处女作《美国志》中就出现了这样一位大学教授,即戴维所上莱顿·盖奇学院的禅宗教授吴浩司(Hiroshi Oh)①。吴浩司教授是"与世隔绝"的人,脸上永远带着"一种东方人的厌倦的微笑,厌倦了现实,凝固在内陆生活的死水般的静止中,对西方工业文明漠然不睬"(DeLillo,1989a:174)。

吴浩司教授厌倦了现实和西方工业文明,他的课显然意在颠覆这两样东西。但问题是,他的颠覆手段是把课堂变成一个小小的超真实世界。班上学生们"要么须彻底沉睡,要么须完全清醒。我们都选择熟睡,但却总好像难以进入那种境界"(DeLillo,1989a:174)。在学期末的最后一次课上,吴浩司把全班原来 30 人中仅剩的 4 名学生领到一个僻静的小树林,学生们躺下睡觉,他开始滔滔不绝地讲授"空"的玄奥哲理:"思想是一个空箱中的空箱。……空就是满。变成禅书,变成竹子。……注意悖论:空箱中的空箱。他继续探讨更多悖论……吴的惯用教学法是,先阐发某个深奥的禅义,精心组织证据证明它是无可辩驳的真理,然后紧接着又提出一个与它截然相反的理论,而后者同样也是无可辩驳的真理。"(DeLillo,1989a:176)

吴浩司的理论是非常后现代的,颇像某些解构理论,也似乎与西方资本主义文明,尤其是后现代工业文明唱反调,但这是一种基于"空"的,解构一切真理的理论。班上学生们选择睡觉,恰恰是对这种基于"空"的解构手段的正确理解和把握。这些进入 20 岁年龄段的学生们开始进入幻灭阶段。他们明白所谓战无不胜乃是神话,"我们想带着自己所剩无几的勇气和希望,躲进我们的梦中。美高不可攀,西方的真实已经跟着疯马酋长死去。充满小小失败的人生路漫漫在前。我们知道这个,我们知道睡眠是人生中唯一值得苦干的事情,它不会让我们的可能性枯竭"(DeLillo,1989a:175)。

在睡觉中学习,正符合吴浩司教授课堂的"智慧"和"策略"。在最后一次课上,当戴维试图保持清醒时,"吴看着我,做手势示意我躺下。他的眼神似在絮絮轻嘱:躺下,我的孩子,这是你最后的良机,明天公司就会来征募你们,你将永远无法靠近此时此刻,这个把握清醒之沉睡的良机。"(DeLillo,1989a:177)吴浩司的智慧和理论是空的,不再与任何传统的真理有任何瓜葛,所以,它们是在人睡眠之中才能学到的东西。而他对资本的抵抗策略也是让

① Hiroshi Oh 这个人名本身就是一个后现代"多元主义"或者杂凑(pastiche)的例子,Hiroshi(浩司)是日本人名,Oh(吴)则是韩语发音的"吴"姓。

学生进入"空"——睡觉。至于他那高深的"变成禅书,变成竹子"的智慧,如何对抗资本、公司甚至是美国公司、国家,这些如"一个空箱中的空箱"的思想,全是空洞的能指,超真实的符号,与学生们面对的真实世界与问题毫不相干。

第二位类似的教授人物出现在《大琼斯街》中,是一群不请自来参加巴基生日聚会的嬉皮士和瘾君子们中的一个。他自称是"奥斯蒙学院隐史研究专家茅豪斯教席教授",但实际上却未拥有茅豪斯教席,而拥有豪斯曼教席(DeLillo,1989b:75)。这里影射的也是一种能指和所指的分离或解构"套路",这些时髦理论在大学里大行其道。奥斯蒙学院隐史研究专家茅豪斯教席职位上的教授们的专攻领域是"几乎发生的事件。有些一定发生过了,但却没有被看到,没有被记录……有些或许发生了,但是肯定没有被载入历史"(DeLillo,1989b:75)。

这个学科的专家们认为,没有记录下的真实事件经常比被记录下的事件(真实发生的或没有发生的)更为重要,"历史不是一清二白的。在有些情况下,事件发生的比我们设想得少,在另一些情况下我们仅仅怀疑事件发生得更少"(DeLillo,1989b:76)。至于隐史研究的宗旨,不是让人们在众多历史事件中弄清自己的位置和立场,而是"使我们如何从这些事件中脱身"(DeLillo,1989b:76)。这与《绝对零度》中超真实洞穴人超越历史进入超真实是同样的逻辑。

茅豪斯教席教授自己正在进行的一个研究课题是,宗教改革从来没有发生过,而反宗教改革是对从未发生过的运动的反拨。他另外研究的项目还包括"尼罗河曾一度流入亚马孙河。我们有沉积物来证明"(DeLillo,1989b:76)。这些听起来都非常接近某些新历史主义观点,是小说创作时期(20 世纪 70 年代初期)西方社会学院和学界非常时髦的后现代新学。如吴浩司把所有的真理都相对化,把一切都变成"空",这位茅豪斯教席教授是在颠覆和否定整个历史(或许其目的在于"超越"这个历史)。不可否认,传统的真实认知方式在很多方面需要解构和重建,但是我们看到,德里罗笔下这些人物们的目的根本不在于建构真实,他们实际完成的是编织超真实。

在《大琼斯街》中,不拥有茅豪斯教席的茅豪斯教席教授甚至并没有一个名字,但这位身穿灯芯绒衣服、抽着烟斗的教授形象后来再次出现,成为《白噪音》中山上学院大众文化系的讲师默里·杰伊·西斯金德(Morrie Jay Siskind)。"默里几乎全身衣服都是灯芯绒的。这种打扮有某种动人的东西。我有一种感觉:自从他 11 岁以来,就在一片拥挤的钢筋混凝土建筑中,一直把这种厚实的衣料与某个遥不可及、树荫蔽日之所的深奥学问联系在一起。"(德里罗,2013e：11)。确实,如同上面提到的教授们一样,默里似乎无所不知,其深奥学问又常令人莫名其妙,瞠目结舌。默里对大众文化研究的专注几乎是令人敬佩的。在独居的房间里,他日夜盯着电视,收集记录他眼中的信号和辐射。他甚至到杰克家里去研究孩子们接受信号辐射的反应。但他只是为了研究而研究,他研究大众文化,宣讲大众文化,并不对其进行任何批判和质疑。如果他研究的是媒体拟象和对超真实的建构,他的研究恰恰是如何去迎合与进一步加入这个建构,并从中获取象征资本。

前面分析过,他在向杰克介绍"美洲照相之最的农舍"时坦言,他们"参观"农场,只是"来保持这种形象",与其他任何游客一样,来强化拟象的气氛。他承认"我们不能跳出这个氛围。我们是它的一部分。我们身处此时此地"(德里罗,2013e：13)。但是"他似乎对此感到极其高兴"(德里罗,2013e：13)。这个人物是典型的"理念式人物",拟象理论和他的人格已经融为一体。像《拉特纳之星》中的超真实洞穴人一样,他让拟象"独立于自己的感官"甚至人性。毒雾事件发生后,杰克在逃难途中吸入了致命毒气,怀着恐惧绝望急需向人倾诉。正巧他遇到了默里,可后者对当时整场灾难并不关心,反倒跟一群妓女讨价还价。杰克的痛苦恐惧也不能打动默里,后者还是习惯性地对任何事情进行玄想和申论。

在杰克想获得默里同情和安慰的时候,默里更为重要的思考对象是妓女那"裤裆啪的一拉就开"的服饰,他由此生出一些玄思："你觉得她这话是什么意思? 不过我有一点儿担忧所有这些属于生活方式的疾病会暴发。我总是随身带着一种有支撑肋的加强型安全套。它的一个尺码适用所有人,但是,我有一种感觉,面对聪明的适应性强的现代病毒,它已经没有多大保护作用了。"(德里罗,2013e：164)。当杰克好不容易把话题扯到自己的致命问题上来,默里又是长篇大论：

> 这就是现代死亡的特征。它有独立于我们的生存方式。我们客观地研究它。我们可以预见它的形状,追踪它在体内的活动路径。我们拍摄它的剖面图,录制它的振动和波的频率。我们离它从未像现在这样近,从未这样熟悉它的习性和姿态,我们了解它的内部状况。但是它不断发育,获得空间和规模、新的出口、新的途径和手段。我们知道得越来越多,它也发育成长得越来越壮大。这是不是物理学的某种法则? 知识和技术的每一个进步,都会有一个新种类、新系统的死亡与之相匹配。死亡就像病毒那样会适应。这是不是一条自然法则? 或者是我个人的迷信? 我意识

到死人离我们更近了。我意识到我们与死人生活在同一空间中。想一想老子的话:"以死生为一条,以可不可为一贯"。(德里罗,2013e:164 - 165)

在这一番番大理论的阐发间隙,默里还精明从容地和妓女们继续纠缠,最后以一个他认为合理的价格,与她们一道扬长而去。这里德里罗刻画的是典型的拟象理念人物——拟象、拟象理念、"拟象知识"合一的知识人物。默里没有生活在后现代超真实洞穴中,但是他以自己的研究和工作建构巩固超真实,他做的就是"保持拟象形象","强化拟象气氛","积累拟象无名能量",他已经认定"我们不能跳出这个氛围。我们是它的一部分。"

默里当然无法对氛围进行任何批判,这种氛围才是他的安身立命、获取象征资本的地方。他身上体现的知识人物与超真实的共生状况是很有典型意义的。默里代表着一大批学院知识人物,首先是他所在的山上学院(正式名称叫作美国环境系)的"大众文化系"的教师们,这些人"无一例外都是从纽约来的外国流亡者,个个神气活现,像一群暴徒,疯了似的迷恋电影的琐屑小事。……创造出一套规范——一种泡泡糖纸和洗衣粉广告的亚里士多德学说。"(德里罗,2013e:9)其系主任斯汤帕纳托(Stenpanato)的中名甚至叫"快餐食品"(Fastfood)。他们和默里做着同样的"研究",只不过默里自认为做得比其他人都好:"我懂得音乐,懂得电影,我甚至明白漫画书可以告诉我们些什么。可是,这儿有些正教授却只阅读早餐食品盒子上的说明文字。"(德里罗,2013e:10)大众文化系教师们把他们的工作定义为"译介文化的自然语言"(德里罗,2013e:9),即把大众消费文化当作封闭、永恒、独立、自指的系统来接受、研究和推销,拒绝用任何伦理道德原则去干预和批判。正如默里对杰克说的:"我是在阐释理论"(德里罗,2013e:319)。即使是杀人,也不过是"让他替代你,这在理论上名为'交换角色'……我们是在谈论理论……除了理论还有什么别的?"(德里罗,2013e:320 - 321)

在《白噪音》中,默里在大多数情况下都滔滔不绝地向杰克阐释各种理论。但与大众文化系合用一个教学楼的杰克和默里及其大众文化系同事们并没有本质区别。他也在利用类似的手法建构自己的超真实学科。"希特勒研究"在杰克眼中仅仅是后现代学术气氛下一块开发象征资本的处女地。他对其研究内容的态度是——"这不是善与恶的问题"(Cantor,1991:40)。像超真实洞穴人一样,他使得其研究内容和领域完全"独立"于人的感知、判断能力,使希特勒研究"脱离了历史",并成为"非历史的"东西。杰克把人类近代历史上最黑暗、残暴和邪恶的那一段，当作一个"精巧奇妙的小发明物"开发并投入"学术市场上一块尚无人染指的宝地，赚到盆满钵盈……希特勒这样一个恐怖现象……就被剥去了其含义，变为一件商品"（Cantor，1991：44）。价值"三个学分"的"高级纳粹主义"课程，不能使学生理解、拒斥纳粹主义，反而使他们丧失了独立判断能力，从而沦为一种服务于纳粹的"法西斯美学"（Keesey，1993：134）。以至于杰克本人有时对自己课上发出的"噪音"都感到不知所云："这是真的吗？我为什么要说这话？这话什么意思？"（德里罗，2013e：27）

但杰克建立希特勒研究系的手法，就连默里都赞不绝口："这是大师手笔，精明而且漂亮地先发制人。"（德里罗，2013e：12）默里如此拍马屁，目的在于恳请杰克支持他模仿开设埃尔维斯·普雷斯利课程。杰克欣然向默里提供自己的"职务""研究课题""个人的影响和名望"等象征资本，助力后者筹建"埃尔维斯·普雷斯利的研究基地"（德里罗，2013e：71），他们一起成为"文化工业的一部分和教育超级市场的商贩"（Usher，2008：39）。知识和理论都变成学术超级消费品和超级物，变为建构超真实的材料。这些大学校园的知识人物也成为建构、附和、迎合超真实的设计者和建构者。

6.3　坠落艺术家与悬浮美学

总体而言，德里罗笔下的后现代超真实是资本和技术奴役了知识人物的"美丽新世界"。但或许正因如此，才愈加使人感到批判和寻求另类可能性的重要性和迫切性。作为从安·哈钦森到爱默生、从马克·吐温直至品钦等知识分子一以贯之的社会批判传统继承者的德里罗（Lentricchia，1991：6），又是如何在创作中表现这种批判和追寻的呢？这里我们看到的是一种后现代式的"断裂性"继承。正如后现代思想在某种意义上是现代主义批判精神的极端演化形式一样，德里罗小说对于知识者形象的塑造反映了对现代总体性普遍性原则的放弃，试图把他们的批判和追寻剥离出现代宏大叙事，将其推向一种前所未有的极端维度和领域。这也成为德里罗试图寻求处理超真实主题的相应创作策略的进路。

在超真实中，主体性和理念内爆导致一种悖论。如果德里罗笔下的人物都是没有主体性的"理念"，那么塑造这些具有思维能力和习惯的知识人物又有什么意义？超真实决定了主体的建构，那么德里罗小说中的知识人物是不是就陷入这样一个"超真实洞穴"之中了呢？有没有超越的可能性？如果有，在超真实中,超越的目标或者彼岸又是什么呢? 这些悖论,成为对知识人物的考验,而从这个考验中,反映出的是德里罗应对超真实的艺术策略。通过这些悖论以及知识人物在悖论中的挣扎,德里罗试图设想和践行一种直面超真实恐怖霸权的悬浮美学。

6.3.1 知识者的迷失与变异

知识人物对超真实的形成和巩固起着很大的合谋共力作用。无论是在《绝对零度》《拉特纳之星》《白噪音》还是在《绝对零度》中,超真实的建构都离不开巨额的资本,甚至是跨国资本。超真实,如前面提到的(本章后面讲到后现代崇高时也会说明),是晚期资本主义阶段的巨大资本、技术和文化逻辑的产物。在超真实中,洞穴人和大学知识人物们主要进行理论建构;除了他们,在超真实资本主义系统中充当机器工蜂的,是更为巨大的一个知识群体,即前文所提萨义德描述的广大白领知识阶层;或贝尔、布迪厄、古德纳、费瑟斯通(Featherstone)等人所界定的兴起于后工业社会的新型知识人物。

《大都会》可被视为这个知识阶层存在的缩影。主人公跨国金融公司总裁埃里克是巨大电子拟象资本系统下的有机成分,他全身心投入到那个虚拟货币构成的超真实系统和网络(Shonkwiler,2010:262-266),甚至最后彻底融入到自己所参与建构的拟象资本系统,成为"一个数字化尸体,一个圈,一个复制品"。这个生和死都在超真实系统内的人物,就代表这个系统。而那些为他工作的知识人物,都是这个超真实中的"机器人工蜂"。他们的存在状况反映在埃里克如何使用他们的方式中。埃里克在百无聊赖中突发奇想去理发。在乘豪华轿车去理发店的路上,他像使奴唤婢般随心所欲地召手下各种专家到车上商谈公事。第二个上车的是其货币分析师迈克尔·钦(Michael Ching),他拥有数学、经济学双高级学位。埃里克居高临下地训诫迈克尔·钦:"世上只有一件事值得作为专业和知识去从事研究……那就是技术与资本的相互作用。这两者是不可分离的。"(德里罗,2011:20)这话点明了后现代社会中专业、知识、技术、资本和知识人之间的关系。在埃里克眼中,专业是最为重要的,知识是它的同位语;或者说,知识是附属于专业的次要范畴。而这个"专业"的宗旨就是弄清技术和资本的关系。

至于技术和资本关系是什么样的(或是怎样"相互作用"的),都清楚地表现在埃里克这位金融大鳄和他手下各种技术专家(包括钦本人)之间的关系(或"相互作用")中。坐在装配有各种安保设施、电子仪器和奢侈设备的轿车上,他颐指气使地差使各领域精英专家,呼之即来,挥之即去。一个是"他已经三年没有正眼看"过的技术主管希纳(德里罗,2011:10)。另一个是休班期间正在公园跑步锻炼却被埃里克心血来潮一个电话唤来的公司财务主管简·梅尔曼(Jane Mailman)。和她面谈之际,埃里克又召其私人医生上车,肆无忌惮地当着她的面脱衣体检。还有一个是埃里克的理论顾问维娅·金斯基。在走马灯般使唤这些技术专家的间隙,埃里克还顺便下车到女艺术家兼艺术经纪人范彻(Fancher)家里。他在范彻身上泄欲后就命令她去替自己买一座教堂——只为得到它墙上挂的一幅名画。另外,他还与偶然遇上的新婚妻子进餐,欢好。她是个诗人,来自欧洲老牌金融资本家族,埃里克娶她的真正目的是要吞并其家族银行集团,所以两人结婚即分居。这一切都阐释了跨国资本和商业化对自然和无意识等最后零星残余地带的彻底扫荡,性、艺术、宗教、知识无一不是资本可以任意买卖的物件。

值得注意的是,埃里克本人也是知识新阶级人物,28 岁即处于资本金融界食物链顶层,但实则出身贫寒,靠白手起家实现美国梦。他既是财经专家,又对电子、媒介等科技领域的知识无所不知;作为呼风唤雨的金融巨鳄,他在资本界兴风作浪,对诗歌和艺术也颇具天分。他是葛兰西(2000:1-2)所描述的代表"较高级的社会产物"的企业家,具备"管理和技术(即智识上的)能力",在其专业领域及其他相关经济生产领域发挥支配、领导和组织功能。而他或他所处的企业家圈子中的精英承担着组织整个社会(包括政府机构)的运作的职能和权力,并且不断选择代理人进行"业务之外一般相互关系的组织活动",并在这一过程中选拔和培养更多从事社会基本活动的"有机知识分子",去巩固和发展其所隶属和服务的资本体系(葛兰西,2000:1-2)。

埃里克"美国梦"的体现方式,即奢宅、豪车、名犬、艺术收藏、消费"品位"、社会地位等等,揭示了后现代有机知识分子"自发"服从资本"霸权"(葛兰西,2000:7)的深层逻辑。而在德里罗笔下,资本和消费与媒介技术一起建构了超真实,所谓美国梦已经成为一个巨大的拟象模型。这是自其长篇处女作《美国志》(1971)以来一贯剖析的后现代文化现象。《球门区》主人公大学生加里·哈克尼斯(Gary Harkness)在逻各斯学院(Logos College)的主要使命是在橄榄球队中训练和比赛,为学院赢得名声和赞助。这个学院名字中的"逻各斯"及其代表的学术教育理想和精神被抛到九霄云外。加里只不过是他父亲庸俗商人老哈克尼斯自己未实现的球星"美国梦"借尸还魂的载体。

老哈克尼斯没有成为橄榄球星,却把赛场口号"收腹挺胸,拼命前冲"挂在嘴上,奉为实现美国梦的信条并将其灌输给加里(DeLillo,1972:16-17)。长大后加里发现父亲的这一套竟然是他所看到的所有人甚至所有大学的理念,美国成了一个"活人印刷机",在每个人身上重复印制发财成名的"合一"梦想(DeLillo,1972:18-19)。这个梦想的具体体现就是小说开篇描述的大学橄榄球运动员的成功标准:上电视,开豪车,做广告,创造"商业神话"(DeLillo,1972:3)。这里说明的是,美国梦作为拟象模型,在大学"印刷"和"复制"知识人物,而他们最终会加入超真实体系,为后者服务。在《美国志》中,这样一个美国梦拟象模型被称为"普遍的第三人称"。

> 这个国家有一个普遍的第三人称,我们所有人都想变成的"他"。电视广告发现了这个"他"并打着"他"的招牌向消费者宣扬:各种可能性都对他们敞开了大门。在美国,消费不是购买,而是梦想。广告即喻示:融入单数第三人称的梦想似乎并非那么遥不可及。(DeLillo,1989a:270)

这个拟象模型使人"心甘情愿地改变自己的生活方式……放弃第一人称意识,变为第三人称"(DeLillo,1989a:270)而进入和存在于超真实系统中,这就是拟象的霸权。从《美国志》中对"普遍第三人称"的认同和归一,到《绝对零度》中消除一切地域、意识形态、政治界限对人体低温冷藏技术的全球消费,这一切都表明,资本和消费把一切都"有机融入"自己的超真实系统,包括知识阶层人物。众多领域的知识专家和专业人士成为维护和驱动晚期资本体系的重要力量,即有机知识分子。这些人物在德里罗笔下基本都是《大都市》中体现着资本和技术的关系,被资本呼来喝去的唯唯诺诺的专业人士。按照《大都会》中另一重要人物、技术知识分子希茨的自我称法,他们都是为体系效命的"机器人士兵"(德里罗,2011:178)。

"机器人士兵"形象在德里罗小说中频频出现:《走狗》中的重要人物塞尔维在名义上是国会议员的艺术买办,实际是美国军方腐败分子建立的黑社会性质团体"极端母体"(Radical Matrix)中的差弁,一个自我与肉体分离、没有头脑、没有自我意志的"例行公事人"(Johnson,1985:76-79)。《白噪音》中州级救灾项目"模拟疏散"(SIMUVAC)的专业技术人员以及各种医疗机构中的医师专家们,只关心计算机和仪器屏幕上的数据、曲线和代码,对现实中有血有肉的同胞们的病痛却无动于衷。这些职业专家成为机器语言的翻译者和执行者,就如山上学院大众文化系中的教师成为大众消费"文化的自然语言"的盲目而忠实的"译介"者一样。

综上所述,德里罗笔下后现代超真实中的知识阶层大多受制于资本系统的役使,在作为德里罗小说总背景的后现代社会文化机制"断裂"

（Jameson，1991：1）过程中，这些人选择了效忠服务于在后现代跨国资本秩序——"跨国资本主义""第三机器时代"的秩序（Jameson，1991：35－36），而后被"有机整合"进超真实系统。德里罗笔下的新型技术知识型人物大多都是超真实的产物，也是超真实"机器工蜂"。用鲍德里亚的表述，这些人可被称为"代码"和"程序母体"系统中的克隆复制物（Baudrillard，1993：57－58）。

这种恐怖片似的反乌托邦想象，在美国当代文学中并不少见，甚至成为"当今文学创作与文化研究中的一个影响力巨大的主题"（Shonkwiler，2010：253）。它反映了全球资本权力体系与电子、媒介、虚拟技术及其所形成的超真实秩序的强大，以及人在其中所感觉到的无力无助和忧惧（Shonkwiler，2010：253）——这就是后面将要探讨的后现代崇高的一种体现。但德里罗小说赋予了某些知识人物某种变异的可能性，他笔下出现了从后现代"机器士兵"队伍中叛逆而出的"变异者"，来自专业技术阶层中的思想者（甚至是颠覆破坏者）。德里罗半数长篇小说和一些短篇小说中的主人公都是这种人物：《美国志》中电视网络公司高管戴维·贝尔、《玩家》中的华尔街证券经纪人莱尔·韦纳立、《名字》中风险分析员詹姆斯·埃克斯顿、《地下世界》中跨国公司高管尼克·谢、《坠落的人》中律师基思·诺伊德克尔、《绝对零度》中财务数据分析师杰夫·洛克哈特、短篇小说《第三次世界大战中的人性时刻》（*Human Moments in World War Ⅲ*）中的军事科技天才福尔默等。

他们都是超真实中的知识人，但是却出于种种原因而开始试图抵制甚至破坏超真实秩序。但是他们并没有成为葛兰西构想的新社会力量或阶级的有机组成部分。他们不代表任何群体或某种统一的信念或理想。他们甚至没有新的指称——既没有被称为萨义德所谓的"作为流亡者和边缘人或作为业余者"的知识分子（Said，1996：xvi），也没有被指明为福柯言称的"专门型知识分子"。他们只是变异者，如此而已。他们的变异，某些程度上是与先前讨论的象征交换相联系的。但是，德里罗赋予了这个变异更多的维度和更复杂的意义。

德里罗对知识阶级人物形象的塑造，与福柯、利奥塔等人的设定既有契合性又不完全一致。利奥塔和福柯对后现代知识分子的探讨基于并服务于他们质疑和颠覆现代性的宗旨，在他们看来，"破"的宗旨远比任何其他问题都重要。所以他们只强调后现代特殊型知识分子对总体性的抵制和解构，而对于这些人"专门化"的其他后果则不愿详论。在这个问题上，《知识分子的坟墓》中现出令人不安的端倪。进入专门领域处于特殊职位上的知识者关心的是"和一次操作有关的最佳输入/输出（费用/利润）比例"，信奉"最完全意义上的技术标准"(利奥塔,1997:117)。这分明就是知识分子对技术理性和经济理性的屈从,但利奥塔并无意对此进行太多论述,他甚至认为,后现代教育和知识如果仅仅服务于"能带来更高工资的专业资格"也无可指摘(利奥塔,1997:121)。

在超真实下的技术理性中,德里罗笔下的变异知识者的言行迸发出异质思想的火花。《美国志》中的戴维终于再也无法忍受"录像带"上的毫无意义的生活,舍弃"景观纽约"的纸醉金迷,操起摄像机去西部企图发现和拍摄一个尚容得下"第一人称意识"的美国,尽管他最终发现无论走到哪里,所能发现和拍到的都只不过是一部被媒介投射出的拟象"美国志"。《地下世界》中主人公尼克·谢及其弟、主要人物马特·谢分别是废物处理超级跨国公司高管和美国政府核武器研究专家。尼克对逝水年华的追忆构成小说主要叙事线,小说沿此线在美国大众消费社会近半个世纪的历史中掘出一条时间隧道去探索超级物的地上地下系统。同时,马特也在反思着其参与的秘密武器研究项目"衣囊计划"(这个名称来自在地下挖隧道的衣囊鼠)的含义,即后工业社会科技双刃剑深藏在地下的、那随时可以毁掉人类文明的致命一刃。兄弟二人作为技术知识分子一生都在效力美国军工业联合体系统,却在接近晚年时以自己的切身感悟去透视超真实的死亡毁灭阴暗面。

《绝对零度》主人公杰夫是跨国金融集团总裁亿万富翁罗斯·洛克哈特的独生子。杰夫自青春期就立志"在父亲全球金融事业的对立点上构筑自己的生活"(DeLillo,2016:54)。罗斯在第二任妻子患绝症时计划和她一起加入人体冷冻项目,希望儿子接手公司和财产。杰夫最终拒绝财富,选择去一所大学申请合规道德官(compliance and ethics officer)职位。杰夫作为小说叙述者,始终坚持以边缘人的立场和视角观察一边是天灾人祸,生灵涂炭,另一边却又是科技昌隆,穷奢极欲的消费景观构成的末世万象。这种自我边缘化、特立独行、各自为战的批判方式是德里罗笔下所有变异知识者的宿命。《地下世界》中的艺术家克拉拉、《大琼斯街》中的摇滚乐人巴基、《人体艺术家》书名所指的艺术家哈特克等都以怪异的思想探索行为挑战后现代超真实的技术资本商业逻辑。

德里罗小说中知识阶级众生相映射出的,是对现代性宏大叙事以及与之相关的总体性的解构摒弃。德里罗文本并没有把这些变异者(更不要说广义上的知识阶级)作为一个统一明确的群体来对待。这反映或者呼应的是后现代主义思潮对"普遍化思想""普遍价值的主体"等理念的离弃(利奥塔,1997:116-122)。德里罗笔下的变异知识者所进行的批判和叛离,都不再属于服务传统知识分子在普遍真理和一般价值观旗号下进行的"总体战"。他们的活动都只是在自己职业或者生活的小圈子中进行的独立探索和反思，暗合着福柯（2002：442－445）所谓"特殊型知识分子"进行"局部的和特殊的斗争"的后现代性构想。在德里罗小说中，变异知识者的"批判"都体现为他们在系统中零散微观节点上进行的个体哲思奥德赛或者个人行为艺术，而且都颠覆了对"实效性"或"目的性"的传统期盼。他们不再去做"普遍价值的代表""公正和真理的主宰"（福柯，2002：441），不再"认同一个普遍的主体并承担起人类集体的责任"（利奥塔，1997：118），他们承担的，只是"把智慧与造成'现代性'的被害妄想分别开来的责任。"（利奥塔，1997：122）

　　这就基本解除了变异知识人物们对超真实的总体性抵制或颠覆的可能性。这既是现代性和后现代性之间的断裂造成的困境，也是超真实本身给知识者的智力和思考能力造成的两难。在超真实中思考和抗衡超真实，本身就有些像一种抓着自己的头发将自己提离地面的悖论。于是这些变异的知识人物陷入哈姆雷特般尴尬的两难局面。这些人物被"抛入"后现代"断裂"效应制造出的各种充满张力，不断交汇，甚至冲突激烈的断层带中，探究他们所面临的 to be or not to be（生存还是毁灭）后现代难题。

　　有时变异和撕裂也势必会产生负面效应而开出恶之花——极端主义和恐怖主义。这就是《玩家》中的金尼尔和莱尔、《坠落的人》中的马丁等人物的自毁和毁灭性行为。但总体而言，这一类变异知识人承担着对超真实反思和背离的使命。他们代表了德里罗文本中知识人物的积极精神价值取向，他们是精神、心理、气质发生突变的后现代哈姆雷特，痛苦、煎熬、摇摆、沉思、批判、彷徨。正是因为知识人物在后现代超真实中所起的作用，加上他们近乎诅咒般的沉思习性，德里罗才把他们作为"试纸"或者探头摄像机，把他们置于冲突最为激烈的热点，有时以让他们灭亡为代价，来感知、体验和展现其中的张力和毁灭性力量。这些人物执行这个任务的主要方式，是以其亲身感知和思考来呈现他们自己在超真实体系中遭受的压力、冲击甚至毁灭，其"探索"形式大多都是一个人的思想奥德赛。

6.3.2　坠落与悬浮：从变异知识者到表演艺术家

　　《奥德赛》是一个人因遭到神的诅咒，有家难回，在海上漂泊的故事。当然，作为古代史诗，它的结局是美好的，主人公经过考验，接受惩罚，学得教训，完成一系列洗礼后最终迎来大团圆的结局。后现代超真实中的奥德赛，是一个永远无法到达真实、故土、本源、彼岸的漂泊（所谓能指的永远漂浮状态）。

在德里罗笔下的超真实中,甚至连人漂泊其上的湍急海水都好像凭空汽化,人物陷入一种恩道尔所谓的"自由落体"状态。

内爆的超真实如无边的黑洞,人甚至无法触及实实在在的底部。这就是比利和杰夫坠入地下超真实洞穴的体验:这里根本没有上下左右的参照系。是故,知识人物的下坠,也是一种痛苦的、致命的悬浮,这也从一个方面说明前文所谓知识人物在超真实中的悖论。这种既坠落又悬浮的状态就是知识人物在超真实中的境况:他们变成了后现代超真实中的奥德修斯,真实的伊塞卡岛已经沉没,再无故土家园可返,但他们又不愿意生活在喀耳刻的魔术或塞壬的歌声中,只能在超真实的黑洞中下坠或者漂浮。

坠落悬浮主题和意象,在《拉特纳之星》中已经很明显,尤其体现在比利在"1 号"中的经历。比利看到"实地实验 1 号",对它的第一印象就是它像一个"旋轮线"(cycloid)(DeLillo,1989c:15)。在后来和迪恩的对话中,比利说明了旋轮线的特征——"坠落速度最快的曲线"(DeLillo,1989c:20)。在"1 号"的支撑结构中"嵌着一个巨大字母 V 型的钢制支座,这是整个建筑物的核心构造"(DeLillo,1989c:16)。这个 V 型暗示一个垂直的井洞形状,是向地下急速沉坠的隐喻。比利在"1 号"内一次次见证和体验科学家们的沉沦,他也跟着他们坠入巨窟,甚至坠入比巨窟更深的地方去破译"外星信号"。小说最后,比利的导师和朋友索夫特利在地下疯狂挖洞下钻;在附近的地面上,比利骑着一辆儿童三轮车疾驰在"日全食到达食甚前产生的阴影之间的白光带中"(DeLillo,1989c:438)[①]。比利骑着童车穿越在日食前阴暗和光亮地带之间,象征着他悬浮于可能坠落前的危险状态,他悬浮在地上地下、成年未成年、天真与世故等一系列中间地带。

坠落悬浮的知识人形象的最完整体现是《坠落的人》中的行为艺术家戴维·雅尼阿克。雅尼阿克曾在马萨诸塞州坎布里奇一个高级戏剧培训学院学习表演和编剧。"9·11"事件发生后,他开始不断在纽约市表演高空坠落行为艺术,模仿纽约世界贸易中心双子塔楼被袭时那些从楼上坠下的人,用自己的演绎呈现那场悲剧。他进行坠落表演时,除了一条安全背带,不使用任何其他缓冲防护和安全设备。雅尼阿克表演前并不做任何通知和宣传,而是随机的,在多数情况下甚至违规从某个建筑上纵身跳下,然后悬浮在空中:"穿着西装。一条腿弯曲,两臂放在身体两侧。一根保险绳隐约可见,从打直的那条腿的裤

---

① 这个骑三轮车的孩子的意象将在《白噪音》结尾处重现,杰克 3 岁的小儿子怀尔德骑着三轮车顺着斜坡急速穿过下面高速公路上的车流,最后跌入公路下的水坑中。

子里露出来。……总是脑袋朝地，悬吊在建筑物上。他想让人们回想起世贸双子塔楼陷入火海时人们摔下去或被迫跳下去的可怕情景。"（德里罗，2010：34）

雅尼阿克尽管代表着小说标题《坠落的人》中多层含义中的一个，他却并非书中主要人物。他的出场，只是在一次表演中被小说主人公基思的妻子丽昂目击的一个插曲。雅尼阿克在表演中受伤并死于相关并发症。丽昂偶尔在报纸上读到简短的讣告，雅尼阿克才又得到大家的关注，关于这个被称为"坠落的人"的行为艺术家的更多细节，在丽昂上网搜索的过程中被展现出来。无论从哪个方面讲，他都是一个没有"位置"的悬浮的人。只是当他坠入到空中并悬浮在那里时，他才暂时为人所注意。雅尼阿克的表演也充满了争议，多次被捕并被起诉，甚至被纽约市长指责为"傻瓜"（德里罗，2010：243）。他也有意拒绝相关组织、机构和学会等对他发出的邀请，谢绝他们为自己安排表演。无论在表演还是在生活中，他都是一个没有固定安身之处的悬浮者。

另一揭示坠落和悬浮主题的人物是《绝对零度》中的阿提斯。阿提斯是一个艺术家，原文中这个人物的名字就与"艺术家"（artist）一词属形、音相似词。她把自己参加的人体冷冻项目视为"一种大地艺术，陆地艺术。建立在陆地之上，也陷入陆地之中"，当然这个艺术是一个"处于加工过程的作品，土地作品"（DeLillo，2016：10）。阿提斯钻进"汇聚"那个巨大地下坟墓的活人造型"戏装"——那个充满冷冻液的坚固透明的试管中。阿提斯艺术行为的意义是明显的，这是从地上到地下，从生命常温到"绝对零度"，从生到死，此生和来生（如果后者真能发生的话），从艺术构思到完成等一系列二元对立之间的坠落和悬浮。

阿提斯的叙述在小说结构中，也是一种"悬浮"状态。《绝对零度》小说分上下两卷，每卷 10 章，是主人公杰夫的叙述。两卷中间，夹着一个不足 7 页的独立部分，从其标题"阿提斯·马提诺"看，这是阿提斯的叙述。这个第一人称的"我"的叙述，始于一个没有问号的句式"但我是以前的我吗"，也终于此（DeLillo，2016：157 - 162）。但还另有一个全知全能的叙述声音夹杂其间，像是一个画外音在解释和评述"我"的叙述，并且以一句盖棺定论式的斜体印刷的评论结束这一部分："如此等等。紧闭的双眼，冷冻舱中女人的身体。"（DeLillo，2016：162）这一句点评，既提醒读者这个叙述者是漂浮在冷冻舱液体中的阿提斯，也让阿提斯这一部分叙述失去了可信性根基，处在了悬浮和悬疑状态。

德里罗短篇《第三次世界大战中的人性时刻》是坠落悬浮主题的凝缩版本。小说背景是第三次世界大战,具体场景是飘浮在环地球轨道的侦察飞船内,上面只有两个宇航员执行情报搜集和分析工作。其中一个是年轻的科学全才福尔默。地球正坠入人间地狱,人类命运悬浮在未知之中。福尔默的侦察飞船也漂浮在茫茫太空,是敌人巨大的活靶子,随时有被击落或被激光武器化为灰烬的危险。小说在多处呈现福尔默飘浮的意象:"在舱里游荡,头部朝下……他有时从他的吊床里浮出来了,睡觉时像个胎儿一样蜷缩成一团,撞到舱壁,抵在舱顶的一个角落。"[①](德里罗,2015:42)福尔默在太空飞船中一方面恪尽职守完成军事监控任务,另一方面又放任自己"逃避责任和公事,逃避自己被过度专业化的命运"的强烈冲动,思考人类命运和宇宙奥秘,陷入"食莲者[②]和吸食大麻毒品者"的迷狂(德里罗,2015:47)。在这种状态下,他便集"科学家、诗人、原始预言家、观望火与流星的人"角色于一身(德里罗,2015:47)。

通过雅尼阿克、阿提斯和福尔默这些形象,德里罗把变异的知识人物和艺术家的身份、地位、思考融合为一体,铺就一条达到他对超真实的批判与他的创作美学策略的探索之路:基于后现代崇高美学理念的悬浮美学。

6.3.3 坠落悬浮的崇高艺术

福尔默飘浮于太空中,是"天地不仁,以万物为刍狗"的浩瀚宇宙中一个微小到不能再微小的浮尘。透过观察窗,人类家园那个与人的体积相对无比巨大的地球,却显得如此渺小。在人挑起的战火中,地球就像一个烈焰包围的破烂玩具球,如此无用和无助。人类所谓伟大的科技,伟大到一夜间把自己千万年积累的文明化为灰烬……所有这一切,都在震撼,挑战和折磨着福尔默的思维和表述能力。面对如此远远超越人类智力和智慧的对象,福尔默不再试图去用语言来表述,而是进入到崇高的美学经验中——人面临无穷大、无比重大、令人震惊畏惧和崇拜的事物时,所体验到的那种近乎癫狂的经验。

这把福尔默从科学家和后现代的一个知识人物,变成了诗人、原始预言家、观望火与流星的古代巫师或祭司。作为科学家无法参透的巨大神秘,使得他进入一种食莲者和瘾君子的极乐与迷狂状态,这位天才科学家通过自己的

---

① 引自德里罗《天使埃斯梅拉达:九个故事》,陈俊松译,南京:译林出版社,2015。引文有时根据原文"Human Moments in World War Ⅲ"改动。

② Lotus-eater,指在古希腊神话中奥德修斯在北非发现的人群,以懒散、倦怠、安逸、忘却和不思不虑为生活信条。

迷狂传递了一种"原始预言"——类似特尔斐（Delphi）太阳神庙祭司皮提亚（Pythia）迷幻状态中传达的神谕——神圣、神秘、令人敬畏，但无法用日常语言明言，更令人难以理解。这里，德里罗就把下列难解的问题拖入到了崇高美学的范畴来应对：人如何面对超真实？如何表述它？如何应对它？如何在超真实的巨大悖论和两难中，继续人的探索和行动？

这种崇高美学在德里罗小说中，多有展现，尤其是与坠落与悬浮联系在一起。《拉特纳之星》中比利在正在日食投射在地面的光明与阴暗的交汇地带骑着三轮车。"发出像大笑一样的噪音，这发自他喉嗓间的声波，好似在表达某种令人痴醉的感情。他的叫喊声时而在喘息中被哽噎住，但复又从寂静中响起，像是不由自主的尖叫。尘粒在他周围的空气中来回震荡，从他的存在中反弹出去。"（DeLillo，1989c：438）

评论界对于德里罗小说中后现代崇高景象讨论较多的是《白噪音》中"后现代的日落"（德里罗，2013e：246）。这既是大自然的奇观，也是超真实的人造景观。"自从空中毒雾事件发生之后，日落就漂亮得让人几乎消受不起。……那轮原本已经灿烂辉煌的落日，一跃成为赭色的、宽广的、高耸云霄和如同梦幻的空中景致，透露着恐怖。……看看这片瑰丽无比的天空，这样漂亮又这样滑稽。日落的过程以前只有五分钟，现在要一个小时"（德里罗，2013e：185）。人类的超级技术和超级物，显然改变了时空，"有一种观点说，造成这样日落的并非烟雾里的残留物，而是来自吞食烟雾的微生物的残余。"（德里罗，2013e：246）无论是光芒万丈的太阳，还是罪孽深重的毒雾后果，现在都融为一体在同等水平上挑战人的智力和言说能力。正如山上学院里科学家和研究员温妮·理查兹（Winne Richards）说的："你能思考什么呢？我感到惊慌。"（德里罗，2013e：246）

《白噪音》结尾前最为绚烂的一幕还是这个后现代落日景象。"天空具有了内容、情感，呈现出一片情绪高昂地诉说的生气。"（德里罗，2013e：356）但是那落日和天空要诉说的是什么，无人可知，来到高架立交桥上观看日出的人甚至无法知道如何去应对。"有些人看到这样的日落吓呆了，有些人就决计要兴奋一下，但是我们大多数人不知道怎样去感受，准备取两种态度中的随便一种。"（德里罗，2013e：356）这里也暗含着坠落与悬浮的重要意象。一方面，立交桥象征了天空和地面之间的悬浮状态，更重要的是杰克正悬浮在死和活两种状态之间——查克拉伐蒂大夫也已把他当作一个"死亡进展……的有趣的病例"（德里罗，2013e：357）。他就是在这个状态下，去体验后现代死亡毒雾渲染过的恢宏壮丽的日落景观。而这个日落，把所有人都置于一种更加令人惶恐和不解的"悬浮状态"——如同比利经历的日全食前的阴暗和光明的交替，它会导致黑暗和死亡，还是通向明天和新生？

《绝对零度》也在崇高的日落景象和悬浮意象中收尾。与阿提斯的悬浮和坠落平行的，还有主人公杰夫的坠落与悬浮。杰夫被被动安排进入汇聚，一直像是坠落与飘荡于冥界。他初到汇聚时的感觉是"如坠雾中"（DeLillo，2016：8）。最后他把这次旅行称为"一个孩子在虚无中的历险"（DeLillo，2016：235）。从汇聚回到美国的杰夫，发现一切他所依赖的真实基础都在脚下一片片瓦解。他的情人无端弃他而去，收养的孩子无故失踪，有可能丧生于恐怖主义战火中。杰夫常常漫无目的地飘零于对他而言已经毫无任何寄托和依靠的纽约。小说结尾，当他乘坐公交车再次游荡在这个大都会中时，无意间经历了那无比壮观的曼哈顿悬日（Manhattanhenge）。最先发现并作出反应让杰夫注意到这个崇高景象的，是车内一个像《白噪音》中那个不会说话的怀尔德一样的孩子。这个儿童乘客在突然映入眼帘的夕阳前如痴如狂。巨大的太阳"神差鬼使般不偏不倚地悬浮在一排排摩天高楼空隙的正中间……这是什么样的奇观啊！在这个拥挤混杂的都市中，那种力量，那恢宏的红色的球体。"（DeLillo，2016：273）。孩子在这景象前战栗不已，"发出无法自禁的狂喜的呜呜声，这是前语言的呀呀之语……在这种敬畏下发出的呼号却胜过任何语言。"（DeLillo，2016：274）

可以看到，这里的崇高美学理念，已经和康德对崇高的定义有了一定的差距。这是后现代的日落，后现代的崇高。"崇高审美的对象早已从启蒙时代以及浪漫时代的大自然转向了人造的环境……巨大的人造物以及它们的表征让人类体会到造物的尺度可以媲美大自然，到处充斥着'湮没我们的感知或想象力的直接而无从逃避的意象'……与此同时，理性带动技术崇高正在改造着我们的自身以及我们的世界，逼迫着我们重新思考什么是人类，什么是真实。……虚拟现实技术改变着我们体验现实的方式，甚至创造出了新的现实。"（陈榕，2016：108）

上面所引述的德里罗作品中崇高场景，都意在"逼迫着我们重新思考什么是人类，什么是真实。……虚拟现实技术改变着我们体验现实的方式，甚至创造出了新的现实"。这些崇高场景都是人造的，经过技术污染的。这里体现得更多的是杰姆逊的后现代技术崇高观念。"杰姆逊提出了技术崇高的概念，用来代替传统美学中的崇高观。传统的崇高观颂扬的是大自然的宏伟壮丽和震撼力。但是，当代世界以自然为主的环境逐渐被以技术为主的环境所代替，传统的崇高观难以再现出技术环境令人敬畏的特征。"（凯尔纳，2003：163）杰姆逊所谓的后现代崇高感,主要来源于人在跨国资本和媒体网络中感觉到的思维的力有不逮,无可作为(詹明信,1997：497)。杰姆逊把崇高彻底放在后现代文化框架中审视,用它来比喻晚期资本主义文化逻辑那异常强大无所不在的黑暗邪恶力量。

其他学者也沿着这样一个思路从崇高角度批判后现代拟象和超真实。如享科威勒(Shonkwiler)探讨的金融崇高,即资本所蕴藏的全系列技术的、政治的神秘化手段。它们掩饰了货币的真实功能和全球资本主义日益增强的非现实性(unreality of global capitalism),使人难以或者无法分辨两者间的差异。金融崇高也是拟象过程,资本愈来愈超越人对真实的思考和理解能力与表征体系。而且,这个过程还在日益深入和泛滥,形成自主的叙事。这是马克思指出的资本主义经济神秘化过程在拟象秩序中的表现(Shonkwiler,2010：249)。也就是说,资本的神秘化和拟象体系建构着人的观察、思维和话语。那么,人对后现代资本进行批判的基本可能性,即描述和表征,都成了非常困难的事情。

拟象秩序之前,人们还可以用浪漫主义崇高概念的框架来分析现代技术——技术介入自我和客体(感知和想象)之间。当今技术生产本身成为了最典型的崇高情景。电脑、交通、通信系统构成的天罗地网般的网络体系,已然代替了 19 世纪浪漫主义笔下的大自然。康德的崇高对象,即无法言表的无穷大数字和无边的力量,已经被现代技术力量和发展过程代替。所以,就常产生"文学表现失败"的说法。人无法全方位感知作用于并控制着社会的技术发展过程,文学也就无法构建一个客体对象来展现这个绝对力量,这个失败源于远远超越人们思维和理解想象能力的技术组织机构和全球企业体系。比如人们今天面对的数字革命造就的自我叙述,它甚至显示出超越时间(历史终结)、空间(地理终结)和权力(政治终结)的倾向(Shonkwiler,2010：256 - 257)。

享科威勒指出超真实对于文学呈现的挑战：在全球技术资本文化欺骗和幻象产生的异化形式面前,小说的表现技巧远不足以对这些异化形式进行历史的呈现。对于资本的崇高想象无法深入探及其历史和物质关系的核心部位。金融崇高反映的,是资本愈来愈抽象和自律,电子虚拟全球网络日益强大并扩张到人生活的方方面面,它们击败人对真实思考和理解的能力与范式,转而成为建构全球人生命生活的叙事方式。在全球技术资本文化幻想产生的异化形式面前,人的表现技巧远不足以对这些异化形式进行历史的呈现。技术生产本身成为了最典型的崇高审美对象。它织就的全球控制网络已经远远超越人们的认知想象范围,导致文学表现的失败。它所形成的技术崇高等现象,形成了自己的叙述。在这个叙述下,传统的政治、历史、地理等表现对象统统终结(Shonkwiler,2010：254 - 257)。

在此境况下,被超真实建构的人如何去反思,反映自己的存在境况？这个悖论恰恰就是德里罗叙述脉络的有机部分：它要影射的问题,正是在应对大一统的单一性世界霸权力量方面表现手段的缺失或者失败(Shonkwiler,2010：254)。德里罗的小说是对事件的记录和消化过程。这个过程才是真正的事件——一种发生在意义和叙述成形之前的脆弱和暂时的悬浮状态。因为事件中那不在场的、难以理解的、无法以凡人之口表述的东西,巨大而神秘,艺术的表现力根本无法应对(Shonkwiler,2010：277 - 278)。这种说法并不孤立。评论家巴莱特(Barrett)也指出,在后现代媒介、技术和晚期资本的作用下,一切都进入拟象和超真实的控制范围。表征危机和语言学转向之下,词语和语言本身也变成拟象的结果。语言无法再表现人生真实经验,文学再也无法去追寻和表征真实和本源的东西。各种叙述都是文本和拟象混合而成的"白噪音",后现代崇高美学经验发生在各种文本和声音混合成的白噪音中,在那概念和表现之间理性无法跨越的鸿沟上。"后现代崇高性无法在单个文本中言明,但可在文本之间的空隙中显示。"(Barrett,2002：111 - 113)

6.3.4　超真实中的悬浮美学

在后现代跨国资本、技术、媒介浸淫等造成的拟象秩序中,表征、呈现和叙述难以应对后现代崇高审美的对象——那巨大黑洞般的单一超真实体系。评论者如享科威勒等人的结论是,德里罗处理这个题材时只能通过暴露叙述的无力来展示后现代崇高审美对象的无比强大和邪恶。巴莱特也认为,所有文本都被拟象控制,在拟象中被消解成一片相互反射、回荡和扰动的白噪音杂音,德里罗只能通过这种强大的白噪音的回声表征本来不可表现的超真实境况——在各种拟象文本的缝隙间寻求一种崇高审美立场。

这些评论都沿袭了利奥塔和杰姆逊对后现代崇高的阐述。利奥塔把后现代崇高定义为"匠心独运地暗喻出可体验而不可呈现的东西。"(Lyotard,1984：81)杰姆逊对于后现代崇高的看法则是：技术、网络和资本以及它们的运作控制方式都是一种间接性的比喻表达法——它们自身无法为人们所直接理解并表现,但是它们以扭曲和间接的形式影射出资本主义的文化逻辑(Shonkwiler,2010：270)。那么艺术也就是再次间接呈现这种间接的比喻表达法要传递的内容,通过对后者的再一次间接映现来反映资本主义晚期逻辑。这显然是传统崇高概念的一种负面或者反向描述。如在圣经中,崇高的一个表现是,凡人的肉体不能承受上帝显现时那根本无法表述的威严和力量①,上帝的伟大和神威无法被相对而言无比卑微弱小的人所看到和描述,故只能通过像摩西等先知见到的火墙来间接呈现这种崇高的神秘和力量。杰姆逊的后现代崇高概念则是在表达:人根本无法直接观察和理解资本主义的巨大邪恶,只能透过"间接性的比喻表达法"这道墙来感知墙后的东西。

享科威勒认为,德里罗的崇高美学就体现于此:他的小说提出"表现之不可能"这个问题,并把它融入创作的题材和体裁。表现之内容与表现手法之间的不可能关系被纳入小说肌理中,在文本的发展中不断被探索和设定。德里罗叙述中揭示的不足甚至失败,不是在简单宣布小说的终结或者"枯竭",而是把小说转变为一个施展政治策略的场地。通过小说形式和表现之间的张力,把小说本身变成一种"事件",并以事件本身的演化来展示小说文本无力呈现的后现代崇高。在这个过程中,小说形式成为在感性层面探索具象化的方式和手段(Shonkwiler,2010:278-280)。

"事件化"和"具象化"手段的一个具体应用,就是在超真实与居于其中知识人物之间的张力下,布设那些坠落和悬浮的人物们的"活人造型",这是反映他们在超真实中无以言传的悖论、疑惑和痛苦的后现代崇高意象。活人造型所呈现的后现代崇高的另一面,是在无比重大、玄奥、阴险的超真实面前,这些知识人物们的存在之轻。在《绝对零度》中,"悬浮"在小说两卷中间题为"阿提斯·马提诺"的一小节就是这样一个"活人造型"表演。它揭示的是存在于超真实中的令人无法参透的恐怖和诡异。

死后经过冷冻技术"加工"的阿提斯悬浮在绝对零度状态的透明舱中,进行其"叙述"。这一小节里第一人称和第三人称两个叙述声音有意制造出令人毛骨悚然的矛盾和困惑。如果读者认可那个全知全能叙述者的结束论断语,那么标题所示的阿提斯·马提诺第一人称叙述的自主独立性与可信性就被解构了。英语原文"冷冻舱中女人的身体"(woman's body)这个词组的"身体"(body)本身就有多种意义。它至少有 3 个意思在该语境中说得通,即"身体""尸体""躯干"。这里阿提斯躯体上的颅腔内并没有大脑:"人的主要器官,包括大脑,都被取出来,分开单独保存在被称为器官囊的恒温容器中"(DeLillo,2016:140-141)那么,这个没有大脑的躯体,又是如何进行叙述的呢? 即使有大脑,在绝对零度中它又能进行什么样的思考? 这就是人在超真实中进行认知、叙述和表征的悖论。

① 在古希腊和罗马神话中类似的表述是,凡人看到宙斯(或朱庇特)的真身,就会被其神光焚为灰烬。

在这场活人造型的表演里,阿提斯的叙述声音无法被判断为可信的或真实的,它就在超真实之中,即在阿提斯的"存在环境"(绝对零度的冷冻舱)中。或许是汇聚的语言输入信号使阿提斯的大脑在思考并练习这种语言。如是这种情况,那么透过这个叙述,人根本无法通过超真实的语言看清超真实本身。这种可能性又导向另外一个诡异恐怖的情景——发出叙述的根本就不是冷冻舱中阿提斯的身体,而只是被冷冻在别处器官囊中的那个大脑。但是文本根本就没有任何地方提到这个器官囊的具体所在。超真实中的一个恐怖景象就是人与其"大脑"和神经系统被"超离"。

最可能为揭开阿提斯叙述谜团提供比较全面和可靠信息的,就是主人公杰夫的叙述。在他看来,参加汇聚人体冷冻项目最终被置于低温保存舱中的人就是死人。如果采用杰夫的观点,那么这里的"身体"就是死尸一具,"阿提斯·马提诺"的叙述完全是鬼话连篇。这就把哥特式小说的恐怖推向绝对零度的极端。前者常描述北极那令一切冷凝的低温、恶劣暴虐的天气、荒无人烟的广袤冰原、肆虐的"乳白天空"(whiteout),在这里这个崇高场景变成了浸泡人的肉体、浸透人的神经的绝对零度的冷冻液——极度严寒的超真实。

在无脑状态或者脑神经被控制的状态下进行思考,这是一种悖论,但又是超真实以及其中存在的写照。这就是后现代崇高的手法——通过无法用理性解释的事件来揭示超真实那不可穿透的黑暗和极寒。德里罗把这个崇高手法用在了绝对零度的悬浮的"活人造型"的演出上。在人的神经活动都被冷凝的绝对零度中,这类似鬼话的叙述,使得该悖论被蒙上一层厚厚的死亡和阴森的坚冰。这也反映了知识人在超真实中的思考模式的实质。人脱离传统的真实的参照系,进入超真实,是一种向绝对零度低温的坠落,也可能是死亡的坠落。在坠落状态中他们的叙述可能极其不可靠甚至荒诞。比利进入"1 号"也同样感受到在超真实中被下迷药并被凝固在泡沫中的感觉。这是永无结束的梦魇,其中的悬浮者大多数情况下甚至不能说话,只能体验,只能忍受痛苦。他们用这种痛苦表现出超真实那绝对零度冰层般的死亡、恐怖和坚不可摧。

语言和叙述的"失败"和被凝固、封闭,使得"悬浮"知识人物采取了极端的坠落和悬浮的行为艺术,以此来间接表演出超真实那难以言传和呈现的阴险和致命性。《坠落的人》中的行为表演艺术家,被视为"冷酷的自我表现者"和"恐怖时代的勇敢记录者"(德里罗,2010:240)。他的行为艺术激发了丽昂看到双子塔中那些坠落的受害者时的反应:"这个画面在她心灵上烧了一个洞,亲爱的上帝,他是一位坠落的天使,他的美丽令人感到恐怖。"(德里罗,2010:240)知识人物通过亲身体验在超真实中跳跃和坠落的冲击,反射出一种崇高美学效应，以痛苦和死亡的表演来践行崇高的悬浮美学。

在一定程度上，德里罗的悬浮美学表现出向伯克崇高概念的回归："任何适于激发痛苦与危险的观念，也就是说，任何令人敬畏的东西，或者涉及令人敬畏的事物，或者以类似恐怖方式起作用的，都是崇高的本源；即它产生于人心能感觉的最有强力的情感。"（伯克，1990：36）对超真实的探索和"叙述"付出的代价，就是这种在坠落和悬浮中的演出，只有以此为代价才能引发"最强烈的情感"。为此，德里罗笔下知识人物的行为表演的代价有时是死亡本身，即令语言都冰冻的更加极度的崇高对象——死亡。"正如痛苦产生的作用比快乐产生的作用强，死亡是一个比痛苦更有影响的概念。很少有这样的痛苦，无论其如何强烈，不会比死亡更可怕。倘若我可以如此说，一般使痛苦本身显得更为痛苦的东西，这可认为是恐怖之王的使者。"（伯克，1990：36 - 37）

超真实是一种"断裂"的结果，如同从地壳的断裂中，致命熔岩和毒气喷薄而出。德里罗就把这些知识人物抛入了这些断裂带，如果其中的恐怖、力量、死亡和痛苦无法言表，那么，他们就被当作坠入或者悬浮在其中的仪表，有时是以自身的熔化和毁灭来展示无法表现的崇高对象的巨大的危险、可怕和残暴。德里罗的悬浮美学所遵循的崇高之路，是把超真实中所有的悖论、断裂和危险完全敞开，而不是试图像康德崇高美学一样，试图在断裂带上进行桥接。

德里罗这种创作美学，或许仍源自西方古老的文学传统，西方基督教传统下的一个文学主题——人所面对的此世与彼世、此生与来生之间的断裂和撕扯。在《圣经》中，从亚当和夏娃被逐出伊甸园那一刻到末世，人无法再逃避的，就是两个"国"之间的鸿沟。圣经一再声称，此世界不是彼世界①。在德里罗小说中，这种悖论成为此真实并非彼真实。正如基督教传统中人所处的肉与灵、尘世与天堂之间的张力，德里罗笔下的知识人物所承担的后现代崇高美学任务，就在于表现加速消失的真实和日益扩张的超真实之间的坠落和悬浮所带来的眩晕、惊恐和痛苦。传统真实中的呈现、意义的锚点已经不在，唯一的呈现是能指的游移，唯一永恒的是永恒的幻变。他们能做的，就是在真实的缥缈余烟和超真实的海市蜃楼中"朝向信仰的一跳"②。圣经中写信的彼得跳下船去，尽管他要沉入水中，毕竟有在水面行走的耶稣伸出援手（《马太福

① "我已将你的道赐给他们。世界又恨他们，因为他们不属世界，正如我不属世界一样。"（《约翰福音》17：14 - 16）"我不求你叫他们离开世界，只求你保守他们脱离那恶者。他们不属世界，正如我不属世界一样。我的国不属这世界。"（《约翰福音》18：36）
② a leap of faith，一般译为"果断的行动，果敢的举动"。

音》14：28－31）。在后现代超真实中，一旦坠落，知识人所能指望的只有自己感受痛苦和崇高的忍耐力和表演本身。

德里罗把他小说世界中的知识人物放在时代断层中最为险恶的地方以及最为致命的冲突和事件中：在"9·11"袭击的烈焰中崩塌的世贸大厦双子塔、辐射性极强的核废料地下处理场、纽约布朗克斯区贫民窟的罪恶的人间地狱、随时可能被摧毁的轨道飞船……他们经历着冷战的阴霾、核战争的恐怖、惊天的阴谋与谋杀、绝对零度的极寒……在年龄上，德里罗笔下的知识人物涵盖从古稀之年的退休专家到十几岁的青少年。他们是在各个年龄段内外交困、彷徨不安的超真实中的哈姆雷特，在让人无法捉摸的真实、无法连接的分裂、无法解决的悖论面前，思忖关于真实和超真实的"存在还是消亡"问题。这种思想的奥德赛成为了知识者在超真实中的信仰。

说到信仰，越来越少有人从宗教信仰角度去理解《圣经》中的上帝。但是德里罗让他笔下的某些知识人物们无法放弃某种世俗的信仰。《圣经》中一再强调，要在上帝面前虔诚，要敬畏他的神秘。在没有了宗教意义上的上帝之后，这种虔诚、神秘和战栗或许更为必要。最起码，应该保持后现代的反向崇高，即对于上帝的谋杀这样恐怖事件的战栗。宣布了上帝之死的尼采惊呼：

> 上帝死了！永远死了！是咱们把他杀死的！我们，最残忍的凶手，如何自慰呢？那个至今拥有整个世界的至圣至强者竟在我们的刀下流血！谁能揩掉我们身上的血迹？用什么水可以清洗我们自身？我们必须发明什么样的赎罪庆典和神圣游戏呢？这伟大的业绩对于我们是否过于伟大？我们自己是否必须变成上帝，以便与这伟大的业绩相称？（尼采，2007：209）

超真实中的崇高美学，就是这样一种对真实失去信仰后，对那可怕的巨大空虚的崇高审美经验。超真实登基了，等待知识人物的可是庆祝？否，知识人物只能在他们杀死神一般巨大的"业绩"中，惊恐万分地体验自己那无与伦比的谋杀行为。这里还可以看出源自圣经传统的另一体现：人失去旧有的环境和存在方式进入一种陌生的新状况前的停顿（或曰困顿）、反思和观察。这也是《圣经》中一个母题：失乐园、诺亚方舟的漂流、出埃及、被掳掠到巴比伦……

德里罗笔下，人们失去真实而进入超真实。正如他的祖先带着知识果的原罪离开乐园走进荒野。圣经中，人在被逐的同时，也得到上帝的许诺。但是进入超真实的人，却没有任何的神恩可以依赖。而从另外一个角度看，这又符合基督教精神中的另一悖论性转折，人必然要在此世立脚并过渡到来世的永生（如果可以的话）。如果进入了超真实，也只能在超真实中参悟存在的意义。这也是德里罗小说中知识本身的使命："我们的骨骼由爆炸的星球穿过太阳系来到地球的物质构成。知识是我们共同的祈祷，我们的吟唱。那里有阴沉的无以名状的东西，显露出神性的巨大。"（德里罗，2013d：105）"无以名状的""神性的""巨大"的对象，既是知识人物要面对的任务，也是他们这个任务本身所具有的崇高特性。

《圣经》中上帝在伊甸园中心种下结禁果的树，也就设计了另一张人的历史的潜在蓝图，这个尘土捏制的凡胎肉体将来要凭借自由意志和不息的生命去探索、试错、成长、反思、进步，要使地球变为整个宇宙中最为特别和富有生机和思想的所在。这也或许是参与制造了超真实的后现代知识人物们的命运。德里罗让他笔下的知识人物再次背负失乐园的罪孽，也带着其潜能坠入超真实。这也是尼采所说的古希腊文明和古希腊悲剧曾面临的悖论。人最好的选择是"根本得不到的，这就是不要降生，不要存在，成为虚无"；而"次好的东西——立刻就死"（尼采，1986：11）也不是什么理想选项。既然如此，那就在最次的选项中进行希腊悲剧式表演，在德里罗笔下，这个悲剧是知识人物的坠落和悬浮的活人造型演出。

这种演出本身就是一种希望的演出，探索超越可能性的演出。在利奥塔眼中，"呈现本身映现不可呈现之物"（puts forward the unpresentable in presentation itself）是后现代崇高的宗旨，即：拒绝任何令人苟且的惯常艺术形式和品味共识，放弃对总体性幻想的怀旧，探求"新的呈现形式，而并不坐享其成，以此来催生更受热切追求，却不可呈现的强烈意识"（Lyotard，1984：71–82）。后现代主义的崇高在于颠覆旧有的语言游戏，激发新的规则出现，并促成一种新的、不同的、非人的经验和思考世界方式的可能性（Malpas，2003：48）。

也正是因此利奥塔扬弃了康德的崇高概念，剔除其"理性主体的元叙述性"，保留其"歧论"性（Differend）、"断裂和自我否定"性（陈榕，2016：103–104）。利奥塔的后现代崇高"运用隐喻、夸张和'他性'来再现那些不可再现的东西，借此来表现现实生活中的复杂和恐怖。传统哲学中，由康德和伯克等人提出的崇高观念反对自然主义的再现方式，主张崇高——例如自然界宏伟壮丽的景象——是无法用任何方式再现的。利奥塔的崇高观念融合了后现代主义的元素，他指出这是当代美学中最重要的概念之一。在他看来，当代世界变得越来越复杂,以往各种观念之间的范畴和界限都变得模糊了,甚至被破坏了。因此,后现代的'崇高'观试图再现那些非常规的不可再现的东西、新生事物和复杂现象,从而把握当代社会生活的新奇性和异质性"(凯尔纳,2003:163)。

反思超真实以及其中的存在,需要的或许正是这种崇高美学,因为超真实已经把人的生存推向一个极点:"意识在积聚。它开始反省自身。……几乎存在着某种我们尚未发现的数学或物理的法则,能证明心智能超越任何向内的方向。这就是欧米伽点。……不是人类心智和灵魂的突变升华,就是这世界发生某种痉挛。我们需要这样的事件发生。我们需要它发生。某种突变。"(德里罗,2013a:77-78)德里罗的悬浮知识人物必须做的,就是面对这样一种悬而未决没有确定答案的状态,并纵身跃入其中来探究某种突变的可能性。

德里罗的创作向来揭示"问题和问题的复杂性和不可解答性"(Ruppersgurg & Engles,2000:5)。这或许也是超真实中知识人物和艺术家要面对的主要挑战。无论知识人还是艺术家,其使命都是在这复杂而无解的虚空中,像《坠落的人》中的行为艺术家一样,孤注一掷地跳下并悬浮其间。超真实的黑洞或许会消解意义和答案,但阻拦不了艺术家的纵身一跳。阿提斯跳入汇聚巨大地下坟墓中的活人造型"戏装"(那个充满冷冻液的坚固透明的试管)中叙述,其"意义"或许会永远被压制在绝对零度的极寒下。但她选择的悬浮表演,最起码在反映超真实绝对零度那样对人肉体甚至思维的冻结和封闭。阿提斯可能永远无法复生,但是绝对零度也使得她的悬浮艺术和美学成为坚冰一样的实在,甚至永恒。

阿提斯的坠落和悬浮,是为了践行她的独特艺术:"一种大地艺术,陆地艺术。建立在陆地之上,也陷入陆地之中。"(DeLillo,2016:10)而杰夫也在一定程度上认同她的观点,并将其描述为"更为纯粹的气韵。这是一种超越,一种平常人无法体验的强烈诗意的承诺"(DeLillo,2016:47-48)。这种承诺是什么,无人可知,或者仍然无法表述。正如在《白噪音》中,那后现代毒气污染篡改伪造过的超真实崇高场景给人的某种期许感。

> 空中荡漾着一种期待,但是它并非衣着随意的大众所期盼的仲夏熙熙攘攘的一场沙地赛事——有前后一致的先例、一部保证有反响的历史。这一期盼是内向的,不平静的,几乎是倒退和羞涩的,并趋于沉默。此外,我们还有什么感觉?当然有敬畏,完全的敬畏,超越以前任何类型的敬畏。但是,我们不清楚自己观看时是怀着惊奇抑或恐怖;我们不明白自己

在观看的是什么,或者它表明了什么;我们也不知道它是否永恒,是否属于经验的某个层次。对此我们将逐步调整适应,我们的疑惑将最终消解于其中,或者它只是某种昙花一现的神秘气氛而已。(德里罗,2013e:356-357)

无论如何,超真实中的知识人物和艺术家们开始接受超真实悖论本身,并把在这个悖论中的漂浮作为自己的行为、艺术和美学原则。在《绝对零度》中,杰夫从"绝对零度"的死亡冷酷的地下世界结束其但丁式坠落之旅回到美国,面对的是一切社会联系和锚点(父母、继母、爱人、养子)的消失。但结尾处,在超真实场景大都会纽约街道上游移的公交车里,在曼哈顿悬日的崇高景象前,在邻座的幼童发出的"无法自禁的狂喜的……前语言的呼号"中,杰夫顿悟道:"我无需上天之光。我有的,是那孩子的惊呼之声。"(DeLillo,2016:274)超真实,或许再也无法用柏拉图洞穴寓言中的"阳光"来照亮与阐明,语言或者再也不可靠。但对儿童前语言的接受,却表明杰夫选择了另外一种悖论:在超真实中再进行一次前所未有的或许是注定"无解"的探索——向尚未遭到超真实话语沾染的"前语言"的坠入和漂浮。这是被"抛入"了超真实的他的另外选择:将自己抛入一个无法呈现和表述的悬浮状态。

德里罗说:"写作是一种个人自由的表述方式。我们能够目睹到,现在我们周围有一种'大众身份'正在形成,而写作可以使我们摆脱这种身份的缠绕。最终,作家将主要通过创作来拯救自己,使自己作为个体存活下来。"(转引自Quindlen,2007:30)在超真实投射的"大众身份"下,个体的存活或许是微不足道的。在《拉特纳之星》结尾处日全食场景中,骑着童车回旋在地下洞口的比利也在用近乎前语言的声音嘶叫,这个声音是令人无法理解的,是"毫无意义"的,但这个声音激荡着空气中的漂浮尘粒在他身上弹射。这个反弹,有如"1号"中的科学家们拒绝接受的人类无线电信号在宇宙的反射。它在那些科学家建构的超真实中是没有位置的,但悬浮在超真实中的比利,却实实在在地触发并显示出它的轨迹。这是反映人存活的"反弹"轨迹。德里罗通过他笔下的悬浮知识者们的坠落或悬浮表演,描绘出这个轨迹,也形成他创作中的悬浮美学。

在《拉特纳之星》中,比利的导师和前辈都跌入超真实洞穴中,他自己在地面上洞口边的悬浮是否也会终于那无底的深洞?有学者认为不能排除这个可能性(Keesey,1993:78)。但是,小说第一段就已经暗示另外的维度的可能性。这是比利去"1号"途中飞机上进行的沉思:"前方,是庄严肃穆的地平线,在尘和雾中悸动，这是取决于人的视角的成像，与那些想象出的东西(比如，负数1的平方根)没有太大区别，它导向崭新的维度。”(DeLillo，1989：1)在“1号”中，比利通过对其他超真实洞穴人所拒绝的“真实”的探寻，已经开创了一个不同的维度。当然，在小说结尾处，他仍没有太远离“1号”和他导师挖出的深洞，他仍在洞口悬浮，同时也悬浮在日全食食甚前黑暗与光明的交界处。这个悬浮在污秽的“1号”成人世界和尚存的童真之间，如“麦田守望者”般的大男孩走向的下一个维度是什么？这是德里罗悬浮美学留给我们的一个悬念。但是在《白噪音》近结尾处，骑着三轮童车坠落与悬浮的孩子形象再次出现。三岁的怀尔德蹬着他的塑料三轮车从车水马龙的高速公路边斜坡上冲下，穿过车流跌入高速路另一边的泥坑中，他浑身沾满了黑乎乎的泥水，但奇迹般幸存下来。这也许就是从“1号”中走出的比利的将来。

参考文献

［1］ BARRETT L. "How the dead speak to the living": Intertextuality and the Postmodern Sublime in *White Noise* ［J］. Journal of Modern Literature,2002,25 (2): 97－113.

［2］ BAUDRILLARD J. The Mirror of Production ［M］. St. Louis: Telos Press,1975.

［3］ BAUDRILLARD J. For a Critique of the Politic Economy of the Sign ［M］. St. Louis: Telos Press Publishing,1981.

［4］ BAUDRILLARD J. Simulations ［M］. New York: Semiotext(e),1983.

［5］ BAUDRILLARD J. Cool Memories ［M］. New York: Verso,1990.

［6］ BAUDRILLARD J. Simulacra and science fiction ［J］. Science Fiction Studies,1991,18 (3): 309－313.

［7］ BAUDRILLARD J. Symbolic Exchange and Death ［M］. London: Sage Publications,1993.

［8］ BAUDRILLARD J. Simulacra and Simulation ［M］. Ann Arbor: The University of Michigan Press,1994.

［9］ BAUDRILLARD J. The System of Objects ［M］. New York: Verso,1996.

［10］ BAUDRILLARD J. The Consumer Society ［M］. New York: Sage Publications, 1998.

［11］ BAUDRILLARD J. The Spirit of Terrorism ［M］. London: Verso,2002.

［12］ BAUDRILLARD J. Passwords ［M］. London: Verso,2003.

［13］ BENTON J. Don DeLillo's *End Zone*: A postmodern satire ［J］. Aethlon,1994,12 (1): 7－18.

［14］ BING J. The ascendance of Don DeLillo ［J］. Publishers Weekly,

1997,244 (33)：261 - 263.

[15] BISHOP R. Baudrillard Now：Current Perspectives in Baudrillard Studies [M]. Cambridge：Polity Press,2009.

[16] BLOOM H. Don DeLillo's *White Noise* [M]. New York：Chelsea House,2002.

[17] BLOOM H. Don DeLillo [M]. New York：Chelsea House,2003.

[18] BOXALL P. Don DeLillo：The Possibility of Fiction [M]. New York：Routledge,2006.

[19] BRENT J. The unimaginable space of Danilo Kis and Don DeLillo [J]. Review of Contemporary Fiction,1994,14 (1)：180 - 188.

[20] BURIK S. Logos and Dao revisited：A non-metaphysical interpretation [J]. Philosophy East & West,2018,68 (1)：23 - 41.

[21] CAESAR T. Motherhood and Postmodernism [J]. American Literary History,1995,7 (1)：120 - 140.

[22] CANTOR P. Adolf,We Hardly Knew You [M]. // LENTRICCHIA F. New Essays on *White Noise*. New York：Cambridge University Press,1991.

[23] CONROY M. From tombstone to tabloid：Authority figured in *White Noise* [J]. Critique：Studies in Contemporary Fiction, 1994, 35 （2）：97 - 110.

[24] COWART D. Don DeLillo：The Physics of Language [M]. Athens：University of Georgia Press,2002.

[25] DELILLO D. End Zone [M]. Boston：Houghton Mifflin,1972.

[26] DELILLO D. Human Moments in World War Ⅲ [J/OL]. Esquire Classic,1983. [2019 - 06 - 07]. http：//classic. esquire. com/human-moments-in-world-war-iii/.

[27] DELILLO D. White Noise [M]. New York：Penguin,1986.

[28] DELILLO D. Americana [M]. New York：Penguin,1989a.

[29] DELILLO D. Great Jones Street [M]. New York：Vintage,1989b.

[30] DELILLO D. Ratner's Star [M]. New York：Vintage,1989c.

[31] DELILLO D. Running Dog [M]. New York：Vintage,1989d.

[32] DELILLO D. Mao Ⅱ [M]. New York：Viking,1991.

[33] DELILLO D. Zero K [M]. New York：Scribner,2016.

[34] DEWEY J. Underwords：Perspectives on Don DeLillo's *Underworld*

[M]. Newark: University of Delaware Press, 2002.

[35] DEWEY J. Beyond Grief and Nothing: A Reading of Don DeLillo [M]. Columbia: University of South Carolina Press, 2006.

[36] DONOVAN C. Postmodern Counternarratives: Irony and Audience in the Novels of Paul Auster, Don DeLillo, Charles Johnson, and Tim O'Brien [M]. New York: Routledge, 2009.

[37] DUVALL J. Don DeLillo's *Underworld*: A Reader's Guide [M]. New York: Continuum Publishing, 2002.

[38] DUVALL J. The Cambridge Companion to Don DeLillo [M]. New York: Cambridge University Press, 2008.

[39] DUVALL J. The Cambridge Companion to American Fiction after 1945 [M]. New York: Cambridge University Press, 2012.

[40] EBBESON J. Postmodernism and Its Others: The Fiction of Ishmael Reed, Kathy Acker, and Don DeLillo [M]. New York: Routledge, 2006.

[41] GANE M. Baudrillard: Critical and Fatal Theory [M]. New York: Routledge, 1991.

[42] GANE M. Baudrillard Live: Selected Interviews [M]. New York: Routledge, 1993.

[43] GENOSKO G. McLuhan and Baudrillard: The Masters of Implosion [M]. London: Routledge, 1999.

[44] GEYH E. Assembling Postmodernism: Experience, meaning and the space in-between [J]. College Literature, 2003, 30 (2): 1-29.

[45] GILLESPIE N. Don DeLillo's bum luck [J]. Reason, 2001, 33 (1): 60-61.

[46] GOURLEY J. Terrorism and Temporality in the Works of Thomas Pynchon and Don DeLillo [M]. London: Bloomsbury Academic, 2013.

[47] GREEN J. Late Postmodernism: American Fiction at the Millennium [M]. New York: Palgrave Macmillan, 2005.

[48] HALLDORSON S. The Hero in Contemporary American Fiction: The Works of Saul Bellow and Don DeLillo [M]. New York: Palgrave Macmillan, 2008.

[49] HARDACK R. Two's a Crowd: *Mao* Ⅱ, *Coke* Ⅱ, and the politics of terrorism in Don DeLillo [J]. Studies in the Novel, 2004, 36 (3):

374 – 392.

[50] HARMA T. The Semiotics of power: Corrupting sign systems in contemporary American exceptionalism and in Bret Easton Ellis's *American Psycho* and Don DeLillo's *Cosmopolis* [J]. European Journal of American Culture,2014,33 (3): 95 – 208.

[51] HEFNER R. Baudrillard's noble Anthropology: The image of symbolic exchange in political economy [J]. SubStance,1977,6/7 (17): 105 – 113.

[52] HENDIN J. Experimental Fiction [M]. // HOFFMAN D. Harvard Guide to Contemporary American Writing. Cambridge: Belknap, 1979: 239 – 286.

[53] HOFFMAN D. Harvard Guide to Contemporary American Writing [M]. Cambridge: Belknap,1979.

[54] ISAACSON J. Postmodern Wastelands: *Underworld* and the productive failures of Periodization [J]. Criticism,2012,54 (1): 29 – 58.

[55] JAMESON F. Foreword [M]. // LYOTARD J. The Postmodern Condition: A Report on Knowledge. Minneapolis: University of Minnesota Press,1984.

[56] JAMESON F. Postmodernism, or, the Cultural Logic of Late Capitalism [M]. Durham: Duke University Press,1992.

[57] JOHNSTON J. Generic difficulties in the novels of Don DeLillo [J]. Critique: Studies in Contemporary Fiction,1989,30(4): 261 – 275.

[58] KATTERJOHN A. Falling man [J]. Library Journal, 2007, 132 (9): 78 – 80.

[59] KEESEY D. Don DeLillo [M]. New York: Twayne Publishers,1993.

[60] KING N. Reading *White Noise*: Floating remarks [J]. Critical Quarterly, 1991,33 (3): 66 – 83.

[61] KUCICH J. Postmodern politics: Don DeLillo and the plight of the white male writer [J]. Michigan Quarterly Review, 1988, 27 (2): 328 – 341.

[62] LAIST R. Technology and Postmodern Subjectivity in Don DeLillo's Novels [M]. New York: Peter Lang,2010.

[63] LANDGRAF E. Black boxes and *White Noise*. Don DeLillo and the reality of literature [J]. Postmodern Studies,2011(45): 85 – 112.

[64] LANE J. Jean Baudrillard [M]. London: Routledge,2000.

[65] LECLAIR T. An interview with Don DeLillo [J]. Contemporary Literature,1982,23 (1): 19 – 31.

[66] LECLAIR T. In the Loop: Don DeLillo and the Systems Novel [M]. Urbana: University of Illinois Press,1987.

[67] LENTRICCHIA F. Don DeLillo [J]. Raritan,1989,8 (4): 1 – 29.

[68] LENTRICCHIA F. New Essays on *White Noise* [M]. Cambridge: Cambridge University Press,1991.

[69] LYOTARD J. The Postmodern Condition: A Report on Knowledge [M]. Minneapolis: University of Minnesota Press,1984.

[70] MACDONALD J. Marx, Foucault, Genealogy [J]. Polity, 2002, 34 (3): 259 – 284.

[71] MARTINS S. *White Noise* and everyday technologies [J]. American Studies,2005,46 (1): 87 – 113.

[72] MARTUCCI E. The Environmental Unconscious in the Fiction of Don DeLillo [M]. New York: Routledge,2007.

[73] MCCANN S. Training and Vision: Roth, DeLillo, Banks, Peck, and the Postmodern aesthetics of vocation [J]. Twentieth Century Literature, 2007, 53 (3): 298 – 326.

[74] MCCLURE A. Postmodern/Post-Secular: Contemporary fiction and spirituality [J]. Modern Fiction Studies,1995, 41(1): 141 – 163.

[75] MCLUHAN M. Understanding Media: The Extension of Man [M]. London: Routledge,1964.

[76] MEROLA N. *Cosmopolis*: Don DeLillo's melancholy political ecology [J]. American Literature,2012,84 (4): 827 – 853.

[77] MORARU C. Don DeLillo: The physics of language / Don DeLillo's *Underworld* [J]. Studies in the Novel,2003,35 (2): 275 – 278.

[78] MORLEY C. The Quest for Epic in Contemporary American Fiction: John Updike,Philip Roth and Don DeLillo [M]. New York: Routledge,2008.

[79] NANCE K. Living in dangerous times: Don DeLillo, winner of the Carl Sandburg Literary Award discusses his craft and influences [EB/OL]. [2019 –07 – 16]. http: //articles. chicagotribune. com/2012 – 10 – 12/ features/ct-prj-1014 – don-delillo20121012 _ 1 _ mao-ii-angel-esmeralda-printers-row.

[80] NEL P. "A Small Incisive Shock": Modern forms, Postmodern politics, and the role of the avant-garde in *Underworld* [J]. Modern Fiction Studies, 1999, 45 (3): 724 – 752.

[81] NICOL B. The Cambridge Introduction to Postmodern Fiction [M]. New York: Cambridge University Press, 2009.

[82] OLSTER S. Don DeLillo: *Mao* Ⅱ, *Underworld*, *Falling Man* [M]. New York: Bloomsbury Academic, 2011.

[83] OSTEEN M. Children of Godard and Coca-Cola: Cinema and consumerism in Don DeLillo's early fiction [J]. Contemporary Literature, 1996, 37 (3): 439 – 470.

[84] OSTEEN M. American Magic and Dread: Don DeLillo's Dialogue with Culture [M]. Philadelphia: University of Pennsylvania Press, 2000.

[85] PARRISH L. From Hoover's FBI to Eisenstein's Unterwelt: DeLillo directs the Postmodern novel [J]. Modern Fiction Studies, 1999, 45 (3): 696 – 723.

[86] PASS P. The Language of Self: Strategies of Subjectivity in the Novels of Don DeLillo [M]. New York: Peter Lang International Academic Publishers, 2013.

[87] PAWLETT W. Jean Baudrillard: Against Banality [M]. London: Routledge, 2007.

[88] PIRNAJMUDDIN H, BORHAN A. Postmodern Orientalized Terrorism: Don DeLillo's *The Names* [J]. The Journal of Teaching Language Skills, 2011, 30(2): 57 – 84.

[89] POLATINSKY S, SCHERZINGER K. Dying without Death: Temporality, writing, and survival in Maurice Blanchot's *The Instant of My Death* and Don DeLillo's *Falling Man* [J]. Critique: Studies in Contemporary Fiction, 2013, 54 (2): 124 – 134.

[90] POLLEY S. Jane Smiley, Jonathan Franzen, Don DeLillo: Narratives of Everyday Justice [M]. New York: Peter Lang, 2011.

[91] POSTER M. Translator's Introduction [M]. // BAUDRILLARD J. The Mirror of Production. St. Louis: Telos Press, 1975.

[92] QUINDLEN A. Write down your thoughts — and make them last forever [J]. Fort Worth Business Press, 2007, 20 (5): 30.

[93] RABALAIS K. A Man in a room: An interview with Don DeLillo [J]. New Orleans Review,2012,38 (1): 110 – 114.

[94] REEVE H,KERRIDGE R. Toxic Events: Postmodernism and DeLillo's *White Noise* [J]. The Cambridge Quarterly,1994,23(4): 303 – 323.

[95] RETTBERG S. American Simulacra: Don DeLillo's Fiction in light of Postmodernism [J]. Undercurrents,1999(7): 221 – 246.

[96] ROSEN E. Beyond grief and nothing: A reading of Don DeLillo [J]. Studies in the Novel,2008,40 (4): 512 – 514.

[97] RUPPERSBERG H,ENGLES T. Critical Essays on Don DeLillo [M]. New York: G. K. Hall & Co.,2000.

[98] RUTHROF H. Narrative and the digital: on the syntax of the Postmodern [J]. AUMLA,1990,73(1): 185 – 200.

[99] RYAN B. Major 20th-Century Writers [M]. Detroit: Gale Research, 1991.

[100] SCHNECK P,SCHWEIGHAUSER P. Terrorism,Media,and the Ethics of Fiction: Transatlantic Perspectives on Don DeLillo [M]. New York: Bloomsbury Academic,2010.

[101] SCHRYER S. Fantasies of the New Class: Ideologies of Professionalism in Post-World War II American Fiction [M]. New York: Columbia University Press,2011.

[102] SCHUSTER M. Don DeLillo, Jean Baudrillard, and the Consumer Conundrum [M]. Amherst: Cambria Press,2008.

[103] SEED D. Conversations with Don DeLillo [J]. Review of Contemporary Fiction,2005,25 (2): 144 – 145.

[104] SHONKWILER A. Don DeLillo's Financial sublime [J]. Contemporary Literature,2010,51 (2): 246 – 282.

[105] SMITH G. The Baudrillard Dictionary [M]. Edinburgh: Edinburgh University Press,2010.

[106] SOZALAN O. The American Nightmare: Don DeLillo's *Falling Man* And Cormac Mccarthy's *The Road* [M]. Bloomington: AuthorHouse Publishing,2011.

[107] THOMAS G. History,Biography,and narrative in Don DeLillo's *Libra* [J]. Twentieth Century Literature,1997,43 (1): 106 – 124.

[108] TRACHTENBERG A. Intellectual Background ［M］. // HOFFMAN D. Harvard Guide to Contemporary American Writing. Cambridge：Belknap,1979：1－50.

[109] USHER R. Consuming learning ［J］. Convergence, 2008, 41 （1）：29－45.

[110] VELCIC V. Reshaping Ideologies：Leftists as Terrorists/Terrorists as Leftists in DeLillo's Novels ［J］. Studies in the Novel,2004,36 （3）：405－418.

[111] WIESE A. Rethinking Postmodern narrativity：Narrative construction and identity formation in Don DeLillo's *White Noise* ［J］. College Literature,2012,39 (3)：1－25.

[112] WILCOX L. Baudrillard, DeLillo's *White Noise*, and the end of heroic narrative ［J］. Contemporary Literature,1991, 32(3)：346－365.

[113] YEHNERT A. "Like Some Endless Sky Waking Inside"：Subjectivity in Don DeLillo ［J］. Critique：Studies in Contemporary Fiction, 2001, 42 （4）：357－366.

[114] 柏定国,苏晓芳.论新世纪的网络仿像文学[J].文艺争鸣,2006(4)：58－62.

[115] 鲍德里亚 J.消费社会[M].刘成富.全志刚,译.南京：南京大学出版社,2000.

[116] 鲍德里亚 J.物体系[M].林志明,译.上海：上海世纪出版集团,2001.

[117] 鲍德里亚 J.生产之镜[M].仰海峰,译.北京：中央编译出版社,2005.

[118] 鲍德里亚 J.符号政治经济学批判[M].夏莹,译.南京：南京大学出版社,2009.

[119] 鲍德里亚 J.象征交换与死亡[M].车槿山,译.南京：译林出版社,2012.

[120] 本雅明 W.机械复制时代的艺术作品[M].王才勇,译.北京：中国城市出版社,2002.

[121] 毕晓普 R,凯尔纳 D.波德里亚：追思与展望[M].戴阿宝,译.开封：河南大学出版社,2008.

[122] 波斯特 M.信息方式：后结构主义和社会语境[M].范静哗,译.北京：商务印书馆,2014.

[123] 波兹曼 N.娱乐至死·童年的消逝[M].章艳,吴燕莛,译.桂林：广西师范大学出版社,2009.

[124] 伯科维奇 S.剑桥美国文学史(第七卷)[M].孙宏等,译.北京：中央编译出版社,2004.

[125] 伯克 E.崇高与美——伯克美学论文选 [M].李善庆,译.上海：生活·读书·新知三联书店,1990.

[126] 柏拉图.理想国[M].顾寿观,译.长沙：岳麓书社,2010.

[127] 陈嘉明.消费社会、拟象世界与后现代性[J].江苏社会科学,2006(3)：1-6.

[128] 陈世丹.美国后现代主义小说详解(中文版)[M].天津：南开大学出版社,2010.

[129] 戴阿宝.鲍德里亚媒介理论的若干问题[J].外国文学评论,2004(2)：40-50.

[130] 戴阿宝.鲍德里亚：超真实的后现代视界[J].外国文学,2004(3)：38-43.

[131] 戴阿宝.终结的力量：鲍德里亚前期思想研究[M].北京：中国社会科学出版社,2006.

[132] 德里罗 D.白噪音[M].朱叶,译.南京：译林出版社,2002.

[133] 德里罗 D.坠落的人[M].严忠志,译.南京：译林出版社,2010.

[134] 德里罗 D.大都会[M].韩忠华,译.北京：人民文学出版社,2011.

[135] 德里罗 D.人体艺术家[M].文敏,译.杭州：浙江文艺出版社,2012a.

[136] 德里罗 D.玩家[M].郭国良,译.杭州：浙江文艺出版社,2012b.

[137] 德里罗 D.欧米伽点[M].张冲,译.南京：译林出版社,2013a.

[138] 德里罗 D.天秤星座[M].韩忠华,译.南京：译林出版社,2013b.

[139] 德里罗 D.地下世界[M].严忠志,译.南京：译林出版社,2013c.

[140] 德里罗 D.名字[M].李公昭,译.南京：译林出版社,2013d.

[141] 德里罗 D.天使埃斯梅拉达：九个故事[M].陈俊松,译.南京：译林出版社,2015.

[142] 范小玫.德里罗："复印"美国当代生活的后现代派作家[J].外国文学,2003(4)：3-7.

[143] 范小玫.美国后现代作家唐·德里罗的"互文性"创作手法评析[J].小说评论,2012(2)：71-78.

[144] 范小玫.文学重构历史与后现代批评——评唐·德里罗的《天秤星座》[J].江西社会科学,2013(1)：94-98.

[145] 冯俊.后现代主义哲学讲演录[M].北京：商务印书馆,2003.

[146] 弗罗姆 E.逃避自由[M].陈学明,译.北京:工人出版社,1987.

[147] 福柯 M.福柯集[M].杜小真,编选.上海:上海远东出版社,2003.

[148] 福柯 M.规训与惩罚[M].刘北成,杨远婴,译.北京:生活·读书·新知三联书店,2003.

[149] 福柯 M:惩罚的社会[M].陈雪杰,译.上海:上海人民出版社,2018.

[150] 高宣扬.让·波德里亚论"拟象"和消费社会[M].//冯俊.后现代主义哲学讲演录.北京:商务印书馆,2003.

[151] 胡全生.关于后现代主义政治[J].当代外国文学,2012(4):5-15.

[152] 霍夫曼 D.美国当代文学[M].《世界文学》编辑部,编译.北京:中国文艺联合出版公司,1984.

[153] 霍克海默 M,阿道尔诺 T.启蒙辩证法[M].渠敬东,曹卫东,译.上海:上海人民出版社,2006.

[154] 霍洛克斯 C.鲍德里亚与千禧年[M].王文华,译.北京:北京大学出版社,2005.

[155] 姜小卫.从《地下世界》到《坠落者》:德里罗的后期创作[J].外国文学动态,2009(6):13-16.

[156] 杰姆逊 F.后现代主义与文化理论[M].唐小兵,译.北京:北京大学出版社,1997.

[157] 凯尔纳 D.媒体奇观——当代美国社会文化透视[M].史安斌,译.北京:清华大学出版社,2003.

[158] 凯尔纳 D.波德里亚:批判性的读本[M].陈维振,陈明达,王峰译.南京:江苏人民出版社,2005.

[159] 凯尔纳 D,贝斯特 S.后现代理论——批判性的质疑[M].张志斌,译.北京:中央编译出版社,1999.

[160] 蓝江.对象—物、符号—物、价值—物——对鲍德里亚的 objet 概念的辨析[J].现代哲学,2013(2):27-32.

[161] 李公昭.名字与命名中的暴力倾向:德里罗的《名字》[J].解放军外国语学院学报,2003(2):100-103.

[162] 李顺春.唐·德里罗《坠落的人》中的图像审美观照 [J].当代外国文学,2018(1):13-20.

[163] 利奥塔 J,等.后现代主义[M].赵一凡等,译.北京:社会科学文献出版社,1999.

[164] 马尔库塞 H.单向度的人:发达工业社会意识形态研究[M].刘继,译.上

海：上海译文出版社,2008.

[165] 马海良.鲍德里亚：理论的暴力,仿真的游戏[J].外国文学,2000,(2)：47-52.

[166] 马克思 K,恩格斯 F.马克思恩格斯选集(第一卷)[M].中共中央马克思恩格斯列宁斯大林著作编译局,编译.北京：人民出版社,2012.

[167] 马克思 K,恩格斯 F. 德意志意识形态（节选本）[M].中共中央马克思恩格斯列宁斯大林著作编译局,编译.北京：人民出版社,2018.

[168] 麦克卢汉 M. 理解媒介：论人的延伸[M].何道宽,译.南京：译林出版社,2011.

[169] 曼德尔 E.晚期资本主义[M].马清文,译.哈尔滨：黑龙江人民出版社,1983.

[170] 毛崇杰.科技腾飞与艺术终结——关于高新科技与艺术的几个问题 [J].文艺研究,2002(1)：40-47.

[171] 梅尔维尔 H.白鲸[M].成时,译.北京：人民文学出版社,2003.

[172] 孟登迎.意识形态国家机器[J].外国文学,2004(1)：63-67.

[173] 尼采 F.悲剧的诞生：尼采美学文选[M].周国平,译.北京：生活·读书·新知三联书店,1986.

[174] 尼采 F. 快乐的科学[M].黄明嘉,译.上海：华东师范大学出版社,2007.

[175] 皮海兵.内爆与重塑：网络文化主体性研究 [M].桂林：广西师范大学出版社,2012.

[176] 盛宁.人文困惑与反思——西方后现代主义思潮批评[M].北京：生活·读书·新知三联书店,1997.

[177] 汪民安.文化研究关键词[M].南京：江苏人民出版社,2007.

[178] 文敏.译后记[M]. //德里罗 D.人体艺术家.杭州：浙江文艺出版社,2012.

[179] 夏光.后结构主义思潮与后现代社会理论[M].北京：社会科学文献出版社,2003.

[180] 肖伟胜.幻象符号的政治经济学[J].外国文学研究,2002(2)：7-12.

[181] 谢龙新."object"的符号学结构与"物体系"——兼论鲍德里亚对符号学美学的发展[J].武汉理工大学学报(社会科学版),2010(5)：645-651.

[182] 杨仁敬,陈世丹,蔡春露.美国后现代派小说论[M].青岛：青岛出版社,2004.

[183] 仰海峰：功能化时代的物的意识形态批判——鲍德里亚《物体系》解读

[J].福建论坛(人文社会科学版),2003(3):56-63.

[184] 伊格尔顿 T.后现代主义的幻象[M].华明,译.北京:商务印书馆,2014.

[185] 詹明信 F.晚期资本主义的文化逻辑[M].陈清侨等,译.北京:生活·读书·新知三联书店,1997.

[186] 张琼.思维的爆破点和质变:阅读《欧米伽点》[J]. // 德里罗 D.欧米伽点.南京:译林出版社,2013.

[187] 张一兵.拟象、拟真与内爆的布尔乔亚世界——鲍德里亚《象征交换与死亡》研究 [J].江苏社会科学,2008(6):32-38.

[188] 张一兵.反鲍德里亚:一个后现代学术神话的祛序[M].北京:商务印书馆,2009.

[189] 张一兵.以死亡反对死亡:作为理论恐怖主义者的鲍德里亚——鲍德里亚《象征交换与死亡》解读[J].南京社会科学,2008(8):6-13.

[190] 中国基督教三自爱国运动委员会,中国基督教协会.《圣经》(中英对照)中文和合本新国际版[M].南京:中国基督教三自爱国运动委员会、中国基督教协会出版,2007.

[191] 周敏.冷战时期的美国"地下"世界——德里罗《地下世界》的文化解读[J].外国文学,2009(2):18-25.

[192] 周敏.作为"白色噪音"的日常生活——德里罗《白噪音》的文化解读[J].外国文学评论,2015(4):202-211.

[193] 朱叶.美国后现代社会的"死亡之书"(译序)[M]. //德里罗 D.白噪音.南京:译林出版社,2002.

索 引